HUNDECHRISTUS

CARLO
LUCARELLI

HUNDECHRISTUS

EIN COMMISSARIO-DE-LUCA-KRIMI

AUS DEM ITALIENISCHEN VON
KARIN FLEISCHANDERL

FOLIO VERLAG, WIEN · BOZEN

Severino, meinem Freund

„Il Resto del Carlino", Samstag, 24. Juni 1943, XXI, Italien, Reich und Kolonien, 30 Centesimi

DER FEIND WURDE IN DER EBENE VON CATANIA ZURÜCKGESCHLAGEN. Im Westen ziehen sich die Achsenmächte auf frühere Positionen zurück. – JAHRGÄNGE 1907 BIS 1922 WERDEN EINBERUFEN.

Lokales aus Bologna: ZÄHLUNG DER EVAKUIERTEN – KEIN STÜCK LAND BLEIBT UNBEBAUT, Kriegsgärten werden vergrößert – LEBENSMITTEL: Verteilung von Butter, montags von Kartoffeln. 80 Gramm Huhn oder Kaninchen für Personen, die sich rechtzeitig angemeldet haben.

Radio: 20 Uhr 30. *Il signor Bruschino* (Lustspiel von G. Foppa)

Er fiel hin und das rettete ihm das Leben, denn das Projektil durchschlug mit einem trockenen Hustengeräusch das Fenster und streifte seine Nackenhaare, hinterließ auf seiner Haut ein leuchtend rotes Mal wie von einer Verbrennung.

De Luca fiel zu Boden, er hatte keine Zeit, die Hände auszustrecken, und plumpste mit dem Gesicht auf ein pralles Bündel, das so weich war, dass es sich nicht wie ein Sack, sondern wie ein Kissen anfühlte.

Er war in das falsche Haus eingedrungen. Es war eine mondlose Nacht Ende Juli und er hatte sich in der Dunkelheit verirrt, er hatte so sehr aufgepasst, nicht in den Kanal zu fallen, dass er gar nicht auf die dunklen Silhouetten der Gehöfte am Stadtrand geachtet hatte, wo schon das offene Land begann. Aufgrund der Verdunkelung und mehr noch aufgrund des Bombardements am Vormittag, allerdings in der Ferne, waren die wenigen Laternen ausgeschaltet, und als De Luca vor der schwarzen, schnurgeraden Mauer stand, hatte er einfach Rassettos Plan ausgeführt: Er drang von hinten ein, während sich die anderen auf der Vorderseite Zugang verschafften.

Die Tür war nicht verschlossen, allein daran hätte er erkennen müssen, dass das nicht das Haus des Schwarzhändlers war, doch die militärische Seite der Einsätze war nie seine Stärke gewesen, er war immer viel zu nervös. Deshalb war er einfach weitergegangen, und da sich hinter der Tür eine Treppe befand, war er auf allen vieren hinaufgekrochen wie eine Katze, denn die Batterie seiner Taschenlampe war schon seit geraumer Zeit leer und er sah so gut wie nichts.

Am oberen Ende der Treppe nahm ihn das intensive Summen von Fliegen in der schwülen Luft gefangen. Er hatte keine Zeit, sich an die Dunkelheit zu gewöhnen, und stolperte über etwas zu seinen Füßen.

Dann war das Glas des einzigen Fensters unter dem vorspringenden Dach gesplittert, ein Brennen im Nacken, etwas Weiches, Pralles in seinem Gesicht, doch er hatte gar nicht bemerkt, dass man auf ihn geschossen hatte, und als er aufstehen wollte, rutschten seine Hände in einer Lache aus klebrigem Zeug aus. Wahrscheinlich hatte er beim Hinfallen einen Topf mit Zuckersirup umgestoßen. Er hatte nämlich gehört, wie ein Glas über die Bodenbretter rollte, der süßliche Geruch war ihm in die Nase gestiegen und er glaubte noch immer, er befände sich in einem Lager mit geschmuggelten Lebensmitteln.

Draußen setzte ein allgemeines Geschrei ein, diesmal hörte er den Schuss und begriff, dass er aus einer anderen Richtung kam, und da zog er die Pistole aus der Jackentasche, mit seinen klebrigen Fingern konnte er sie kaum halten.

Er kehrte zur Treppe zurück und lief sie rasch hinunter, zum einen wegen des Adrenalinschubs, zum anderen, weil die erste Kugel das mit einer Staubschicht überzogene Fenster durchbrochen hatte und nun etwas Licht hereindrang.

Den Stimmen folgend lief er um das Haus herum und trat auf den dunklen Hof. Dort lag ein Junge auf dem Boden, ein weißer Fleck in Unterhose und Unterhemd. Massaron, ein noch dunklerer und massiver Schatten, hatte ihn zu Boden gestoßen. Am metallischen Klimpern erkannte er, dass er ihm gerade Handschellen anlegte.

– Kompliment, Herr Kommissar, sagte Massaron begeistert zu ihm, sobald er ihn in der Dunkelheit erkannte. – Sie hatten recht, sie haben sich wirklich hier versteckt! Sie sollten das viele Zeug sehen!

– Wer hat geschossen?, fragte De Luca. – Er?, und zeigte auf den Jungen.

– Nein, ich. Zwei Schüsse in die Luft, zur Abschreckung.

Sehr gut, du Trottel, dachte De Luca, wusste jedoch nicht, ob er damit den Wachtmeister Massaron oder sich selbst meinte. Er lockerte den Krawattenknoten und knöpfte den Hemdkragen auf, damit er nicht an der Wunde im Nacken scheuerte, und ging über den Hof, wobei er sich an dem spärlichen Licht orientierte, das aus dem dunklen Schatten des zweiten Gehöfts, des richtigen, fiel. An der Tür stand Rassetto, er hatte einen schweren Vorhang beiseitegeschoben und machte ihm ein Zeichen mit der Hand.

– Bravo, De Luca!

Aufgrund des leichten sardischen Akzents sprach er das L wie ein Doppel-l aus, und sein Schnurrbart bedeckte seine Lippen, die zu einem unsichtbaren Lächeln verzogen waren. Egal ob er zufrieden oder zornig war, er bleckte immer sein Wolfsgebiss. – Wir haben Borsaro geschnappt! Woher kommst du eigentlich? Hättest du nicht oben sein sollen?

– Das ist eine lange Geschichte, sagte De Luca und betrat das Haus. Die Dunkelheit hinter dem dicken Vorhang und den geschwärzten Fenstern verschluckte ihn.

– Offenbar hatten sie mehr Angst vor Schnüfflern als vor Strafen wegen Missachtung des Verdunkelungsgesetzes, sagte Rassetto.

An der Decke befanden sich nur zwei Lampen, die die Mitte des Zimmers beleuchteten und die Ränder in der Dunkelheit beließen, aber sie reichten. Lange Würste wie knotige Finger hingen an den Deckenbalken, neben kleinen Schinken, deren Duft die Luft sättigte, sodass einem das Wasser im Mund zusammenlief. Salz- und Zuckersäckchen. Lardostücke. Mortadelle lagen übereinander wie Munition für Haubitzen. Große Korbflaschen, der fettige Strohmantel ließ darauf schließen, dass sie randvoll mit Öl waren. Klobige gelbe Seifenstücke, gestapelt wie Goldbarren. Irgendwo in der Dunkelheit war wohl auch Benzin, das erkannte man am Geruch, ein bitterer inmitten des süßen, salzigen und fetten des Fleisches, des stechenden der Seife, des intensiven Kaffeegeruchs. Es gab ja einen guten Grund, warum man Saccani Egisto als Il Borsaro, als *den Schwarzhändler* bezeichnete, selbst beim Sprechen fügte man immer den Artikel hinzu.

– Da drinnen liegt ein Schatz, sagte Corradini mit einem Stück Speck in der Hand, er grub die Finger ins Fett, um es festzuhalten.

Er hielt es Egisto unter die Nase, der mit den Händen am Kopf am Boden kniete. Er hatte eine Glatze und steckte in einem staubigen und fettigen Overall, sah ebenfalls aus wie ein Schinken, der vom Balken auf den Boden geplumpst war.

– Wie viel verlangst du für das Kilo? Hundert Lire? Mit Lebensmittelmarken würde er siebzehn kosten, aber wen kümmert es, dass die Leute verhungern?

Er strich über seinen Walrossbart und Egisto antwortete mit einem Zittern der Nasenflügel; seine Augen waren geschlossen und auf seinen Lippen lag noch immer das halbherzige Grinsen, das er sogar in dem Augenblick beibehalten hatte, als sie ins Haus eingedrungen und *Keine Bewegung!* und *Polizei!* geschrien hatten.

Massaron schubste den Jungen in Unterhose und Unterhemd ins Zimmer, der wegen der Handschellen das Gleichgewicht verlor und neben Egisto auf den Knien landete.

– Negroni Gianfranco, vierzehn Jahre, ohne festen Wohnsitz, sagte Massaron in bürokratischem Tonfall.

– Ein Schwarzhändler und Päderast, knurrte Rassetto. – Und vielleicht auch noch ein Jude!

– Nein, sagte De Luca, der noch immer im Dunkeln stand.

Niemand sah, dass er auf den Anhänger in Form eines Kreuzes zeigte, der aus Egistos Overall ragte, doch Rassetto hatte ihn ohnehin schon bemerkt. Er riss ihn mit einer raschen Bewegung ab, und Egistos halbherziges Grinsen ging in eine schmerzerfüllte Grimasse über.

– Das ist dein Gold für die Heimat?, knurrte er, und als er sah, dass sein Grinsen noch unverschämter wurde, versetzte er ihm einen Tritt in den Bauch, sodass er sich krümmte. Der Junge begann vor Angst zu wimmern.

De Luca machte einen Schritt nach vorne, er wusste, wie Maresciallo Rassetto drauf war, er hatte ihm zwar den militärischen Teil der Operation überlassen, doch im Grunde leitete er die Ermittlung zum König der Schwarzhändler.

Doch als er aus dem Dunkel in den Lichtstrahl trat, gab Maresciallo Corradini einen unterdrückten Schrei von sich, und auch Borsaros schiefes Grinsen verschwand. Massaron packte den Kommissar am Arm, als wolle er ihn stützen.

– Verdammt, De Luca!, sagte Rassetto, – du bist ja verletzt!

De Luca senkte den Blick und sah den dunklen Fleck auf seinem Hemd und auch die Flecken auf den Ärmeln seiner weißen Jacke.

– Beruhigt euch, sagte er, – … das ist Zuckersirup. Ich bin ins falsche Haus gegangen, ich bin gestürzt und habe ein Gefäß umgestoßen.

Er zeigte den anderen die roten Handflächen und lachte gemeinsam mit ihnen und sagte *so ein Trottel* zu sich, doch Massaron, der fest die Fingerspitzen aneinander rieb und noch lauter als die anderen lachte, verstummte plötzlich und packte ihn wieder am Arm.

– Um Gottes willen, Kommissar! Das ist kein Zuckersirup, das ist Blut!

– Blut?, flüsterte De Luca. – Blut? Aber …, er berührte die Wunde in seinem Nacken, die nur von Schweiß bedeckt war, – das … ist nicht von mir.

Alle starrten ihn an, alle hatten dieselbe Frage. Er formulierte sie laut, noch vor allen anderen.

– Wenn das Blut nicht von mir ist, von wem ist es dann?

Zwei Taschenlampen und drei große Kerzen. Außerdem eine alte Militär-Petroleumlampe, die in der glühend heißen Dunkelheit ein brutzelndes Geräusch verursachte. Fliegen summten. Alle beugten sich über die Leiche, die auf den Holzbrettern des Dachbodens lag. De Luca presste die Lippen zusammen, um den Brechreiz zu unterdrücken. Nachdem er gestolpert war, war er mit dem Gesicht direkt auf dem Bauch der Leiche gelandet und in diesem Kissen aus Stoff und aufgedunsenem Fleisch versunken.

Es war ein kräftiger, gut gekleideter Toter, mehr war nicht festzustellen, denn er hatte keinen Kopf.

Die Lache aus dickflüssigem und geronnenem Blut stammte wohl aus dem Hals, der mit einem scharfen Schnitt direkt über dem steifen Kragen mit dem noch intakten Krawattenknoten durchtrennt worden war.

– Ein Bombensplitter?, sagte Corradini wenig überzeugt, und auch De Luca schüttelte den Kopf.

Abgesehen davon, dass gerade mal der Rand dieser Region bombardiert worden war, gab es am Dachboden keine Spur von einem Bombensplitter, der Kopf war mit einem großen Beil oder einer kleinen Axt abgetrennt worden.

– Eine Axt, sagte De Luca zu sich und zog mit der Spitze des Zeigefingers eine deutlich sichtbare Furche in den Bodenbrettern nach, genau einen Fingerbreit über dem Hals.

Der Brechreiz hatte nur eine Sekunde gedauert, Ekel und Abscheu waren von der Neugier abgelöst worden, die er immer bei solchen Fällen empfand, gemeinsam mit Erregung und plötzlichem Fieber.

Er machte Corradini ein Zeichen, er solle mit der Öllampe näher kommen, und dann auch Rassetto, der langsam wie auf Eis ging, um auf der Lache aus geronnenem Blut nicht auszurutschen. Massaron, der unter solchen Umständen keine große Hilfe war, war unten bei Borsaro und dem Jungen in Unterhose geblieben.

De Luca hatte sich ohnehin schon mit Blut besudelt und eventuelle Spuren bei seinem Sturz auf die Leiche zunichtegemacht, also kniete er sich neben ihr auf den Boden und fuchtelte mit den Armen, um die Fliegen zu verscheuchen. Er steckte die Finger in die Westentasche, kramte in den Vordertaschen der Hose, dann packte er den Gürtel und hob das Becken der Leiche an, um zu den Gesäßtaschen zu gelangen, zuerst zu der einen, dann zu der anderen. Ein schmatzendes Geräusch, Corradini hustete, um einen stärkeren Brechreiz zu unterdrücken. Er trug als Einziger einen Hut. Ohne ihn anzublicken, bat De Luca ihn mit einer Handbewegung, ihn ihm zu geben.

– Er ist noch neu, flüsterte Maresciallo Corradini, die Stenotypistinnen auf dem Präsidium sagten über ihn, er sei so schön wie ein Filmstar und lege Wert auf gute Kleidung.

De Luca legte das spärliche Zeug, das er fand, in den Hut, Geldbörse mit Ausweisen war keine dabei.

– Wo ist die Jacke?, fragte Rassetto. – So ein eleganter Typ würde doch auch ein Sakko tragen, oder nicht?

– Es ist heiß, sagte Corradini. – Es ist Sommer. Er trägt eine Weste, vielleicht ist er ohne Sakko ausgegangen.

De Luca hob die Hand und schob die Rassettos weg, um mit der Taschenlampe auf die Füße des Mannes zu leuchten.

– Kann jemand bitte einen Blick auf die Schuhsohlen werfen?, bat er, da ihm das Aufstehen sicher Mühe bereiten würde, er kniete ja schon lange in dieser glitschigen Pfütze.

– Abgenutzt, müssen besohlt werden, ein kleines Loch.

– Aber ordentlich poliert, sagte De Luca. – Schaut euch die Schnürsenkel an. Eine Spur heller als die Schuhe, sehr elegant.

– Was heißt das?

– Das heißt, er zieht wie ich die Schnürsenkel heraus, wenn er die Schuhe putzt, sagte Corradini.

– Irgendwo muss die Jacke sein, sagte De Luca, mehr zu sich selbst als zu den anderen. – Jemand, der so sorgfältig gekleidet ist, würde doch niemals nur in Weste außer Haus gehen. Obwohl, und er nahm ein Stück Stoff zwischen die Fingerspitzen, – das ist ein Wollanzug, ein Winteranzug, tatsächlich war er zu dunkel für die Jahreszeit, – entweder fröstelte er leicht oder er hatte nur den einen.

Ein Arm des Mannes lag neben dem Körper in der Blutlache und der andere auf dem Bauch. De Luca hob ihn hoch, um die Manschette zu betrachten, sie war sauber, aber zerschlissen vom vielen Waschen. Er hatte die Totenstarre brechen müssen, das war ihm schon davor aufgefallen, als er die Leiche angehoben hatte, um in der Gesäßtasche zu kramen. Während er den Arm mit Mühe in die ursprüngliche Position zurückschob, fiel ihm etwas auf.

– Leuchte mal hierher.

Corradini kam mit der Petroleumlampe näher, die Fliegen stürzten sich wütend gegen das Glas. De Luca drehte die Hand des Mannes um, um seine Finger zu betrachten. Die Fingerspitzen und die Ränder der Nägel waren schwarz.

– Was ist das für ein schwarzes Zeug?

– Schwarzes Zeug, sagte De Luca.

Es ging nicht anders, er musste jetzt aufstehen. Er breitete die Arme aus wie Christus am Kreuz, und die anderen zogen ihn hoch. Er nahm die Taschenlampe und leuchtete damit auf die dunklen Wände des Dachbodens. Er entfernte sogar die Verdunkelungsblende, um mehr Licht zu haben. Er hätte auch warten können, bis es Vormittag war und die Sonne schien, doch er brannte innerlich wie im Fieber.

– Los, sagte er. – Wir sind nun mal da, also schauen wir uns um. Wir suchen eine Axt und eine Jacke. Und einen Kopf.

Sie fanden nichts, weder eine Axt noch eine Jacke, noch einen Kopf.

Nur einen alten Jutesack, einen leeren Metalleimer, eine Glasflasche. De Luca hatte geglaubt, eine ähnliche mit Zuckersirup umgestoßen zu haben.

Und außerdem einen Stuhl in einer Ecke und eine Matratze.

Aber keine Jacke, keine Axt. Und auch keinen Kopf.

Als sie ins andere Haus zurückkamen, war Borsaro das Grinsen vergangen, und zwar nicht nur, weil Massaron eine Wurst von einem Dachbalken genommen und ein Stück mit seinem Klappmesser abgeschnitten hatte. Sein Blick besagte, dass er gern gefragt hätte, was in dem Gehöft auf der anderen Seite des Hofs war. Nachdenklich betrachtete er den großen dunkelroten Fleck auf dem Anzug des Kommissars, der jetzt auch auf den Knien und den Beinen rot war. Irgendwo in der Dunkelheit hörte man das Schluchzen des Jungen, tief und regelmäßig wie das Atmen im Schlaf.

De Luca nahm einen Holzstuhl und stellte ihn vor dem am Boden knienden Egisto hin. Er blieb stehen und stützte sich auf die Lehne, widerstand dem Wunsch, sich den Nacken zu kratzen, der unter dem Schweiß juckte. Mit einer Geste lehnte er die Wurstscheibe ab, die Massaron ihm reichte, er hatte zwar Appetit und Hunger, doch die Neugier verschloss ihm die Kehle.

– Wir sind von der Kriminalpolizei, sagte er. – Eigentlich jagen wir keine Schwarzhändler, doch irgendwann ist ein Wettkampf zwischen uns, der Lebensmittelabteilung der Polizei und jener der Miliz entstanden. Weißt du, warum die dich nicht gefunden haben?

Borsaro sagte nichts, sondern kniff die Augen zusammen. Die Geste konnte sowohl *ja* als auch *nein* bedeuten.

– Weil du dem Hauptmann der Miliz immer ein bisschen was zukommen lässt …

– Er hat Schinken auf den Ohren, wie es so schön heißt, sagte Corradini, – oder Mortadella, die ist dem Kameraden Hauptmann Baldelli wahrscheinlich lieber.

Corradini schlug die Hacken zusammen und deutete einen römischen Gruß an, während Rassetto die Lippen über dem Wolfsgebiss zusammenkniff.

– Warte, bis wir die Alliierten ins Meer geworfen haben und es machen wie die Deutschen, knurrte er. – Dann räumen wir mit Verrätern wie dem da auf, dabei zeigte er auf Borsaro, – und auch mit Arschlöchern wie Baldelli.

De Luca zuckte mit den Achseln. – Die Lebensmittelabteilung der Polizei ist zwar tüchtig, aber eben auf der Suche nach Nahrungsmitteln. Das war ein Fehler, denn du wanderst von Ort zu Ort und findest gottverlassene Orte wie diesen.

– Die Case Morri, sagte Corradini. – Seit Kriegsbeginn verlassen.

De Luca fing den besorgten Blick Borsaros auf und schüttelte den Kopf.

– Nein, Fürst Morri hat dich nicht angezeigt, ich bitte dich. Der weiß wahrscheinlich nicht einmal, dass es dich gibt … aber deine Würste kennt er natürlich, denn die Kollegen von der Lebensmittelpolizei haben mir erzählt, bei der Hochzeit seiner Nichte wurden Würste, Schinken und Mortadella wie diese hier gereicht, De Luca ließ den Finger in der Luft kreisen, – ein Fürst schert sich ja nicht um die Rationierung, oder?

Corradini schlug wieder die Hacken zusammen und hob halbherzig den Arm.

– Hör auf, flüsterte Rassetto. – Wir werden auch mit den Fürsten abrechnen.

Beim Reden über die Würste hatte De Luca noch mehr Hunger bekommen, also nahm er die Scheibe, die Massaron gerade mit dem Messer abgeschnitten hatte, und als er versuchte, die Haut abzuziehen, zerbrach sie, weil sie noch frisch und weich war. Sie schmeckte süß, trotz des Pfefferkorns, das er zerbiss. Sein Magen knurrte, doch das Fieber, das in ihm brannte, verschloss seine Kehle.

De Luca nahm die Stuhllehne, drehte den Stuhl um und setzte sich rittlings darauf.

– Weißt du, wie ich dich gefunden habe?, fragte De Luca und Borsaro schloss aufs Neue die Augen, doch diesmal sagte er eindeutig *nein*.

De Luca zeigte auf das rote Mal auf Egistos Hals, der griff sich an die Stelle, wo davor die Kette mit dem Kreuz gewesen war, wahrscheinlich hatte er begriffen.

– Ich dachte, wenn man einen wie dich, der ganz Bologna beliefert, nie bei einer Polizeisperre erwischt, dann benutzt er vielleicht nicht die Straßen, um zu den Läden und Verkaufsstellen zu gelangen, sondern den Kanal. Tatsächlich hat dich das da verraten, und er zeigte aufs Neue auf Borsaros Hals. Der rührte sich nicht, denn diesmal hatte er wirklich begriffen.

– Unter dem Vorwand, Dünger in die Kriegsgärten zu bringen, kutschiert dich der Fährmann durch die ganze Stadt, hättest du ihm das Mehl nicht gratis geben können? Weißt du, wie viele Häuser entlang des Kanals wir hätten durchsuchen müssen, wenn er uns nicht den Hinweis gegeben hätte? Musstest du dir ausgerechnet die Kette unter den Nagel reißen, die sein Sohn zur Firmung bekam?

Corradini lachte. – Er ist halt gläubig, sagte er.

– Nein, knurrte Rassetto, – zu gierig.

De Luca musste ihn zurückhalten, sonst hätte er ihm noch einen Tritt in den Bauch gegeben.

– Es geht jedoch um was anderes, sagte De Luca und spreizte die Beine wie ein Cowboy in einem Vorkriegswestern. – Ich weiß, warum du davor immer gegrinst hast. Wir haben dich zwar geschnappt und du hast einen Haufen Geld verloren, doch Schwarzmarkt ist nur Schwarzmarkt, manche sagen, was würden die Menschen ohne euch machen, außerdem hast du Freunde wie Baldelli, vielleicht springt auch für uns was raus, das uns den Wettlauf zwischen den Abteilungen vergessen lässt, wer weiß, vielleicht macht sich auch der Fürst für dich stark und schon bist du wieder im Amt. Doch nein, denn in dem anderen Haus liegt was, das macht nicht nur uns von der Kriminalpolizei, sondern auch einem Hauptmann und sogar dem Fürsten Angst.

– Was ist denn in dem anderen Haus?

Zum ersten Mal vernahmen sie die Stimme Borsaros, aufgrund des langen Schweigens war sie noch heiserer.

– Eine Leiche ohne Kopf.

Borsaro wollte aufstehen, doch er kniete schon zu lang und seine Knie versagten. Er stützte sich mit einer Hand auf den Boden, um nicht zu schwanken.

– Ich war's nicht, keine Ahnung, hab nichts damit zu tun, stieß er fast gleichzeitig hervor.

Das hatte De Luca schon in dem Augenblick begriffen, als er blutverschmiert zurückgekommen war und Borsaro eher verwirrt als ängstlich zu grinsen aufgehört hatte. Doch jetzt hatte er tatsächlich Angst.

– Wir werden sehen. Fürs Erste bist du der Hauptverdächtige. Benutzt du das Haus auf der anderen Seite des Hofes?

– Nein.

– Weißt du, wer es benutzt?

– Nein.

– Hast du jemanden oder etwas gesehen?

– Nein.

De Luca seufzte. Er warf Rassetto einen Blick zu, der warf Massaron einen Blick zu, der versetzte Borsaro einen Faustschlag auf das Jochbein. Der Arm, mit dem er sich abstützte, knickte ein, Massaron packte ihn am Kragen des Overalls und zog ihn hoch. Irgendwo in der Dunkelheit hörte der Junge zu schluchzen auf und begann so leise zu wimmern, dass man es fast nicht hörte.

De Luca rückte mit seinem Stuhl näher. Als er der Polizei beigetreten war, hatte ein älterer Kollege, sein Mentor, zu ihm gesagt, ein Verbrecher hätte immer ein paar Ohrfeigen verdient, und Borsaro war zweifellos ein Verbrecher: ein gieriger Ausbeuter, ein Kinderschänder, der Junge in Unterhose war gewiss aus Hunger und nicht aus freien Stücken bei ihm. Doch De Luca wollte sich auf eine Ohrfeige, höchstens zwei oder drei, beschränken. Deshalb kippte er den Stuhl nach vorne, um ihm beim Sprechen ganz nahe zu sein.

– Beginnen wir von vorne. Hast du dort drüben irgendwann jemanden gesehen oder ist dir was Seltsames aufgefallen?

– Nein.

Massaron verpasste ihm wieder einen Faustschlag und Egisto stöhnte. Massaron war Linkshänder und schlug mit der schwächeren Rechten zu, nicht einmal fest, doch immer auf dieselbe Stelle unterhalb des Jochbeins, die allmählich gelb wurde und anschwoll.

De Luca seufzte und ließ den Stuhl wieder zurücksinken. Der durch den Faustschlag ausgelöste Luftzug hatte seine Haare durcheinandergebracht.

– Ich kann mir nicht vorstellen, dass du die vielen Schätze hier unbewacht liegen lässt. Du wirst mir doch nicht weismachen wollen, dass du hier deinen Tätigkeiten nachgegangen bist, ohne nachzusehen, was rundherum los ist. Ich frage dich noch einmal …

Borsaro schüttelte den Kopf und Massaron schnellte los, noch bevor De Luca den Satz zu Ende gesprochen hatte, und diesmal traf er ihn nicht auf das Jochbein, sondern auf den Mund. Borsaro spuckte einen Zahn aus, hustete Blut und Schleim.

Der Junge in der Dunkelheit hörte einen Augenblick lang zu weinen auf, fing jedoch sofort wieder an. De Luca blickte sich nach dem weißen Unterhemd um, das in der Dunkelheit bebte, Corradini war seinem Blick gefolgt und wollte den Jungen schon holen, doch er gebot ihm Einhalt. Es war nicht notwendig, ihm noch mehr Angst zu machen, da hinten fühlte er sich wahrscheinlich sicher.

– Ich wette, du bleibst hier, wenn dein Freund auf Verkaufstour ist. Stimmt's?

– Franchino! Sag nichts!

De Luca drehte sich nicht einmal um, er hörte nur den Aufprall des Schlags.

– Es reicht, sagte er zu Massaron, und leise zum Jungen: – Hast du was gesehen? Sag es mir bitte.

Franchino nickte, aber keiner sah es.

– Bitte, sagte er noch leiser.

Ein tiefer Seufzer, von einem Schluchzen unterbrochen, wie von einem Kind, dann begann der Junge zu reden, schnell und in starkem Bologneser Dialekt, seine Zähne klapperten. De Luca verstand so gut wie nichts.

– Er hat gesagt, heute Vormittag hatte er Angst wegen der Bomben, übersetzte Corradini, der Einzige, der aus Bologna war, – er dachte, sie würden auch hier fallen, und ist davongelaufen. Er ist bis zur Schleuse gelangt und auf die andere Seite des Kanals gelaufen, doch dann ist er umgekehrt, weil er etwas gesehen hat … Was hast du gesehen?

Der Junge wiederholte piepsend, was er gesehen hatte, und weil Corradini nicht verstand und noch einmal eindringlich *Was hast du gesehen?* fragte, trat er aus der Dunkelheit, seine Augen, sein Mund standen vor Entsetzen weit offen, seine Nasenflügel bebten, und er schrie so laut und so verstört, dass es allen kalt über den Rücken lief.

– Al Crest d'i càn. A io' vest' al Crest d'i càn!

– Er hat den Hundechristus gesehen, sagte Corradini.

– Den Hundechristus?, wiederholte De Luca, und auch Rassetto, – den Hundechristus? Was zum Teufel soll das denn sein?

– Wir schicken Borsaro nach San Giovanni in Monte und den Jungen zu den Klosterschwestern. Sie sollen ihn jedoch gut behandeln, sonst sagt er gar nichts mehr.

Trotz De Lucas Beharrlichkeit und der fragenden Blicke der anderen, auch der Borsaros, war der Junge gleich darauf verstummt. Die zusammengekniffenen, zitternden Lippen würden an diesem Abend nicht mehr preisgeben, wer der Hundechristus war.

– Was machen wir damit?, fragte Rassetto.

Er spielte mit dem Schlüssel von Borsaros Auto, eines 1100er mit Benzinmotor, den er im Stall des Bauernhofes gefunden und auf den Hof gebracht hatte. Neben dem gasbetriebenen Balilla mit dem Generator auf dem hinteren Gepäckträger wirkte er wie ein Aprilia-Sondermodell.

– Das ganze Zeug hat in den Autos keinen Platz, wir brauchen mindestens einen Lastwagen. Sollen wir die von der Lebensmittelabteilung rufen?

De Luca schüttelte den Kopf. Allein bei dem Gedanken daran, dass Polizisten, der Gerichtsarzt, der Leiter der Kriminalpolizei, der Richter und vielleicht sogar der Quästor auf diesem Tatort herumtrampelten, schauderte es ihn.

– Massaron und Corradini bleiben hier. Wir fahren mit den Festgenommenen aufs Präsidium und schicken euch ein paar Wachen, um euch abzulösen.

Corradini warf Massaron einen Blick zu, der starrte auf die Schinken. Er hatte sogar schon einen schwungvollen Schritt nach vorn gemacht, doch der Blick seines Kollegen gebot ihm Einhalt.

– Nicht notwendig. Wir schlafen hier, wir sehen uns morgen. Macht euch keine Sorgen.

Rassetto grinste und bleckte sein Wolfsgebiss.

– Esst nicht alles auf, und zu De Luca gewandt, – seid ihr sicher, dass der Chef einverstanden ist?

De Luca schaute auf die Uhr und nickte entschieden.

– Sobald wir auf dem Präsidium sind, rufen wir den Polizeiarzt an. Der wird sowieso fuchsteufelswild, weil wir ihn aus dem Schlaf reißen. Los, sagte er und dann wiederholte er *los,* denn plötzlich war das Feuer, das stumm und ständig in ihm brannte wie siedendes Wasser auf einer Feuerstelle, eine unerträgliche Last.

Plötzlich spürte er die Brandwunde im Nacken, er roch das schwere, klebrige Blut auf seinen Kleidern, den fettigen Geruch der Lebensmittel, sogar den Schweiß und die Schwüle der Sommernacht. Er wollte sich bewegen, nur raus hier, und in Ruhe all das ordnen, was in seinem Kopf rumorte.

Er hatte eine Idee, doch er wollte sie gut durchdenken, sie nicht nur erahnen.

– Wir lassen euch den Balilla, sagte Rassetto, – und nehmen den 1100er. Ich fahre.

„Il Resto del Carlino", Sonntag, 25. Juli 1943, XXI, Italien, Reich und Kolonien, 30 Centesimi

KAMPF AN DER SIZILIENFRONT. Erbitterte Kämpfe der Achsenmächte gegen feindliche Panzertruppen, Palermo evakuiert, Bomben auf Bologna und Salerno. Eine Handvoll Helden gegen den übermächtigen Feind – RUHMREICHER SIEG ZWISCHEN DON UND DONEZ, mit Hieb- und Stichwaffen kämpfen Bersaglieri aus Caretto gegen die Mongolen.

Lokales aus Bologna: SCHWERE SCHÄDEN IM ZENTRUM BOLOGNAS AUFGRUND DER GESTRIGEN BOMBENANGRIFFE, der Furor des Feindes hat zahlreiche Opfer gefordert. Schnelle Erste Hilfe; OBST- UND GEMÜSEPREISE: Knoblauch (weiß und rot) 4 Lire, Spargel 3,30 Lire, Salat unterschiedlicher Qualität 2,80 Lire, Melonen 1,50 Lire.

Radioprogramm: 17 Uhr 45, Orchestermusik, dirigiert von Maestro Cinico Angelini

– Woran denkst du?, fragte Lorenza.

Er dachte daran, dass er auch am Tag darauf nichts gefunden hatte, weder eine Jacke noch eine Axt, noch einen Kopf.

Im Morgengrauen war De Luca in einem sauberen, tabakbraunen Anzug und einem Fiat 618 der Lebensmittelabteilung zum Gehöft gefahren, darin saßen ein Maresciallo und zwei schlaftrunkene Wachen, die sich überwinden mussten, aus dem Kleintransporter auszusteigen.

Auf dem Hof des Gehöfts stand bereits ein alter Fiat 18BL der Miliz voller Schwarzhemden, die rasch und behände aus dem Lastwagen sprangen, als handle es sich um eine Übung. Massaron stand an der Tür und versperrte mit ausgebreiteten Armen den Eingang, während Corradini mit einem Offizier diskutierte, der wütend vor ihm auf und ab hüpfte. Mit seiner schwarzen Uniform, den wie Flügel auf und ab schlagenden Armen und der krummen Nase ähnelte er einer Krähe.

„Sind Sie der Chef dieser Bande?“, sagte er zu De Luca, und offenbar krächzte er auch, oder vielleicht erwartete man das einfach aufgrund seines Äußeren. Er hatte Tressen auf den Ärmeln, De Luca zählte drei gelbe Streifen unter dem Stern. Ein Konsul, fast ein hohes Tier.

„Ich bin Amedeo Martina, Konsul der Miliz. Sagen Sie Ihren Untergebenen, sie sollen verduften, wir beschlagnahmen alles im Namen der Lebensmittelabteilung der Miliz.“

„Die Polizei war vor Ihnen da“, sagte De Luca.

„Das ist mir scheißegal!“, schrie der Konsul und De Luca dachte, dass es im Grunde auch ihm scheißegal war. Sobald es hell war, wollte er wieder das andere Gebäude betreten, deshalb hatte er eine schlaflose Nacht verbracht, auf dem Bett gelegen und die feuchten Flecken an der Decke betrachtet, auf der Suche nach einem Zwischenraum, der groß genug war, dass er dort seine Gedanken unterbringen konnte. Also machte er dem Hauptmann der Lebensmittelabteilung ein Zeichen, er solle mit der Krähe diskutieren, dann schnappte er sich Corradini und ging.

„Die reißen sich alles unter den Nagel“, knurrte Corradini. Er stank nicht nur nach Wurst, sondern auch nach Rauch, und etwas Kantiges beulte seine Taschen aus. De Luca dachte, dass er und Massaron in der Nacht wohl auch Zigaretten gefunden hatten.

„Hauptsache, sie unterschreiben die Empfangsbestätigung“, sagte De Luca und Corradini zuckte mit den Achseln.

– Ist gut, murmelte er leise wie ein Kind. – Aber die reißen sich alles unter den Nagel.

– Hörst du mir zu? Woran denkst du?

– An nichts, sagte De Luca und Lorenza lächelte, weil er den Kopf hatte schütteln müssen, um sich von seinen Gedanken loszureißen. – An die Arbeit, gab er dann zu.

– Vergiss jetzt die Arbeit. Du bist bei mir. Wir sind am Strand, an der Copacabana.

Laggiù a Capocabana, sang Lorenza leise und ließ dabei die offene Hand kreisen; wenn man nur diesen kleinen Flecken mit den Reflexen des Sonnenlichts auf dem Wasser und die Abdrücke von Lorenzas nackten Füßen im Sand sah und man hörte, wie die Kinder kreischend mit dem Hintern voran und angelegten Armen ins Wasser sprangen, hätte man wirklich glauben können, am Meer zu sein, vielleicht nicht gerade in Brasilien oder in der Karibik, aber immerhin in Riccione, oder vielleicht sogar in Forte dei Marmi oder Venedig. Obwohl es ein grauer, aufgeschütteter Strand war, der Fluss Reno hier von Betonmauern gesäumt wurde und der Junge nicht von einem Felsen, sondern von der Schleuse aus eine Arschbombe gemacht hatte, wurde dieser Abschnitt des Kanals *Lido di Casalecchio* genannt.

Sie hatten einen abgelegenen und wie durch ein Wunder menschenleeren Winkel gefunden, fast einen Privatstrand, obwohl es an diesem glühend heißen Sonntag Ende Juli von Menschen nur so wimmelte. Lorenza und ihre Freunde waren schon am Vormittag mit dem Fahrrad gekommen, mit Lunchpaket und Sonnenschirm, er war am Nachmittag mit der Dampfeisenbahn nachgekommen, im Abteil war er mit dem Kopf am Fenster eingeschlafen, auf dem schief aufgesetzten Hut lehnend wie auf einem Kissen, und der Schaffner hatte ihn an der Schulter rütteln müssen, *Signore, wir sind an der Endstation, Signore!*

Am liebsten wäre er in dem Gehöft am Kanal geblieben und hätte in allen Winkeln geschnuppert wie ein Jagdhund, doch sein

Vorgesetzter, Doktor Cesarella, hatte ihn buchstäblich hinausgeschmissen.

„Es reicht, De Luca. Du hast hier nichts mehr zu suchen. Geh nach Hause, auch für dich ist Sonntag, oder?"

Er hatte gut daran getan, den Leiter der Kriminalpolizei nicht aus dem Bett zu holen, schlaftrunken hatte er zu ihm gesagt: *Ich komme morgen, es eilt nicht.*

Um neun war er aufgetaucht, nach Kaffee und Kölnischwasser duftend, da waren De Luca und Corradini schon auf dem Dachboden und stöberten inmitten der Fliegen. Auch im Tageslicht hatten sie nichts gefunden, was sie nicht schon in der mondlosen Finsternis der Nacht davor gesehen hatten.

Auf Zehenspitzen trat Cesarella an den Rand der Blutlache, in der die Leiche lag, mit an die Nase gepresstem Krawattenzipfel. Man nannte ihn Scimmino – Affe –, denn er war klein, dünn und nervös. Ein paar Haarsträhnen klebten auf seinem faltigen Schädel; mit vor Ekel weit aufgerissenen Augen sah er wirklich aus wie ein Pavian.

Er hielt ein paar Sekunden durch, dann machte er De Luca ein Zeichen, er solle ihm folgen.

„Was willst du mir sagen, mein Junge?", fragte er, sobald sie draußen waren und Atem schöpften.

„Ich glaube, er ist hier enthauptet worden, das beweist die Spur auf dem Boden, und ich glaube, er ist post mortem enthauptet worden, das Blut ist zwar reichlich geflossen, hat aber nicht gespritzt."

„Und wo ist der Kopf?"

„Keine Ahnung. Wir haben ihn noch nicht gefunden."

„Ich glaube, ich denke, keine Ahnung … Warum sollte man den Kopf entfernen?"

„Um die Identifizierung des Opfers zu verhindern. Aus demselben Grund sind meiner Meinung nach wohl auch die Jacke und die Dokumente verschwunden."

„Deiner Meinung nach … ist gut. Liest du den *Corriere dei Piccoli*, mein Junge? Da gibt es eine Figur, die immer eine Million Lire gewinnt, wie heißt sie doch schnell? Ach ja, Signor Bonaventura. Also, De Luca, eine Eine-Million-Frage … Hast du eine Ahnung, wer es sein könnte?

„Nein."

Lorenza vergrub ihre Füße bis zu den Knöcheln im Sand, klopfte ihn mit der Handfläche fest und dann wackelte sie mit den Zehen, um die Füße wieder zu befreien.

– Ferragamo-Sandalen, der letzte Schrei des Frühlings und Sommers, sagte sie mit dem etwas affektierten nasalen Tonfall einer Radiosprecherin. Die anderen lachten, doch sie blickte De Luca an, der diesmal nicht den Kopf schütteln musste, um sich von den Gedanken zu befreien, sondern beinahe überzeugend lächelte.

Die anderen waren alle im Badekostüm: Lorenza, ihre Cousine Maria, Ciccione, ein dicklicher Blonder, dessen richtigen Namen er nicht kannte, und Giovannino Marani, Marias Verlobter. Lauter Studenten, die jünger waren als sie, er war der Älteste. Unter dem Sonnenschirm saß er auf einem flachen Stein, die Jacke gefaltet neben sich, davor hatte er sich gedankenverloren das Hemd aufgeknöpft.

– So eine Affenhitze, sagte Maria.

– Gehen wir schwimmen!, sagte Ciccione.

– Kommst du mit?, fragte Lorenza und De Luca zuckte mit den Achseln.

– Tut mir leid. Ich habe keine Badehose mitgenommen.

– Dann schwimm in Unterhose, sagte Maria, sie und Giovannino lachten, während Ciccione De Luca fragend ansah.

– Komm schon …, flüsterte Lorenza, sie war rot geworden.

– Schau dich um, das machen doch alle. Wenn du bis zur Dämmerung wartest, kannst du auch ohne gehen.

– Maria!

– Nein, nein … deine Cousine hat recht. Der Herr Doktor ist ein angesehener Polizeibeamter und muss die Würde wahren. Verzeihen Sie ihr, Exzellenz!

De Luca knöpfte lächelnd sein Hemd auf. Giovannino war ein Revoluzzer im Kleinformat, er stammte aus einer Notarsfamilie und schrieb in der Universitätszeitung unter Pseudonym Artikel über die Verbürgerlichung der faschistischen Revolution. Aber er war so aufmüpfig und kindlich frech, dass er ihm nicht böse sein konnte.

– Zuerst esse und trinke ich mal was, sagte er, – dann überlege ich es mir. Ich bin gerade gekommen, vielleicht gehe ich etwas später ins Wasser. Vielleicht sogar in Unterhose.

Die Jungs sprangen auf und liefen zum Fluss, Ciccione flüsterte Giovannino *Übertreib es nicht* ins Ohr. Lorenza blieb stehen und sah ihn an, De Luca glaubte sie seufzen zu hören.

– Lauf ihnen nach, los.

– Macht es dir nichts aus?

– Nein, wirklich nicht …

– Ich bleibe bei dir.

– Nein, geh schon. Ich ruhe mich ein wenig aus, dann komme ich. Ich hatte am Vormittag viel zu tun, im Zug bin ich sogar eingeschlafen.

Lorenza warf ihm ein Luftküsschen zu und lief den anderen nach, wobei sie sich den Badeanzug an den Schenkeln zurechtzupfte.

Lorenza war ein schönes Mädchen, sie war auf unspektakuläre und ruhige Weise schön, ein alter Badeanzug mit Röckchen und breiten Trägern wirkte an ihr wie ein Abendkleid.

De Luca schaute ihr zu, wie sie kreischend wie ein kleines Kind in das hoch aufspritzende Wasser lief, er hatte das Hemd schon fast aufgeknöpft, als er sich aufs Neue in seinen Gedanken verlor. Und schon war er wieder unten im Gehöft bei dem Mann ohne Kopf.

Der Gerichtsmediziner war gegen zehn Uhr gekommen und nicht einmal über die Schwelle des Dachbodens getreten.

„Er ist tot", sagte er.

„Und wie ist er gestorben?", fragte ihn Scimmino.

„Enthauptet."

Cesarella wechselte einen Blick mit De Luca. Professor Boni, der Leiter der Fakultät der Gerichtsmedizin an der Universität Bologna, hatte angeblich aufgrund seiner *accardemischen* Verdienste Karriere gemacht, er war nämlich der Schwager des Sekretärs des Bildungsministers Stefano Accardi. Vor nicht allzu langer Zeit war ihm bei Autopsien noch übel geworden. Er rümpfte die Nase und machte einen Schritt zurück, und dabei zog er die Hose hoch, weil ihm der Gürtel immer wieder unter den Bauch rutschte. Er sagte, er sei zu einem wichtigen politischen Treffen unterwegs, deshalb trüge er die Uniform eines Seniors der Miliz, es war deutlich zu sehen, dass er unter der dicken schwarzen Jacke stark schwitzte.

„Wenn ich ihn untersucht habe, kann ich euch mehr sagen. Montag, Dienstag, spätestens Mittwoch. Ich werde mich persönlich darum kümmern."

De Luca und Scimmino wechselten noch einen Blick.

„Das ist nicht notwendig. Ihr Assistent kann ja auch …"

„Ich habe gesagt, ich kümmere mich darum. Bringt ihn direkt ins Institut. Die Leichenschauhäuser der Spitäler sind wegen des Bombenangriffs voll."

Sie standen jetzt im Hof, doch sowohl der 618er der Lebensmittelpolizei als auch der Lastwagen der Miliz waren weg. Nur die Krähe war noch da und verabschiedete sich mit ausgestrecktem Arm; Boni und Cesarella erwiderten den Gruß, und schließlich auch De Luca, der in Gedanken versunken war.

„Wo ist das Abzeichen?", fragte der Konsul. Er nahm seinen Jackenkragen zwischen zwei Finger und zog daran, als wolle er ihn abreißen, und dabei hob er zweimal hintereinander das Kinn in Richtung De Lucas. – Haben Sie keines? Sollte ein Polizeibeamter nicht das Parteiabzeichen im Knopfloch tragen?

Die Wanze, dachte De Luca und wollte es auch schon sagen, biss sich jedoch auf die Zunge. Er kramte in seiner Jackentasche und zog das Abzeichen mit dem Liktorenbündel auf dem Hintergrund der Trikolore heraus und flüsterte dabei, *Heute Morgen habe ich mich umgezogen,* doch der Konsul Martina beachtete ihn ohnehin nicht mehr. Er hatte sich bei Scimmino eingehängt und ihn ein paar Schritte weggezogen – eine vertrauliche Geste, die die anderen aufgrund der Haltung und nicht so sehr aufgrund der Entfernung ausschloss.

„Hören Sie mir zu, Herr Doktor. Mit dem Toten da lassen wir uns Zeit", und er hob wieder zweimal das Kinn, diesmal in Richtung des Gehöfts. „Wir sind im Krieg, das ist eine schwierige Zeit, die Leute müssen Zuversicht tanken, Hoffnung schöpfen. Ein enthaupteter Leichnam, ein verschwundener Kopf … das ist eine hässliche Geschichte, das macht Angst. Doch die Festnahme eines Blutsaugers, der das Volk ausgebeutet hat, die Beschlagnahmung eines geheimen Lagers voller Schätze – das sind Nachrichten, die in der Presse ziehen. Geben Sie mir recht?"

„Ich gebe Ihnen recht!“, sagte Cesarella.

„Wer weiß, vielleicht ist der Fall ja schon gelöst, vielleicht waren es Borsaro und sein verrückter Freund, der Jesus sieht.“

Die Krähe lachte und auch Scimmino lachte. De Luca beobachtete sie von hinten, er dachte an die Sache, von der er sich davor hatte ablenken lassen. Genauer gesagt waren es zwei Sachen.

Ein berühmter Universitätsprofessor, der zwar die ganze Arbeit seinen Assistenten überlässt, jedoch darauf besteht, eine schwierige Autopsie auf sich zu nehmen.

Und ein Konsul der Miliz, der eine einfache Lebensmittelabteilung befehligt. Im Morgengrauen.

Er erwachte gerade rechtzeitig aus seinen Gedanken, um sich vom Konsul und vom Professor mit ausgestrecktem Arm zu verabschieden, dann rief er Massaron.

„Wie ist es da drinnen gelaufen?“

Massaron hätte am liebsten mit den Achseln gezuckt, doch unter seiner Jacke befand sich eine Ausbuchtung: ein Achselhalfter, die Pistole trug er allerdings in der Tasche.

„Sie haben halbe-halbe gemacht. Die Polizei hat sich mehr Mortadelle und die Miliz mehr Salami genommen. Der Konsul hat jedoch auch eine Tasche an sich genommen.“

„Eine Tasche?“, fragte De Luca neugierig. Auch Scimmino kam näher.

„Eine Tasche, einen kleinen Koffer“, Massaron beschrieb mit den Händen etwas ziemlich Großes, „einen von der Sorte, die Metallecken haben. Er war im Hinterzimmer. Der Konsul hat einen seiner Untergebenen hineingeschickt …“ Und er machte mit der Fingerspitze eine Geste, zeichnete ein Dreieck mit zwei Strichen darunter.

„Bist du taubstumm geworden?“, fragte Scimmino.

„Einen Scharführer", sagte De Luca.

„Genau. So einen. Er hat den Koffer gefunden und der Konsul hat gesagt, er solle ihn wegbringen. Keine Ahnung, was drin war."

Dann kam der Untersuchungsrichter, doch der stieg nicht einmal aus dem Auto, hörte sich Cesarellas Bericht an, nickte wortlos und fuhr wieder davon. Inzwischen hatte Corradini einen Bauern genötigt, mit einem Pferdewagen zu kommen, denn es waren keine Ambulanzen verfügbar, er und Massaron hoben die Leiche vom Boden des Dachbodens auf und legten sie auf den Karren.

De Luca ging wieder in das Gehöft und betrachtete die weißen Konturen rund um die kopflose Leiche in der Lache aus geronnenem Blut, und Scimmino musste ihn buchstäblich hinauswerfen.

„Mein Junge, es reicht. Du hast hier nichts mehr zu suchen. Geh nach Hause, auch für dich ist Sonntag, oder? Du hast doch eine Frau, eine Verlobte?"

„Eine Verlobte."

„Na also. Geh zu ihr."

– Schade, dass du nicht mitgekommen bist. Das Wasser ist wunderbar kühl!

Lorenza schüttelte ihre Haare über De Luca aus, und der zuckte zusammen, als ob sie ihn gekitzelt hätte. Immerhin hatte er sich das Hemd ausgezogen und saß nun im Unterhemd da.

– Ich habe ein wenig gedöst. Vielleicht später.

– Sicher, das hast du schon dreimal gesagt.

Ciccione ließ sich keuchend auf den Boden unter dem Schirm fallen. Er zog zwei Tüten aus gelbem Butterbrotpapier hervor und reichte sie Giovannino und Maria, die auf einem Badetuch lagen. De Luca erkannte die Mortadella am Geruch, noch bevor sie die Tüten öffneten, sie lag in einem flaumigen, beinahe weißen Brötchen, wahrscheinlich bestand es fast ausschließlich aus Mehl. Ciccione bedeutete ihnen mit einer Geste, die Brötchen unter dem Papier zu verstecken, denn die Leute am Strand schauten schon her.

– Laut Doktor Balanzone ist ein Brötchen mit Mortadella das Beste auf der Welt, sagte Ciccione, – und ich gebe ihm recht.

– Du wirst noch mal ein Restaurant eröffnen, sagte Maria.

– Ich studiere an der Kunstakademie, ich werde Restaurator. Doch bei guten Dingen kenne ich mich aus. Und das hier ist nicht der Abfall von kranken Tieren, das ist erste Wahl.

– Schwarzmarkt?, fragte Giovannino, und Ciccione schüttelte schnell den Kopf, mit einem raschen Blick auf De Luca. – Nein, offizielle Ware. Ich schwöre. Mein Vater ist Präsident der Genossenschaft, er ist nicht auf den Schwarzmarkt angewiesen, um gute Dinge zu bekommen.

Giovannino lachte, schüttelte den Kopf und sagte, *Hören Sie nicht auf ihn, Exzellenz*, doch De Luca hatte ohnehin nicht auf ihn geachtet. Lorenza hatte eine andere, dunklere Tüte genommen und sich neben ihn auf den Boden gekauert; auch jetzt erkannte er am Geruch, was drinnen war, davor hatte er an Borsaro gedacht und das hatte verhindert, dass ihm das Wasser im Mund zusammenlief, doch jetzt gab er ein Grunzen von sich, bei dem alle lachen mussten.

– Bei uns ist das ein Armenessen, sagte Ciccione, und Giovannino fügte *Kriegsware* hinzu, doch Maria sagte *Ich bitte dich* und versetzte ihm mit dem Fuß einen sanften Tritt gegen die Schulter.

– Lorenza hat gesagt, Sie mögen das, deshalb habe ich es Ihnen besorgt.

Pesto di cavallo, rohes Pferdefleisch mit Salz, Pfeffer und Zitrone. *Caval pist* nannten sie es in Parma, wo er zur Welt gekommen war. Er war verrückt danach.

De Luca nahm die Tüte, damit Lorenza ihn nicht mit der Gabel fütterte, die darin lag. An einem anderen Ort und zu einem anderen Zeitpunkt, wenn sie allein gewesen wären, hätte sie sich neben ihn gesetzt und es auch tatsächlich gemacht und er hätte es ihr erlaubt, denn er fühlte sich so gut, umhüllt von diesem verliebten Blick, so zufrieden, der Schwarzmarkt und die kopflose Leiche konnten ihm gestohlen bleiben, und auch der Professor, die Krähe und Scimmino konnten ihm gestohlen bleiben, der verrückte Junge, der Christus sah, konnte ihm gestohlen bleiben, und an einem anderen Ort und zu einem anderen Zeitpunkt, wenn sie allein gewesen wären, hätte sie mit ihm über die Zukunft gesprochen, wie sie es manchmal tat, in einem bestimmten Tonfall, der *wann* und nicht *falls* meinte, und er wäre nicht wie sonst ausgewichen und hätte nicht das Thema gewechselt.

Gierig verschlang er das Pferdefleisch und die anderen lächelten, die einen belustigt und Lorenza zärtlich, er spürte kaum den süßen eisenhaltigen Geschmack des Fleisches, den bitteren des Pfeffers und den sauren der Zitrone. Dann lehnte er sich an den Pfahl des Sonnenschirms und nahm Lorenza das Glas Wein aus der Hand, denn sonst hätte sie ihn ihm eingeflößt wie einem Kind.

Wie schön sie doch ist, dachte De Luca und betrachtete lächelnd die goldenen Flecken in ihren grünen Augen, die blonden Locken, die ihr auf die Schultern fielen und vom Wasser ganz hart geworden waren, und auch ihren kleinen, entspannten Mund mit den beiden feinen Fältchen im Mundwinkel.

Seufzend schloss er die Augen.

Alle konnten ihm gestohlen bleiben.

– Ein Kaffee wäre jetzt gut, sagte Maria.

– Wir haben welchen, sagte Ciccione.

– Aber ein richtiger Kaffee, kein ekeliger Zichorienkaffee.

– Für wen hältst du mich?

Der selbstsichere Tonfall Cicciones veranlasste ihn, die Augen aufzuschlagen, noch bevor der Kaffeeduft unter dem Verschluss der Thermosflasche hervordrang. Echter Kaffee. Echter echter Kaffee.

Als er an der Reihe war, schlürfte er ihn aus dem becherförmigen Deckel, eigentlich hätte er aufgrund seines Alters als Erster dran sein müssen, doch er hielt sich zurück und tat, als ob nichts wäre.

– Sind Sie gestern lange aufgeblieben, Exzellenz?, fragte Giovannino. – Auf der Jagd nach Huren, Schwarzhändlern und Subversiven?

De Luca zuckte mit den Achseln und streckte noch mal den Arm aus, um sich noch einen Becher einschenken zu lassen. Auch das gute Benehmen konnte ihm gestohlen bleiben.

– Hör zu, Giovannino, sagte er und warf Lorenza einen tröstenden Blick zu, die ihm aus Angst, der Zauber, ihr Zauber, sei gebrochen, den Arm drückte. – Drei Dinge: Erstens würde ich mich weniger alt fühlen, wenn du mich nicht mit Sie, sondern mit du ansprächst. Zweitens bin ich kein Doktor. Ich bin in einem Augenblick Kommissar geworden, in dem man dafür keinen Universitätsabschluss brauchte, ich habe nur die klassische Matura.

Giovannino lächelte und De Luca konnte ihm nach wie vor nicht böse sein. Er wusste, er studierte Jurisprudenz und wollte sich überlegen fühlen, auf unverschämte und kindische Weise überlegen.

– Drittens, ich bin keine Exzellenz. So nennt man Polizeidirektoren und Präfekten, ich bin nur ein Kommissar der Kriminalpolizei, ich kümmere mich um Raubüberfälle, Diebstähle, Glücksspiel, aber nicht um Huren, denn dafür ist die Sitte zuständig, und auch nicht um Subversive, denn dafür ist die Staatspolizei zuständig. Nur in Ausnahmefällen um den Schwarzmarkt. Für gewöhnlich gibt man mir die Morde, angeblich bin ich der Beste.

Gleich darauf bereute er das *der Beste*, er hatte es auch zu ernsthaft ausgesprochen. Tatsächlich verlor Giovannino die unverschämte Miene, Maria und Ciccione hingegen blickten zum Platz unterhalb der Schleuse.

Dort befand sich eine Holzhütte mit einem Schild darauf, auf dem *Gebratener Fisch* stand; es wurden zwar keine verkauft, weil es keine gab und es außerdem verboten war, es gab nur Limonaden und Obstkörbe, doch das war nicht der Grund, warum die Leute sich davor drängten. Ein Mann in Unterhemd, Sandalen und kurzer Hose, mit einer schief aufgesetzten Baskenmütze und umgehängter Ziehharmonika hatte zu spielen begonnen. Die Leute schauten eine Zeit lang zu und klatschten, dann bat jemand um einen Walzer, der Mann spielte *Il valzer di ogni bambina* und die Leute begannen zu tanzen.

– Gehen wir hin, sagte Maria, und alle drei, sie, Giovannino und Ciccione liefen hin, im Badeanzug und barfuß.

Lorenza sah De Luca an, und da er schwieg, schlüpfte sie schnell in ein mit Blumen bedrucktes Trägerkleid, nahm De Luca an der Hand und zog ihn barfuß hinter sich her. Er hatte gerade noch Zeit, seine Jacke zu nehmen, denn er war im Unterhemd und genierte sich.

Er war noch nie ein begabter Tänzer gewesen, vor allem musste er darauf aufpassen, Lorenza nicht auf die Füße zu treten, sie lachte und versuchte ihn im Kreis zu drehen.

Il valzer che ha fatto sognar ogni bambina, / lo sento nell'aria volar.

Der Sänger hatte nicht so eine samtene Stimme wie Ernesto Bonino, den er zu imitieren versuchte, und er spielte auch nicht so gut Ziehharmonika, aber das war egal, die Leute strömten nach wie vor herbei, der Mann stand nun auf der Theke der Holzbaracke, unterhalb des Schildes, auf dem *Gebratener Fisch* stand. Die Leute tanzten mit Hingabe, konzentriert und aufmerksam, wie in einem

Ballsaal, mit richtigen Tanzschritten. Auch Lorenza ließ sich mitreißen und ihre nackten Zehen auf dem feuchten Beton streiften ohne Angst De Lucas Schuhspitzen und ergriffen erst die Flucht, wenn er fast auf sie drauf trat.

Als er aufhörte, applaudierten alle, mit Ausnahme zweier Schwarzhemden, die wütend herbeigelaufen kamen. Einer klopfte mit den Fingern auf die nackten Waden des Mannes, damit er herunterstieg.

– Schämen Sie sich denn nicht? Gestern Vormittag wurden wir bombardiert, die Stadt wurde angegriffen. Die Unsrigen sterben im Krieg und ihr tanzt!

– Genau, sagte De Luca. – Es ist Krieg, und es ist hart. Die Menschen müssen Zuversicht tanken, Hoffnung schöpfen.

Er hatte die Worte der Krähe wiederholt, doch unter diesen Umständen klangen sie ganz anders.

Das Schwarzhemd kam näher, sah das Abzeichen an der Jacke und das Unterhemd darunter und runzelte die Stirn. De Luca zog den Ausweis heraus und zeigte ihn ihm so unauffällig wie nur möglich, obwohl ihn alle anstarrten.

– Schon gut, sagt der Milizsoldat. – Aber spielt wenigstens was Patriotisches.

– Der Mann im Unterhemd zog die Ziehharmonika auf und stimmte *La Canzone dei Volontari* an, wobei er säuselte wie De Sica. Alle, auch die Schwarzhemden, applaudierten, aber niemand tanzte mehr und allmählich gingen die Leute.

De Luca hängte sich bei Lorenza ein und sie gingen zum Sonnenschirm zurück.

– Du warst sehr gut, flüsterte sie ihm zu, und er: *Ich bitte dich.* Giovannino und Maria lauschten nach wie vor der Musik. Ciccione setzte sich zu ihnen auf das Badetuch, mit den Armen um die Knie, als wolle er noch eine Arschbombe machen. Er war ernst geworden.

– Zuerst dachte ich, die Miliz hätte recht, sagte er, – die vielen Toten, angeblich mehr als hundert. Der erste Bombenabgriff war vor zwei Wochen, wir waren nicht darauf gefasst, aber es war Nacht, außerhalb der Stadt, wie viele Tote hat es gegeben, neun, zehn?

– Sind das denn wenige?, sagte Lorenza. Ciccione zuckte mit den Achseln.

– Nein, sicher nicht, aber wir dachten, damit sei es vorbei. Ich war überzeugt, es handle sich wie üblich um einen Fehlalarm, ich habe nicht einmal auf die Sirene geachtet, aber als ich die Bomben hörte, habe ich alles liegen und stehen lassen und bin in den Luftschutzkeller gelaufen. Ich glaube, ganz Bologna hat alles liegen und stehen lassen und ist gelaufen. Ihr auch?

– Ja, flüsterte Lorenza mit zitternder Stimme. De Luca hingegen war auf dem Präsidium gewesen und hatte mit Rassetto die Operation geplant, er war in Gedanken versunken gewesen, er hatte erst aufgehorcht, als schon die ersten Bomben fielen.

– Aber dann habe ich gehört, was Sie zu den Milizsoldaten gesagt haben, und ich gebe Ihnen recht. Das, Ciccione zeigte auf die Leute am Lido, – ist die einzige Möglichkeit, wie wir auf den Krieg reagieren können.

Dann schlang er wieder die Arme um die Knie, legte das Kinn darauf und flüsterte, *Ich hoffe, es ist die richtige.*

Aber keiner hörte ihm zu.

Sie radelten nach Bologna zurück.

De Luca fuhr mit Cicciones Villa-Rad, damit Lorenza auf der Stange sitzen konnte, sie war nämlich mit ihrem roten Giordano-Rad gekommen, das eher ein Kinder- als ein Damenrad war; sogar sie – eine große junge Frau – wirkte darauf klein, doch Ciccione glich darauf einem Kind auf einem Dreirad. Maria hatte ein Gerbi-Rad mit einem Korb vorne und Giovannino ein Rennrad Marke Cimatti mit einer Campagnolo-Schaltung, hin und wieder legte er einen anderen Gang ein, um kurz und unsicher vorzupreschen. Es war offensichtlich, dass er nicht damit umgehen konnte, doch er gab dem Schirm die Schuld, den er an der Stange befestigt hatte wie das Gewehr eines Bersagliere.

Cicciones Rad hatte eine Rennrad-Lenkstange, die gebogen war wie die Hörner eines Ziegenbocks, und um sie zu halten, musste Luca sich nach vorne beugen, er lehnte an Lorenzas Rücken, die mit dem geblümten Kleid zwischen den Beinen auf der Stange saß wie eine Turnerin. Er atmete ihren Geruch nach Wasser ein, und er schämte sich für seinen Schweißgeruch, denn er schwitzte, obwohl die Sonne schon fast unterging und die Straße nach Bologna abwärts führte, und er schwitzte gehörig.

Es begann zu regnen. Plötzlich fielen schwere Tropfen wie Hagelkörner, ein ferner Donner war ihnen vorausgegangen, nun hielten alle den Atem an. Unter einer Brücke bei Croce di Casalecchio stellten sie sich hin, und De Luca war froh, dass er vom spitzen Sattel des Villa-Rads absteigen durfte, ihm tat schon der Hintern weh.

Die nach Eisen riechende Gewitterluft war plötzlich so kalt, dass sich alle um einen Pfeiler drängten; De Luca, Lorenza, Maria, Giovannino und Ciccione, der wieder seine Knie umarmte, saßen dicht aneinander im Gras. De Luca wollte schon seine Jacke ausziehen und sie Lorenza auf die Schultern legen, doch sie lehnte ab, und da umarmte er sie von hinten und versuchte sie mit den Rockschößen einzuhüllen.

Wie Jugendliche an einem Lagerfeuer, und Marias Tonfall klang tatsächlich wie der von jemandem, der Lust auf eine Schauergeschichte hatte.

– Du beschäftigst dich also mit Morden.

– Ja. Nicht nur, aber auch, wenn einer passiert, kümmere ich mich darum.

– Zum Beispiel? Gibt es merkwürdige Fälle?

Giovanninos Tonfall klang genauso.

– Würdest du gern Polizist werden?

– Allenfalls Staatsanwalt, sagte Giovannino achselzuckend.

Er sagte es so arrogant und beiläufig, dass De Luca jegliche Sympathie für ihn verlor. Er blickte ihm ernst in die Augen und begann zu erzählen, was am Abend davor geschehen war: die Dunkelheit, der Schuss, die Lache aus geronnenem Blut, die Fliegen, die um die Leiche herumschwirrten. Als er den abgeschnittenen Kopf erwähnte, gab Ciccione einen Seufzer von sich, nur er, weil er der Erste war, doch auch Maria und Giovannino saßen mit weit aufgerissenen Augen da, denn in diesen Worten machte die Geschichte tatsächlich Angst. Lorenza drückte ihren Kopf an seine Brust und klopfte ihm sanft mit dem Ellbogen auf die Hüfte, doch er erzählte unbarmherzig weiter: der nicht aufzufindende Kopf und der Junge, der voller Entsetzen vom Hundechristus sprach.

– Der Hundechristus, flüsterte Ciccione.

De Luca drehte sich mit einem derart schnellen Ruck um, dass er sich den Hals verrenkte.

– Los, sagte Lorenza, – reden wir von was anderem, die Sache gefällt mir nicht.

– Der Hundechristus, wiederholte Ciccione, eingeschüchtert von De Lucas fragendem Blick, – ist ein Fresko in der Certosa. Und weil ihn der Kommissar noch immer anblickte, fügte er hinzu: – Dem Monumentalfriedhof von Bologna.

– Ich weiß, was die Certosa ist, sagte De Luca unwirsch. – Was ist auf diesem Fresko zu sehen?

– Es befindet sich im dritten Kreuzgang, auf einem Grab einer reichen Familie. Es stammt wohl aus der Mitte des 19. Jahrhunderts, allerdings ist es sehr desolat.

– Ich habe dich nicht für einen Friedhofsgeher gehalten, sagte Giovannino und Maria kicherte.

– Bin ich auch nicht. Ich habe eine Dissertation darüber geschrieben: Die religiöse Allegorie auf Monumentalgräbern. Die bellenden Hunde stellen die Sünden und Versuchungen, mit einem Wort, den Teufel dar, während der segnende Christus …

– Ich beglückwünsche den Kandidaten, er hat *summa cum laude* bestanden!

De Luca hob die Hand. – Wo genau ist dieses Grab?

– Dritter Kreuzgang, ganz hinten, in Richtung der Gedenkstätte der faschistischen Märtyrer. Die Familie heißt Venturoli, Venturini … irgendetwas mit V.

– Haha … also doch kein akademischer Kuss.

– Ich bin ja nicht wirklich hingegangen, ich habe in einem Buch darüber gelesen …

De Luca hörte nicht mehr zu. Er dachte an den Jungen in Unterhose, der gebrüllt hatte, er habe an der Schleuse ein Fresko gesehen, das sich auf einem Grab am anderen Ende der Stadt befand. Ursprünglich hatte er gedacht, er rede wirr, weil er so große Angst vor ihnen, dem Schwarzhändler und den Bomben hatte, doch jetzt wusste er, dass es wirklich einen Hundechristus gab, die Sache sah plötzlich ganz anders aus.

Plötzlich ergriff das Fieber wieder Besitz von ihm. Es lief durch seine Knochen und er bekam trotz des Schweißfilms eine Gänsehaut. Es war so heftig, dass er Lorenza fester drückte, die sich an seine Brust schmiegte, den Kopf auf seine Schulter legte und ihm etwas zuflüsterte wie eine schnurrende Katze, doch er dachte, dass er den Jungen aufs Neue verhören musste, er musste zu den Klosterschwestern gehen und ihn fragen, wie er auf den Hundechristus kam, nein, er musste zuerst auf den Friedhof gehen und das Fresko besichtigen. Wenn es nicht Sonntagnachmittag gewesen wäre und er sich nicht vor einem Wolkenbruch unter eine Brücke geflüchtet und Lorenza sich nicht an ihn geschmiegt hätte, wäre er augenblicklich aufgebrochen.

Er hätte es trotz allem unter einem Vorwand gemacht, doch Lorenza nutzte einen Augenblick aus, in dem die anderen nicht herschauten, drehte sich um und küsste ihn rasch auf den Hals.

– Mein Liebling, flüsterte sie ihm leise ins Ohr, und er dachte, *Ist gut, heute nicht, heute ist sie da.*

Er glaubte die Worte Cesarellas zu hören, *De Luca, mein Junge, du hast doch eine Verlobte?*

Morgen, dachte er und wiederholte es mehrmals hartnäckig.

Heute nicht. Heute ist Sonntag.

Morgen.

– Kommst du mit nach oben?, fragte Lorenza.

– Deine Eltern sind da, es ist schon fast Zeit zum Abendessen.

– Genau, iss mit uns.

– Weiß nicht … Ich müsste … weiß nicht …

Auf der ganzen Rückfahrt hatte De Luca ohne Unterlass an Cicciones Worte gedacht – obwohl es ihm so große Mühe bereitete, in der schwülen Gewitterluft in die Pedale zu treten, obwohl ihn Lorenza auf der Lenkstange sitzend anlächelte, mit dem Rücken zum Vorderrad und nackten übereinandergeschlagenen Beinen, und obwohl er sich fest vorgenommen hatte: *Morgen, morgen, morgen.*

Der Hundechristus.

Fast war es ihm gelungen, ihn gemeinsam mit den Fragen, die er dem Jungen stellen wollte, zu verdrängen, doch da waren sie auf die Piazza Saragozza eingebogen und er hatte die Straße gesehen, die zur Certosa hinaufführte.

So nah. Am Sonntag war der Friedhof wahrscheinlich noch geöffnet.

Dann waren sie bei Lorenzas Wohnung angekommen, sie war vom Fahrrad gesprungen und hatte ihn geküsst, ein schneller Kuss, doch diesmal auf die Lippen, das war etwas Ungewöhnliches bei ihr, und er hatte gedacht, *Ist gut, morgen. Ich habe genug Zeit. Morgen.*

– Du warst so süß in Unterhemd und Jacke. Du hast ausgesehen wie Gino in diesem Film, wie heißt er doch gleich … *Ossessione.* Besessenheit.

– Den habe ich nicht gesehen.

– Niemand hat ihn gesehen, er wurde verboten, weil er skandalös ist. Aber in einer Zeitschrift gab es Fotos.

– Du warst auch süß.

– Nur süß? Wenn das ein anständiges Mädchen aus gutem Haus wie ich sagt, ist es in Ordnung, wenn ein Mann es sagt, klingt es, als würde er sagen, du bist eine gewisse Sorte Mädchen …

– Du warst wunderschön. Du bist wunderschön.

Morgen. Ich habe genug Zeit.

– Kommst du also zum Abendessen? Du weißt ja, meine Eltern mögen dich. Mein Vater findet dich interessant.

– Der Professor mag Polizisten.

– Der Professor mag Kriminalromane.

Morgen.

– Ist gut, ich komme.

– Ach, sehr gut …

– Davor muss ich allerdings etwas erledigen. Ich brauche nur eine Minute, wenn ihr gedeckt habt, bin ich wieder da. Wenn du mir das Fahrrad leihst, bin ich sogar noch schneller wieder da.

Der Friedhof war geschlossen, doch ein Wächter war da, weil man die Gräber für die Bombenopfer hatte vorbereiten müssen. Er stand vor dem Leichenschauhaus, mit in die Seiten gestemmten Armen betrachtete er vier glänzende Holzsärge an der Wand, und De Luca musste ihn mehrmals rufen, bevor er sich umdrehte, dann schlug er mit dem Ausweis gegen die Eisenstäbe des Tors, damit er ihm öffnete.

Groß und dünn, mit einer schwarzen Schürze und langem, dünnem Schnurrbart unter der Hakennase, wirkte der Wächter wie die Karikatur eines Totengräbers.

Er holte eine Taschenlampe, denn es dämmerte schon, und ging De Luca auf dem Kiesweg voraus, der unter seinen Sohlen knirschte.

– Wo genau ist dieses Grab? Sie wissen es nicht? Dritter Kreuzgang, schon gut, aber wo genau? Und wie heißt noch mal die Familie? Sie wissen nicht einmal das? Ach ja, das Grab mit dem Hundechristus! Aber ja doch, hier lang.

Der Wächter bog in einen Arkadengang ein, der so hoch wie ein Kirchenschiff war, bewegte sich behände zwischen den Schatten, die von Statuen und Säulen auf den Steinboden geworfen wurden.

– Ist es denn so berühmt?, fragte De Luca.

– Was?

– Das Grab? Ich meine, das Fresko mit dem Hundechristus.

– Keine Ahnung, ob es so berühmt ist, ich arbeite schon mein Leben lang hier, für mich sehen alle Gräber gleich aus.

Eine Frau lag seitlich zu Füßen eines großen Marmorsarkophags, sie stützte sich auf einen Arm, die Finger zwischen den Haaren vergraben, mit streng zusammengekniffenen Lippen und erhobenem Kinn. Eine Statue, doch sie beugte sich so entschieden nach vorne, als wäre sie lebendig, und De Luca war, als würde ihr Blick aus weißen, leeren Augen ihm folgen. Er erschauerte, obwohl die Frau sehr schön war, und schloss dichter zum Wächter auf.

– Warum haben Sie sich sofort daran erinnert?, fragte er.

– An was?

– An das Fresko, den Hundechristus. Ich habe es erwähnt und Sie haben …

– Mein Neffe kam immer her.

– Ihr Neffe?

– Der Sohn meines armen Bruders, der in Griechenland gefallen ist, Gott hab ihn selig. Aber ich habe schon davor Vaterstelle an ihm vertreten, denn mein Bruder war kein sehr guter Vater, und nachdem er an der Front ins Gras gebissen hat, hab ich versucht, ihn irgendwo unterzubringen.

– Warum kam er immer her?

– Wohin?

Heiliger Bimbam, dachte De Luca.

– Zum Grab mit dem Fresko, dem Hundechristus.

– Ach, keine Ahnung. Ich habe ihn mitgenommen, weil ich wollte, dass er meinen Beruf ergreift, aber er ist verschwunden, er hat sich in der Gruft der Venturelli mit einer Flasche Wein verschanzt, und als ich ihn fand, war er betrunken und starrte mit aufgerissenen Augen das Fresko an. Franchino, habe ich zu ihm gesagt, wenn es dir solche Angst macht, warum gehst du dann hin?

De Luca blieb stehen und schlug mit den Absätzen der Schuhe auf den Steinboden des Arkadengangs, zwei harte Schläge.

– Wie, sagten Sie, hieß Ihr Neffe?

– Franchino.

– Negroni Gianfranco?

Der Wächter ging achselzuckend weiter.

– Man kennt ihn wohl sogar auf dem Präsidium, oder? Man hat mir gesagt, der Junge sei ein wenig bekloppt, aber ich wollte es nicht glauben. Angeblich hat er sich mit einem zusammengetan, der den Schwarzmarkt beliefert.

Der Wächter hatte den Arkadengang verlassen und De Luca beeilte sich, ihm nachzukommen. Sie überquerten einen Weg, dann kehrten sie um und gingen zwischen zwei Gräbern durch, auf einer Stelle stand ein Kind auf den Zehenspitzen und küsste ein anderes Kind auf einem Basrelief. De Luca streifte es mit der Schulter, für gewöhnlich hätte ihm das Kind mit der traurigen Miene leidgetan oder auch Angst gemacht, doch diesmal war er derart in Gedanken versunken, dass er gar nicht darauf achtete.

Die Vorstellung, dass alles, was Franchino im Gehöft gebrüllt hatte, nur dem Albtraum eines halb verrückten Jungen entsprungen war, der eine Heidenangst vor Schlägen und vor der Erinnerung an die Bomben hatte, war plötzlich wieder übermächtig geworden und hinterließ einen bitteren Geschmack in seinem Mund. Wenn Franchino tatsächlich wirr dahergeredet hatte, reichte wohl ein Blick auf das Fresko und er konnte früher zu Lorenza zurückkehren, doch der Gedanke tröstete ihn nicht.

Der Wächter blieb vor einem niedrigen, rissigen Steinquader stehen, der aussah wie ein Bunker, das Gusseisengitter war nur angelehnt. Auf einem Architrav hatte sich wohl einmal ein Engel befunden, doch nur die Flügel und ein Teil des Körpers waren übrig geblieben. Der Kopf fehlte, De Luca musste unwillkürlich lächeln.

– Passen Sie auf, da sind zwei Stufen, sagte der Wächter.

Drinnen war es kalt und auch finster, die Taschenlampe warf nur einen schwachen Schein. Sie traten zur Seite, damit der Lichtstrahl von draußen hineinfallen konnte, doch inzwischen war es so dunkel, dass es nichts nützte.

– Wo ist denn das Fresko?, fragte De Luca. Der Wächter schlug mit der Taschenlampe auf die Handfläche, dann betätigte er die Kurbel der Lichtmaschine derart heftig, dass sie ein schrilles Geräusch von sich gab wie das Miauen einer Katze.

Es wurde augenblicklich wieder hell, der Wächter richtete den Strahl in einen Winkel der Wand, und De Luca gefror das Blut.

Das Fresko war beschädigt, nur ein paar Flecken mit ausgebleichten Farben waren übrig. Auf dem unteren Fleck sah man die Umrisse zweier schwarzer bellender Hunde mit weit aufgerissenen Mäulern. Im Vordergrund hätte ein Christus stehen sollen, das erkannte man an den Teilen der Tunika und dem Paar Sandalen, doch der Rest des Körpers war von der Wand abgekratzt, die Wand war bis zum letzten Fleck oben abgeblättert.

– Da ist er, sagte der Wächter, der Hundechristus.

Doch nur der Kopf war noch da, er schwebte auf halber Höhe.

Er hätte alles Mögliche tun können, und alles wäre sinnvoll gewesen.

Er hätte direkt nach Hause zu Lorenza und mit ihren Eltern zu Abend essen können. Vielleicht hätte er dem Philosophen, der heimlich Mondadori-Krimis las, solange sie noch nicht verboten waren, vom Hundechristus in der Certosa erzählen können. Sobald sie allein waren, hätte er Lorenza küssen und sogar mit ihr auf dem Sofa im Wohnzimmer schlafen können.

Oder er hätte ins Präsidium gehen können, er hätte Rassetto und Corradini und sogar Massaron mit dem gasbetriebenen Balilla rufen und gemeinsam mit ihnen zum Gehöft fahren können.

Stattdessen stieg er auf Lorenzas Rad und sauste die Via Saragozza hinunter und dann nach links über die Alleen, und dann noch weiter nach unten, über die Via San Felice und Via Delle Lame, und dann fuhr er am Kanal entlang bis zu den Gehöften und zur Schleuse, dort ließ er das Giordano-Rad seitlich am Boden liegen, das Vorderrad drehte sich noch.

Franchino, der Junge, hatte gesagt, er habe den Hundechristus an der Schleuse gesehen.

Auf seine Art und Weise hatte er also gesagt, er habe einen Kopf gesehen.

De Luca zog die Taschenlampe unter der Jacke hervor, die er sich beim Wächter ausgeborgt oder, besser gesagt, die er beschlagnahmt hatte, und betätigte hektisch die Kurbel, weil er glaubte, sogar noch weniger als am Vortag zu sehen. Er folgte dem Rauschen des Wassers, das sich in die Schleuse ergoss, vorsichtig, um nicht in den Kanal zu fallen, und drang in die Dunkelheit vor, schlurfte über das von der Taschenlampe beleuchtete Gras. Er blickte zum Himmel empor, auf der Suche nach der beruhigenden Mondsichel, doch der Himmel war tiefschwarz, kein Schatten einer Wolke.

Er blieb noch rechtzeitig am Rande des Kanals stehen, beinahe wäre er am Ufer ausgerutscht, abgelenkt vom weißen Schaum und dem lauten Rauschen des Strudels. Er wollte schon umkehren, da fiel der Lichtstrahl der Taschenlampe auf das verrostete Metall der Schleuse. Ein Fallgitter mit breitem Rand wie jener einer Brücke, die über den Kanal führte. De Luca tastete ihn mit dem Lichtstrahl Zentimeter für Zentimeter ab, fand jedoch nichts.

Er wollte schon gehen, doch da fiel ihm ein, dass Franchino den Kanal hatte überqueren wollen, um auf die andere Seite zu gelangen. Mittlerweile hielt er es für eine Schnapsidee, hergekommen zu sein, doch da er nun schon mal da war, konnte er die Sache auch gründlich machen, also ging er weiter – er war sich sicher, dass er im Wasser landen würde –, setzte einen Fuß auf den metallischen Rücken des Fallgittters und da sah er ihn.

Auch ohne Taschenlampe.

So weiß, dass er in der Dunkelheit und auch in der Gischt leuchtete.

Festgehalten von den Ästen eines Baumes, der sich in der Schleuse verklemmt hatte, trieb er auf dem Wasser.

Ein Kopf.

De Luca flüsterte etwas, das nicht einmal er selbst verstand, denn inzwischen hatte er den Strahl der Taschenlampe gesenkt und sah ein schmerzverzerrtes Gesicht wie das von Christus am Kreuz. Die Äste, die es an den Schläfen festhielten und zwischen den nassen Haaren steckten, sahen aus wie eine Dornenkrone.

Er schob den Fuß über den Rand der Schleuse, um das Gleichgewicht zu bewahren. Er keuchte, einerseits wegen des Fiebers, das heftiger in ihm brannte als die Brandung gegen das Gitter schlug, und andererseits, weil er eine Idee hatte, die ihm Brechreiz verursachte.

Er wusste, er würde nicht aufs Präsidium zurückkehren und riskieren, den Kopf zu verlieren, und er würde auch nicht beim ersten Polizeiposten entlang der Straße stehen bleiben und telefonisch eine Wache anfordern, und er würde auch nicht einen Nachtwächter oder sonst jemanden bitten, das weiße Ding herauszuholen, das ihn ohne Augen anstarrte und mit aufgerissenem Mund stumm schrie.

Er spuckte einen Batzen säuerlichen Speichels ins Wasser und beugte sich über das Gitter, indem er ein Knie vorne und das andere weiter hinten auf dessen Rand abstützte. Er streckte den Arm aus, zog ihn jedoch gleich wieder zurück, öffnete aufgrund des Brechreizes den Mund, gab jedoch nur ein Würgegeräusch von sich.

Er spuckte noch einmal, atmete tief ein, doch die Luft roch faulig nach Kanal, also stieß er sie wieder aus und senkte schnell den Arm, die Finger gespreizt wie Krallen, er schaute gar nicht hin, was sie packten, die Taschenlampe leuchtete in eine andere Richtung.

Die Äste zerkratzten ihm den Handrücken, die Gischt kitzelte seine Handfläche, dann spürte er, dass das feuchte Werg sich um seine Finger wickelte, und da griff er zu und zog heftig, etwas riss, und mit geschlossenen Augen, den Kopf in der Hand, auf dem Gatter kniend, riss er den Mund auf und kotzte.

In Gedanken versunken, im Bann einer Leidenschaft, die das Fieber in ihm entzündete, mit vom Radfahren schmerzenden Beinen und dem in der Jacke eingewickelten Kopf im Korb des Giordano-Rades hatte De Luca schon fast das Zentrum erreicht, als er feststellte, dass etwas nicht stimmte.

In den Fenstern brannte trotz der Verdunkelung Licht, trotz der späten Stunde waren Menschen unterwegs, eine Frau schrie etwas, das er nicht verstand. In der Via Ugo Bassi waren noch mehr Menschen unterwegs, ein kleines Grüppchen stand unter den Arkaden und noch eines weiter vorne, an der Ecke zur Piazza del Nettuno, jemand schwenkte etwas, das aussah wie eine Fahne. Schon aus der Ferne hörte er Singen.

Was ist los?, dachte er. Einen Augenblick lang dachte er an Fliegeralarm, doch die Leute schienen keine Angst zu haben, ganz im Gegenteil. Fürs Erste wirkten sie auch nicht bedrohlich, doch sein Polizisteninstinkt sagte ihm, Menschen auf der Straße bedeuteten Schwierigkeiten, also trat er noch heftiger in die Pedale. Er wollte so bald wie möglich unter die Arkaden einbiegen und zum Präsidium auf der Piazza Vittoria d'Etiopia gelangen.

Am Beginn der Via Battisti stand jedoch noch eine Gruppe. Ungefähr ein Dutzend Leute, die lautstark diskutierten. Einer von ihnen schwenkte eine Fahne, und da er genau unter einer wenn auch verdunkelten Laterne stand, sah er ganz eindeutig, sie war rot.

Eine rote Fahne.

Was zum Teufel ist da los?, fragte er sich noch einmal, und er hörte auch, dass gesungen wurde, *Avanti o popolo, alla riscossa, Bandiera rossa,* und so stemmte er die Füße auf die Pedale, um zu bremsen und umzukehren, er wusste zwar nicht, was los war, aber das war eine öffentliche Demonstration von Subversiven, und er war ein Polizist, der es ihnen hätte verbieten sollen, ein Polizist auf einem roten, viel zu kleinen Damenrad, mit einem eingewickelten Kopf im Korb, kurz und gut, er wäre aufgefallen, und tatsächlich war er auch schon einem aufgefallen, er zeigte auf ihn, und schon umringten ihn alle, auch hinter ihm standen welche.

Fröhlich und ausgelassen klatschten sie in die Hände und sangen, wie Hochzeitsgäste auf dem Heimweg, einer packte mit beiden Händen die Lenkstange und rüttelte daran, dabei lächelte er De Luca an, der sie entsetzt anblickte. Sie waren überhaupt nicht bedrohlich, doch dann bemerkte einer die Wanze, das faschistische Parteiabzeichen, im Knopfloch der Jacke, die zusammengerollt im Korb lag.

– Deshalb feiert das Arschloch nicht. Er ist ein Faschist!

Jetzt wurde ihr Blick doch bedrohlich. Der, der die Lenkstange gepackt hatte, hörte auf, daran zu rütteln, er hielt sie fest, während ein anderer De Luca den Hut vom Kopf schnippte. Der, der die Lenkstange hielt, wollte die Wanze abreißen, doch als er die Jacke berührte, spürte er, dass sie feucht und prall war, und als De Luca versuchte, sein Handgelenk festzuhalten, versetzte er ihm einen Faustschlag.

– Was ist da drinnen, das wir nicht sehen dürfen? Das Zeug, das ihr dem Volk stehlt, ihr hässlichen Schweine?

Bròt, pôrz, im Dialekt, und auch die anderen wiederholten es, *pôrz, porzèl, ninên,* sie schubsten ihn und De Luca neigte sich mit ausgestrecktem Bein zur Seite, um nicht hinzufallen, so schräg, dass der Kopf aus dem Korb auf den Boden fiel, wie eine Kugel rollte er über die Straße, noch immer in die Jacke eingewickelt. Wenn er die Pistole dabeigehabt hätte, hätte er sie gezogen, doch er war ohne Pistole an den Lido gefahren, er wollte schon den Ausweis zücken und sagen, dass er ein Polizist war, egal, was dann passierte. Doch er rutschte aus und fiel hin, kam unter dem Rad zu liegen, die Hand in Richtung der Stoffkugel ausgestreckt.

– Hallo, hallo!, schrie jemand. – Was ist hier los? Weitergehen, weitergehen!

Drei Wachebeamte, in Uniform und mit Muskete, kamen angelaufen. Die Leute schauten sie einen Augenblick an, dann setzte sich der mit der Fahne in Bewegung und die anderen folgten ihm ruhig, sie begannen wieder zu singen, auch der, der De Luca eine Ohrfeige gegeben hatte, sie entfernten sich auf der Straße Richtung Piazza.

– Alles in Ordnung?, fragte eine der Wachen, ein Unteroffizier, während der andere das Fahrrad aufhob.

– Ja, alles in Ordnung …, sagte De Luca und stand schnell auf, um die Jacke aufzuheben, bevor ihm der dritte Polizist zuvorkam, der schon drauf und dran war, sich zu bücken.

– Was ist eigentlich los?

– Mussolini ist gestürzt, sagte der Gefreite.

– Hat er sich wehgetan?, fragte De Luca. Die Polizisten warfen sich einen verblüfften Blick zu, dann lachten sie los.

– Aber was! Die Regierung ist gestürzt worden.

Nun schaute De Luca sie verblüfft an. *Unmöglich,* wollte er schon sagen, *die Regierung kann nicht gestürzt werden,* doch da warf der Gefreite einen Blick auf das Bündel in seiner Hand, sah, was zwischen den Rockschößen hervorlugte, riss den Mund auf und hob die Muskete.

Er hätte gleich sagen sollen, dass er ein Polizist, ein Polizeibeamter, ein Vorgesetzter war, doch er war so durcheinander, dass er den Ausweis aus der Gesäßtasche der Hose ziehen wollte, und das war ein Fehler, denn der Polizist neben ihm machte einen Schritt nach vorne und schlug ihm mit dem Gewehrlauf direkt auf den Mund.

– Was haben sie mit dir gemacht? Haben sie dich bedroht? Ich wusste es, ich wusste es. Wir müssen reagieren!

Rassetto hatte eine Pistole in der Hand. Er war gerade aufs Präsidium gekommen und lief wie ein Löwe im Käfig auf und ab. Auch Corradini war da, ohne Krawatte, mit verschränkten Armen saß er am Rand eines Tisches.

– Wir warten auf Befehle, sagte er. – Gleich kommt Scimmino, schauen wir mal, was der Polizeipräsident verordnet.

– Ich sage, was zu tun ist! Reagieren! Ich habe mit einem von der Partei gesprochen, er sagt, der König habe den Duce verhaften lassen. Kannst du dir das vorstellen?

– Wir warten auf Befehle, wiederholte Corradini, und Rassetto bleckte sein Wolfsgebiss, ein zorniges Grinsen, er zeigte auf die Jacke seines Kollegen mit dem leeren Knopfloch.

– Du hast schon das Abzeichen abgenommen, knurrte er, – bravo, sehr gut!, und er klatschte in die Hände, – aber glaubt ja nicht, das würde genügen, sie werden uns holen, pass bloß auf, De Luca!

De Luca stand an der Tür, an den Türpfosten gelehnt, dreckig, mitgenommen, in Hemdsärmeln und ohne Hut, die zusammengeknüllte Jacke im Arm. Er hätte gern gesagt, dass die Polizisten und nicht die Subversiven ihn geschlagen hatten, doch er leckte seine geschwollene Lippe und schaute sich suchend um.

Im Sommer, vor allem an schwülen Tagen wie heute, gab es im Büro der Kriminalpolizei zwei luxuriöse Dinge: einen dreistufigen

Marelli-Ventilator und eine Kühltasche: einen Korb mit Eis. Er wurde jeden Vormittag frisch gefüllt, um Wasser und manchmal auch Bier zu kühlen, am Sonntag war das Büro geschlossen gewesen, doch es funktionierte sehr gut und irgendwo musste noch Eis sein.

Corradini fing seinen Blick auf. Er fragte, *Willst du Eis für die Lippe?,* doch De Luca schüttelte den Kopf. Er legte die Jacke auf den Tisch, zog die Rockschöße zur Seite, Rassetto und Corradini blieb der Mund offen stehen.

– Da, sagte er, lispelnd aufgrund der geschwollenen Lippe. – Ich habe den Kopf gefunden.

„Il Resto del Carlino", Montag, 26. Juli 1943, XXI, Italien, Reich und Kolonien, 30 Centesimi

DER KÖNIG ÜBERNIMMT DEN OBERBEFEHL ÜBER DIE STREITKRÄFTE, BEAUFTRAGT MARSCHALL BADOGLIO, EINE MILITÄRREGIERUNG ZU BILDEN. MUSSOLINI TRITT AB. Weiterhin Krieg.

Lokales aus Bologna: REGIERUNGSWECHSEL BEGRÜSST, BEIFALL FÜR DEN KÖNIG – LEBENSMITTEL: Heute und morgen Verkauf von Hühnern und Kaninchen.

Radio: 13 Uhr 10, Schlager aus Kriegszeiten

Ein Sarg, ein lackierter Holzsarg schaukelte auf den Händen einer großen und lärmenden Menge. Er sah aus wie ein Spielzeugschiff, wie ein Zweig in der Strömung eines Baches, doch er war wohl schwer, denn es war ein massiver Sarg und außerdem lag ein bronzenes Liktorenbündel darauf – der Mörtel von der Mauer, aus der man es gerissen hatte, klebte noch daran – sowie der scharf abgetrennte bronzene Kopf einer Mussolini-Statue.

Corradini legte den Rückwärtsgang ein und drehte sich auf dem Sitz des Balilla um, reckte den Hals, um über den Gasgenerator drüber zu blicken, der fast das ganze Rückfenster ausfüllte. Leute liefen über die Gasse, auf der sie unterwegs waren, und gesellten sich zu dem Menschenstrom, der die Via Ugo Bassi verstopfte. Ein Junge mit einer italienischen Flagge sprang zur Seite, damit er nicht niedergefahren wurde, und ein Mann mit einem gerahmten Bild des Königs in der Hand schlug brüllend mit der Faust auf den Kühler des Balilla.

– Nichts wie weg von hier, sagte Corradini, – machen Sie das lieber ab, und zeigte mit dem Kinn auf das Parteiabzeichen, das De Luca im Knopfloch hatte.

– Ach ja, sagte De Luca und entfernte die Wanze.

Beim Anblick von Mussolinis Kopf, der auf dem Sarg hin und her rollte, musste er an den Kopf in der Kühltasche auf dem Rücksitz denken, er drehte sich um und warf einen Blick darauf. Er holte den Korb nach vorne und stellte ihn zwischen seinen Beinen auf den Sitz.

– Die Leute sind völlig außer sich, sagte Corradini, seiner Stimme nach zu urteilen war auch er aufgeregt. – Ich hoffe nur, sie beerdigen ihn nicht zu früh, was meinen Sie, Kommissar?

– Keine Ahnung. Gib auf die Fahrradfahrer acht.

Corradini blieb stehen, um eine Gruppe Radfahrer vorbeizulassen, die die italienische Nationalhymne sangen, dann bog er in die Via Marconi ein. Sie fuhren an der Ruine des *Hotels Brun* vorbei, an der die Bomben Spuren hinterlassen hatten, als hätten sie hineingebissen, und schließlich gab er Gas, soweit das mithilfe des im Generator durch die Verbrennung von Eichenholzblöcken erzeugten Gases möglich war.

Zwei Panzerwagen des Heeres, gefolgt von einem Carabinieri-Lkw kamen ihnen entgegen, sie fuhren in entgegengesetzter Richtung ins Zentrum. Corradini sagte etwas, doch De Luca war so sehr damit beschäftigt, mit den Zähnen die Kruste auf seiner Lippe abzuziehen, dass er es nicht verstand.

– Was hast du gesagt?

– Ich sagte, Sie haben doch Doktor Cesarella gehört, er sagte, alles Mögliche könne passieren. Was wird Ihrer Meinung nach passieren?

De Luca gab keine Antwort, denn er hatte sich wieder ablenken lassen und dachte an seinen Kopf, nicht an den Mussolinis. Er hatte ihn fotografieren lassen und ihn zu diesem Zweck auf einen Tisch mit einem Laken darauf gestellt, das dem Toten bis zum Kinn reichte, es sah fast so aus, als ob sich darunter der Rest des

Körpers befände. Das Ganze wirkte jedoch nach wie vor recht schaurig, deshalb hatte er sich überlegt, ihn malen und etwas verschönern zu lassen. Er wollte das Bild in Umlauf bringen und fragen, ob ihn jemand erkannte, doch zu diesem Zweck durften die Leute nicht gleich den Blick abwenden.

– Ob nun die Faschisten auf die Leute schießen oder die Leute die Faschisten jagen, wir Polizisten sind immer zwischen den Fronten. Habe ich recht, Kommissar?

– Ja, sagte De Luca, nur um etwas zu sagen.

Dann zeigte er auf das weiße, viereckige und nüchterne Gebäude am Ende der Via Irnerio, das aufgrund der Statuen und der mit Kreisen und Dreiecken geschmückten Fassade eher an ein kleines Ministerium als an das Institut für Gerichtsmedizin erinnerte.

Professor Bonis Büro war leer. Auch der Rest des Instituts war so gut wie leer, De Luca und Corradini hatten den Weg in den ersten Stock des Gebäudes nur deshalb gefunden, weil ihnen eine Gruppe von Studenten in weißen Kitteln den Weg gewiesen hatte, denn nicht einmal der Portier saß in seiner Loge im Hochparterre.

Sie warteten an der Schwelle mit dem Korb in der Hand, aus dem Wasser auf den schwarz-weißen Steinboden tropfte, bis De Luca hinter sich ein Hüsteln hörte: ein junger Mann, groß und dünn, mit Geheimratsecken und im Rücken, unter einem offenen Kittel, verschränkten Armen, darunter trug er eine gelbe Weste und eine rot gepunktete Schleife.

– Kann ich Ihnen helfen?, fragte er, und zwar so direkt, dass De Luca sofort den Eindruck hatte, er sei trotz seiner Jugend und seines exzentrischen Auftretens mehr als ein etwas seltsamer Student.

– Kommissar De Luca, Kriminalpolizei.

– Professor Tirabassi, Gerichtsmedizin.

Er streckte die Hand aus, De Luca wollte seine instinktiv heben, hielt auf halber Höhe jedoch inne und drückte sie ihm.

– Suchen Sie den Professor?

– Ja, ich hätte …

– Tut mir leid, er ist nicht da.

– Er ist nicht da, wiederholte De Luca. – Ich hätte hier nämlich …

– Er ist nicht hier und ich glaube auch nicht, dass er später kommen wird. Professor Boni ist ein sehr illustrer italienischer *Accardemiker,* er streckte den Arm aus und schlug die Hacken zusammen, – er wird erst kommen, wenn die Dinge für ihn geregelt sind.

– Ich verstehe. Aber, nun, ich hätte hier …

– Ist das schmelzendes Eis?, fragte Tirabassi. – Aufgrund des Geruches nehme ich an, es soll etwas Organisches frisch halten. Was ist in dem Korb?

– Ein Kopf, sagte De Luca.

– Interessant.

Tirabassi riss De Luca den Korb nahezu aus der Hand, dann betrat er das Büro. Er legte das tropfende Bündel auf den Schreibtisch Professor Bonis und öffnete es. Corradini machte einen Schritt zurück, verschwand hinter dem Türrahmen und flüsterte etwas, das niemand verstand, jedoch wie ein Fluch klang.

– Interessant, wiederholte Tirabassi.

– Er gehört zu einer Leiche, die wir vor zwei Tagen gefunden haben, gestern ist sie hierher zu Ihnen gebracht worden. Professor Boni hat versprochen, sie zu untersuchen und …

– Ich habe Ihnen schon gesagt, der Professor ist nicht da. Aber ich kann sie untersuchen. Ich bin der stellvertretende Gerichtsarzt, was auch immer das bedeutet. Und dann fügte er hinzu: – Machen Sie sich keine Sorgen, ich bin der Tüchtige, das Schweigen De Lucas hatte ihn stutzig gemacht.

Doch der war nur überrascht, angenehm überrascht, weil dieser merkwürdige, große und hagere Student eine derart leidenschaftliche Konzentration an den Tag legte, wie ein Komma stand er über den Korb gebeugt, als ob er daran schnuppern wolle. Er machte einen Vorstoß: Boni hatte Mittwoch gesagt, er wisse jedoch, dass das Ende der Woche bedeutete, wenn Tirabassi die Leiche früher, und sei es auch nur ein paar Tage früher, untersuchen könnte, wäre ihm sehr geholfen.

– Darf ich Sie um einen Gefallen bitten? Ich bräuchte eine Leichenschau, ich leite die Ermittlungen, und wenn wir ein paar Tage früher …

Tirabassi zuckte mit den Achseln, ohne sich umzudrehen.

– Schon gut, sagte er. – Kommen Sie halt um zwei Uhr wieder.

Corradini lehnte an einem Baum der Allee und spuckte auf den Boden, wischte sich einen Speichelfaden vom Mund und atmete tief ein.

– Ich werde mich nie daran gewöhnen, flüsterte er. – Kommissar, fahren wir zurück aufs Präsidium?

De Luca hatte sich die Jacke ausgezogen, denn seine einzigen Sommeranzüge, der weiße und der tabakbraune, waren in der Reinigung. Er hatte nur noch einen schwarzen Winter- und einen grauen Herbstanzug, diesen trug er gerade.

Er lockerte die Krawatte und wischte sich mit den Fingern den Schweiß im Nacken ab.

– Nein, sagte er, danach.

– Aber der Affe … ich wollte sagen, Doktor Cesarella hat gesagt, wir sollen sofort zurückkommen.

– Es ist nicht die Aufgabe der Kriminalpolizei, sich um die öffentliche Ordnung zu kümmern.

– Aber der … ich meine, Cesarella hat gesagt, jeder einzelne Beamte sei wichtig, es könne alles Mögliche passieren.

De Luca öffnete die Autotür und setzte sich auf den Beifahrersitz, die Jacke legte er gefaltet auf die Knie. Angesichts Tirabassis Versprechen, ihm das Resultat der Autopsie sofort zukommen zu lassen und nicht erst innerhalb von ein paar Tagen, empfand er Euphorie, seine Erregung erreichte ein nahezu unerträgliches Ausmaß. Am liebsten wäre er im Vorzimmer des Instituts bis zwei Uhr sitzen geblieben, doch er musste ein paar Dinge gleich erledigen.

– Von mir aus, sagte Corradini und setzte sich auf den Fahrersitz, – Sie sind der Chef.

– Maresciallo Rassetto ist im Präsidium, im Fall des Falles kann er der Truppe das Einsatzkommando geben.

Corradini grinste und ließ den Motor an. – Wenn Rassetto die Nase hinaussteckt, wird er gelyncht. Wahrscheinlich geht er im Büro auf und ab wie ein Löwe im Käfig. Wohin soll ich fahren?

– San Giovanni in Monte. Unterhalten wir uns mit Borsaro.

Das Gefängnis San Giovanni in Monte wurde vom Heer bewacht, unter den Arkaden, vor dem Tor, stand ein Maschinengewehr. Das demonstrierende Grüppchen war sehr klein, aber eine Gruppe Frauen schrie, man solle die politischen Gefangenen freilassen, und das schien den jungen Hauptmann, der die Truppe befehligte, nervös zu machen, immerhin standen dahinter auch ein paar ebenfalls sehr junge Männer in Hemdsärmeln und schwenkten eine rote Fahne.

De Luca musste den Ausweis zücken und die Jacke wieder anziehen, denn in Hemdsärmeln wollte der Hauptmann ihn nicht näher kommen lassen. Dann nickte er, den Blick auf die Frauen und die Männer mit der roten Fahne gerichtet, und wartete, während der Hauptmann an die Tür klopfte.

Doch Borsaro war nicht in der Zelle.

– Was heißt, er ist nicht mehr da? Was soll das bedeuten?

– Er ist halt nicht mehr da, sagte der Unteroffizier im Büro des Direktors. – Zuerst war er da, aber gestern Abend ist ein hohes Tier von der Miliz mit einer Truppe Schwarzhemden gekommen und hat ihn mitgenommen. Sie sagten, sie würden ihn in Gewahrsam nehmen.

– Unmöglich, sagte De Luca, und der Hauptmann zuckte mit den Achseln.

– Herr Doktor, ich glaube, auf dieser Welt ist nichts mehr unmöglich.

– Ich möchte mit dem Direktor sprechen.

– Heute Morgen ist Seine Exzellenz nicht gekommen, ich glaube, eine Zeit lang …

– Schon gut, ich habe verstanden. Wer war das hohe Tier von der Miliz?

Er ahnte es, er wusste es, und als der Hauptmann ein Blatt Papier mit zwei sehr allgemein gehaltenen maschinengeschriebenen Zeilen über den Schreibtisch schob, brauchte er gar nicht hinzusehen, er wusste, der arrogante Schnörkel war die Unterschrift von Konsul Martina.

– Casa del Fascio, faschistisches Hauptquartier, sagte De Luca zu Corradini, der im Auto auf ihn wartete.

– In die Kaserne auf die Via Mascarella, zu den Ortsgruppen oder in die Zentrale in der Via Manzoni?

De Luca dachte eine Zeit lang nach.

– Zentrale. Fangen wir dort an.

Er hatte recht. Hierher hatte Konsul Martina Borsaro am Nachmittag des Vortages gebracht, während De Luca mit Lorenza und den

Jungs am Lido war, er hatte ihn in einem der Hotelzimmer neben dem Renaissancepalast untergebracht, in dem sich die Casa del Fascio in Bologna befand.

Aber auch hier war er nicht mehr.

Noch am selben Abend, nachdem im Radio die Nachricht von Mussolinis Sturz verbreitet worden war, war er mit einer vollgepackten Aprilia vorgefahren, allein und in Zivil, hatte Borsaro abgeholt und war getürmt.

Das erfuhr De Luca von einem Schwarzhemd, der auf einem Bein auf und ab hüpfte, um eine Samthose anzuziehen, die er aus einem Schrank am Gang genommen hatte.

Er war als Einziger in diesem Flügel des Palazzo Ghisilardi-Fava zurückgeblieben, und auch die für die Jahreszeit unpassende Hose schien das letzte verbliebene Kleidungsstück im Schrank zu sein, alle anderen Schränke am Gang standen offen und waren leer, die Kleiderbügel lagen verstreut am Boden. Auf den roten Fliesen im Hof lagen Haufen von schwarzen Hemden, die man aus der Galerie über den Arkaden hinuntergeworfen hatte, Jacken mit dem Liktorenbündel am Kragen und einige Feze. De Luca und Corradini stiegen die erste Rampe hinauf, auf dem Treppenabsatz, der zu den Büros führte, in denen Dokumente am Boden lagen, als ob man während eines Sturms die Fenster offen gelassen hätte, gingen De Luca und Corradini wie auf einem Teppich aus Parteiabzeichen, die unter den Schuhen knirschten wie echte Wanzen.

Der Milizsoldat knöpfte sein schwarzes Hemd auf und warf noch einen Blick auf die leeren Schränke.

– Sind Leute draußen?, fragte er besorgt.

– Ja, sagte Corradini. – Carabinieri und Soldaten.

– Ich meinte, normale Leute.

– Ja.

– Viele?

– Ja.

– Und was tun sie?

– Als wir ankamen, haben sie geschrien und Steine gegen die Fassade geschmissen. Keine Ahnung, was sie jetzt tun.

Der Soldat knirschte mit den Zähnen. Aus einem fernen Büro drang das Geräusch von splitterndem Glas.

– Noch immer, sagte Corradini.

Der Milizsoldat zog das schwarze Hemd aus, riss es sich nahezu vom Leib und schleuderte es von sich.

– Ihr müsst mich beschützen, sagte er, – mit euch kann ich hinausgehen, sie werden glauben, ich bin ebenfalls einer vom Präsidium.

Corradini konnte ein Lächeln nicht unterdrücken. – In diesem Aufzug? Ich an deiner Stelle würde mich irgendwo verstecken und erst in der Dunkelheit hinausgehen. Wenn du mit uns hinausgehst, bekommst du mindestens einen Stein ab.

– Ja, sagte der Milizsoldat, – ja, wiederholte er und verschwand über den Gang, vornübergebeugt und mit den Armen rudernd, als ob er verfolgt würde, in Samthose und weißem Unterhemd.

Corradini schüttelte den Kopf, flüsterte, *Schau dir das an,* doch als er sich zu De Luca umdrehte, stellte er fest, dass der Kommissar schon fast bei der Treppe angelangt war, die nach unten führte. Er hatte kein Wort von dem Gespräch zwischen ihm und dem Schwarzhemd mitbekommen, ein Gedanke hatte ihn übermannt, ein hässlicher Gedanke, eine Vorahnung, bei der ihm der Atem stockte.

– Gehen wir, Corradini, sagte er, – gehen wir, schnell! Und der Brigadier musste laufen, um nicht abgehängt zu werden.

– Er ist davongelaufen.

– Was heißt, davongelaufen?

– Was, wie … nun, er ist nicht mehr da. Beim Appell heute Morgen saß er noch auf seinem Platz und hat mit den anderen gefrühstückt, doch jetzt ist er nicht mehr da.

Schwester Maria war eine winzige Frau, die unter dem weißen Ornat fast verschwand, das schmale, alterslose Gesicht wurde vom schwarzen Schleier der Imeldinen umrahmt, der die weiße Haube nahezu bedeckte. Auch Albertino hatte ein ganz kleines Gesicht, und die runde Baskenmütze saß darauf wie der Kopf auf einem Nagel, doch ansonsten war er ein Riese, in seinem blauen Arbeiteroverall füllte er sogar mit verschränkten Armen die ganze Türöffnung aus. Seinetwegen schickte das Präsidium hin und wieder einen schwierigen Jungen ins katholische Internat auf der Via Remorsella, er war nämlich besser als jeder Kerkermeister. Aber offenbar nicht immer, denn als De Luca und Corradini nach Negroni Gianfranco alias Franchino fragten, zuckte der Riese nur mit den Achseln. Auch Schwester Maria war verwundert.

– Das ist ja kein wirkliches Gefängnis, Kommissar. Wir haben ja keinen Stacheldrahtzaun. Und im ersten Stock zeigen die Fenster zur Straße, sie sind zwar immer geschlossen …

– Ich habe die im Speisesaal vergessen.

Albertinos Stimme war genauso mickrig wie sein Kopf. Schwester Maria warf ihm einen weiteren verwunderten Blick zu, dann zuckte auch sie mit den Achseln.

– Wie ich schon sagte, Kommissar, kurzum … wir sind ja kein Gefängnis.

Er dachte, *Ich habe eine Dummheit gemacht,* und er sagte es auch, er flüsterte: – Ich habe eine Dummheit gemacht.

– Wie bitte, Kommissar?

– Glaubst du an den Zufall, Corradini?

– Keine Ahnung. Sie?

– Ich schon. Hin und wieder passieren zwei Dinge aus zwei verschiedenen, voneinander unabhängigen Gründen. Doch der Konsul Martina schickt zielsicher ein Schwarzhemd los, um einen geheimnisvollen Koffer aus Borsaros Lager zu holen, dann wird Borsaro vom Konsul abgeholt und verschwindet gemeinsam mit ihm, und auch sein kleiner Freund haut – Überraschung! – aus dem Kloster ab und verschwindet.

– Mit Verlaub, Herr Kommissar, mir ist Albertino irgendwie seltsam vorgekommen, so vage.

– Mir auch. Und aus reinem Zufall vergisst er auch noch, ein Fenster zu schließen. Ich habe das alles von Anfang an unterschätzt, das war dumm.

– Und was tun wir jetzt?

De Luca seufzte, ein langer Seufzer, mit dem er seine Lunge in die heiße Juliluft leerte, die noch dazu von den Dämpfen der Biomassevergasung gärte.

– Wir geben einen Fahndungsbefehl für Borsaro und den Jungen raus, und wenn wir schon dabei sind, auch für den Konsul, wir erkundigen uns, ob er bei der Suche nach dem Koffer überhaupt zuständig war, und dann nehmen wir Albertino fest und bringen ihn zum Verhör aufs Präsidium.

Corradini hatte bereits bei den ersten Worten genickt, aber so eindeutig und entschieden, dass es *nein* bedeutete.

– Kommissar, ich meinte, was tun wir *jetzt*. Wie Sie wissen, wartet Doktor Cesarella auf uns … Es kann ja alles Mögliche passieren.

Auch De Luca nickte, mit zusammengekniffenen Lippen und gerunzelter Stirn, und so langsam, dass es ebenfalls *nein* bedeutete.

Er schaute auf die Uhr, dann warf er einen Blick aus dem Fenster, auf die Statue des Popolano, die hoch oben auf dem Montagnola-Hügel thronte. Es war gerade mal ein Uhr, und sie befand sich auf halbem Weg.

Für alles, was er tun wollte, brauchte er die Genehmigung seines Chefs, und einmal abgesehen davon, dass er ihn erst hätte überzeugen müssen, hätte Cesarella ihn ganz sicher den Ordnungskräften zugeteilt, noch bevor er ein Wort hätte sagen können.

Doch er wollte die Sache mit dem Kopf abschließen. Mit Tirabassi sprechen und ein paar Antworten einholen, die die Ermittlungen vorantreiben und es ihm ermöglichen würden, sich selbst und auch Scimmino klarzumachen, worum es eigentlich ging.

Er wusste, wenn es ihm endlich gelang, seiner Leiche einen Kopf zu geben, würde er mehr wissen.

– Lass mich aussteigen, danke, sagte er, riss die Tür auf und sprang hinaus, noch bevor Corradini das Auto zum Stehen gebracht hatte.

– Herr Doktor? Was solle ich dem Aff… Was soll ich dem Chef sagen?

Der Montagnolapark befand sich auf halbem Weg zwischen dem Institut für Gerichtsmedizin in der Via Irnerio und der Apotheke, in der Lorenza arbeitete. Auf dem Hügel hatte sich ein Grüppchen von Menschen versammelt, die unterhalb des Denkmals des halbnackten Jungen, der einem toten österreichischen Soldaten die Fahne aus den Händen riss, Blumen streuten, und da alle mit dem Rad unterwegs waren, beschloss De Luca, einen Abstecher zu seiner Wohnung zu machen, die auf dem Weg lag, und Lorenzas Giordano-Rad aus dem Flur zu holen, wo er es am Abend davor abgestellt hatte, als er mit seiner geplatzten Lippe und der schmutzigen Jacke nach Hause gekommen war.

Diesmal schob er das Rad über die Via dell'Indipendenza, dicht an der Mauer, um dem Menschenstrom auszuweichen, der die Straße bis zu den Arkaden verstopfte; Männer, Frauen und Kinder schrien, *Es lebe der König* und *Es lebe Badoglio*, sie schwenkten rote Fahnen und die Trikolore, sangen die italienische Nationalhymne und ein paar sangen sogar *Bandiera rossa*.

Auf dem Sockel des Garibaldi-Denkmals, ausgerechnet unter den Hufen des Pferdes, stand ein Mann in Hemdsärmeln und sprach gestikulierend zum Volk. Die Leute blieben stehen, um zuzuhören, und De Luca nutzte eine Lücke aus, um auf die andere Straßenseite zu gelangen und schnell in die Via Altabella einzubiegen, mit rasselnder Fahrradkette gelangte er zur Apotheke, dem einzigen offenen Laden.

An der Tür, im Holzperlenvorhang, der die Hitze abhalten sollte, stieß De Luca beinahe mit Doktor Ravenna zusammen. Er erkannte ihn ohne Kittel fast nicht. Seit seine Apotheke arisiert worden war, arbeitete er heimlich und gab sich im Fall einer Kontrolle als Kunde aus.

– Das erste Mal, dass ich deinen Ex-Chef lächeln sehe.

– Er sagt, sobald die Rassengesetze abgeschafft sind, holt er sich die Apotheke zurück.

– Und was sagt dein aktueller Chef, der sie requiriert hat?

– Keine Ahnung. Ich glaube nicht, dass Montuschi klein beigibt, er hätte ihn ja schon längst verjagt, doch Elia hat jüdische Stammkunden, die nur ihm vertrauen. Aber heute ist er nicht aufgetaucht, wahrscheinlich wird er sich eine Zeit lang nicht blicken lassen.

Tatsächlich stand sie allein hinter dem Tresen, tadellos in ihrem makellos weißen Kittel, nur der oberste Knopf war offen, Lorenza schien nicht mal zu schwitzen, ihr schien nicht einmal heiß zu sein, sie hatte lediglich die blonden Haare im Nacken zusammengebunden und mit einem Bleistift fixiert, der in dem Knoten steckte wie eine japanische Haarnadel.

Wie schön sie ist, dachte De Luca, und obwohl sie sich bemühte, ernst zu bleiben, und obwohl die zarten Fältchen in den Mundwinkeln umsonst versuchten, eine vorwurfsvolle Schnute zu ziehen, war nicht zu übersehen, dass auch sie aufgeregt war. Mit dem Kopf deutete sie auf die lärmende Menge draußen.

– Gestern war ich sehr wütend, sagte sie, – dann habe ich gehört, was passiert ist, und habe verstanden, dass du zu tun hattest.

– Ja, sagte De Luca. Das stimmte nicht, war aber auch keine Lüge. – Tut mir leid. Ich habe dir das Rad gebracht. Ich habe es draußen angeschlossen.

Lorenza kam hinter dem Tresen hervor, um ihn zu küssen. Davor versicherte sie sich mit einem Blick zur Tür, ob auch niemand hinter dem Holzperlenvorhang stand, dann bemerkte sie die aufgeplatzte Lippe.

– Und das?

– Nichts, nichts.

– Um Himmels willen, hat es Unruhen gegeben?

– Nein, nichts, mach dir keine Sorgen … Ich bin gegen ein Hindernis gefahren. Ich bin kein guter Radfahrer.

Lorenza schüttelte lächelnd den Kopf, berührte mit der Fingerspitze seine Lippe, so leicht, dass es De Luca nicht einmal spürte.

– Komm, wir geben was drauf.

– Aber nein …

– Komm.

De Luca ließ sich mit verschränkten Armen zum Tresen führen, er seufzte geduldig, während Lorenza eine der vielen Schubladen an der Wand öffnete, die alle gleich aussahen. Sie schmierte ihm eine

Creme auf die Lippe, die brannte und in seinem Mund einen unangenehmen Eisengeschmack hinterließ.

– Ist es draußen wirklich nicht gefährlich? Ich meine, für dich.

– Mach dir keine Sorgen, die Stadt wird von Soldaten bewacht, es kann nichts passieren.

– Die Menschen sind völlig außer sich, sagte Lorenza, auch sie war aufgeregt. – Heute Morgen bin ich über die Piazza gegangen, und auf den Stufen von San Petronio saß ein kleiner, kahler Greis mit einem Käfig voller Hühner, sie waren schon gerupft und er warf sie den Leuten zu. Er sagte, sie seien für die Faschisten bestimmt gewesen, doch *esst ihr sie, feiert, es lebe die Freiheit!* Was wird deiner Meinung nach passieren?

– Alle fragen mich das, aber woher soll ich das wissen? Ich bin Polizist. Frag doch deine Eltern, ihr seid eine Familie von Intellektuellen, oder nicht?

Lorenza berührte aufs Neue zart De Lucas Lippe.

– Papa sagt, es wird eine Revolution geben, nach zwanzig Jahren können die Menschen sie nicht länger unterdrücken, Mama hat Angst, dass die Deutschen kommen, und mein Bruder hat Angst vor dem König und vor Badoglio. Ich, sagte sie achselzuckend, – glaube, dass die Menschen vor allem daran denken, was sie am Abend auf den Tisch stellen, und ob ihre Angehörigen aus dem Krieg zurückkehren. Aber ich bin die Normale in der Familie, sie sind die Genies.

Sie küsste ihn seitlich auf den Mund, dort, wo keine Wunde war, ein langer und intensiver Kuss wie ein echter. Davor hatte sie jedoch noch einen Blick zur Tür geworfen.

– Gehst du mit mir zu Mittag essen?, fragte sie. – Wir haben offen, weil wir eine öffentliche Funktion haben wie das Präsidium, aber verhungern müssen wir nicht.

De Luca schaute auf die Uhr.

– Ich kann nicht. Ich muss noch was erledigen. Aber heute Abend komme ich. Ich schwöre.

Er küsste sie, ein echter, heftiger Kuss, und dabei spürte er auf den Zähnen den säuerlichen Eisengeschmack und den süßlichen des Bluts, und vielleicht spürte ihn auch Lorenza, denn sie leckte sich überrascht über die Lippen.

– Kommst du heute Abend?

– Ich schwöre.

– Versprochen?

– Ich schwöre.

Er sagte es noch einmal und küsste dabei zweimal die überkreuzten Finger, während ihn Lorenza mit einem derart verliebten und aufrichtigen Blick ansah, dass er wieder dachte, *Wie schön sie doch ist.*

Einmal hatte er bei einer Autopsie heftiges Unbehagen empfunden.

Er war noch jung und gerade der Polizei beigetreten, und er arbeitete gemeinsam mit seinem Mentor, Kommissar Tampieri – der zwei Ohrfeigen für einen Verbrecher für legitim hielt –, als stellvertretender Kommissar an einem Fall. Die Tote war eine Frau, eine Prostituierte aus einem drittklassigen Bordell im Vicolo delle Quaglie, man hatte sie in einem Graben außerhalb der Stadt gefunden, sie war eindeutig ermordet worden.

Die Autopsie sollte klären, wie und auf welche Weise, und sie beide, der alte und der stellvertretende Kommissar, waren gekommen, um es in Erfahrung zu bringen, denn sie verfolgten eine vage Spur und die Zeit war knapp.

De Luca brannte vor Neugier, er war so aufgeregt, dass er nicht einmal den Geruch wahrnahm, er war schon mehrmals in

Obduktionssälen gewesen und der Kommissar hatte schon Dutzenden Autopsien beigewohnt, zumindest in den ersten Minuten hielten sie sich immer den Krawattenzipfel vor die Nase, um sich an den Geruch zu gewöhnen, aber diesmal nicht, De Luca beugte sich sogar über den nackten Körper auf dem Marmortisch.

Dann schnitt der Arzt den Brustkorb der Frau auf, ein Y-förmiger Schnitt direkt unter dem Hals, in Form einer Krawatte, er spreizte den Brustkorb mit den Retraktoren auf und zog daran, so heftig, dass der Körper der Frau sich aufbäumte, als ob sie sich aufsetzen wollte.

Das Ganze hatte wie immer nur einen Augenblick gedauert, doch in diesem Augenblick hatte sich auch der Kopf der Frau gehoben und die im Tod weit aufgerissenen Augen hatten De Luca aus einem Winkel heraus angesehen, als wolle sie ausgerechnet ihn anblicken, und zwar derart gekränkt, dass es ihm den Magen zusammenschnürte. Sie hatte sich wohl unzählige Mal nackt den Blicken eines Mannes dargeboten, doch in diesem Augenblick schien sie ihm tatsächlich wütend, zornig, gekränkt sagen zu wollen: *So nicht, so nicht.*

Er war hinausgegangen. Nach einer Weile war Tampieri ihm nachgekommen, hatte sich über ihn lustig gemacht und zu ihm gesagt, wenn er wissen wolle, was sie herausgefunden hatten, solle er wieder hineingehen, der Arzt würde es ihm sagen. Er hätte es ihm auch sagen können, doch der Gerichtsmediziner würde es bestimmt besser erklären.

Da war De Luca wieder hineingegangen, ohne auf die nackte und geöffnete Leiche auf dem Tisch zu achten, die jetzt zur Decke starrte, er hatte die Informationen des Arztes gierig aufgesogen, und seit diesem Tag hatte ihn keine Autopsie mehr derart mitgenommen, nicht einmal die widerwärtigste und nicht einmal die von

Kindern. Der Kommissar wusste das, aus diesem Grund hatte er ihn wieder hineingeschickt. Er war nicht umsonst sein Mentor.

Diesmal starrte ihn jedoch niemand vorwurfsvoll an, denn die Leiche auf der Metallbahre hatte keinen Kopf, und der Kopf, der auf dem Marmortresen neben dem Waschbecken stand, hatte keine Augen. Jetzt, wo De Luca die beiden Teile seines Rätsels, Kopf und Körper, zusammengefügt hatte, war er so begierig, alles darüber zu erfahren, dass er die Treppe in den Mezzanin im Laufschritt nahm.

Tirabassi schraubte gerade den oberen Kannenteil einer kleinen Kaffeemaschine fest und stellte sie auf einen umfunktionierten Bunsenbrenner, wahrscheinlich handelte es sich nur um Kaffeeersatz oder Zichorie, doch allein die Geste verstärkte De Lucas Neugier.

– Und?, fragte er.

– Wir sprechen von einem ungefähr fünfzigjährigen Mann, mehr als eins achtzig groß und fünfundsiebzig Kilo schwer, doch früher muss er einmal dicker gewesen sein, denn er befindet sich in einem Zustand der Mangel- oder besser gesagt Unterernährung.

De Luca nickte. Tirabassi wischte sich die Hände am Kittel ab, auf dem Spuren von Kaffeeersatz oder Zichorie zurückblieben, dann trat er zur Leiche. Ein rosa Rinnsal lief durch die seitlichen Abflüsse und durch ein Gitter in der Mitte des abgeschrägten Fußbodens. De Luca achtete darauf, nicht darauf zu treten.

– Wir haben es mit einem Herrn zu tun, der viel rauchte und noch mehr trank, seine Leber weist bereits Anzeichen einer schlimmen Zirrhose auf.

– Ist gut, sagte De Luca ungeduldig.

– Ein hässlicher Bruch des linken Knöchels, alt, aber schlecht verheilt. Wahrscheinlich hinkte er auf diesem Bein.

– Das ist schon mal was, sagte De Luca.

Danke, murmelte Tirabassi, allerdings sarkastisch. Er zeigte auf die Leiste des Mannes, auf den Penis, der in einem Büschel nasser Haare fast nicht zu sehen war.

– Und eine schlimme Syphilis, die wahrscheinlich nur mit massiver Einnahme von Antibiotika im Zaum gehalten werden konnte. Genaueres kann ich Ihnen nach der toxikologischen Untersuchung sagen. Er ist beschnitten. Aber nicht aus hygienischen oder gesundheitlichen Gründen. Eher ein ritueller, in der Kindheit durchgeführter Schnitt.

– Ein Jude?

– Oder ein Moslem.

– Können Sie denn nicht die Rasse feststellen?

– Vielleicht können das die Kollegen vom Rasseamt. Ich kann Ihnen nur sagen, ein Mensch männlichen Geschlechts, wahrscheinlich israelitischer Herkunft oder Glaubens. Oder moslemischen.

– Sie sind mir keine große Hilfe.

Das Wasser in der Kaffeemaschine kochte. Tirabassi machte das Feuer aus und zog die Maschine herunter, mit dem Ärmel über der Hand, um sich nicht zu verbrennen. Aus dem Schnabel der Kaffeemaschine drang der Geruch echten Kaffees, das war nahezu unmöglich.

– Todeszeitpunkt ist Samstag, 24. Juli, zwischen zwei Uhr nachts und zehn Uhr vormittags, Tirabassi sprach lauter, weil De Luca lächelte. – Er ist post mortem enthauptet worden, und die Todesursache ist eine plötzliche Gewalteinwirkung, jedoch keine Vergiftung, und am Körper sind auch keine Spuren einer Schuss- oder Stichwaffe zu erkennen.

– Warum ist er dann tot?

Tirabassi zuckte mit den Schultern. Neben der Kaffeemaschine standen zwei Likörgläser. Er goss die schwarze Flüssigkeit hinein, und De Luca lief das Wasser im Mund zusammen, offenbar war es wirklich Kaffee.

– Keine Ahnung, warum er tot ist. Nichts von dem, was unterhalb des Halses passiert ist, hat ihn umgebracht.

– Und das, was oberhalb des Halses passiert ist?

– Um das festzustellen, bräuchte ich seinen Kopf.

– Aber Sie haben doch den Kopf!, sagte De Luca, er schrie beinahe und zeigte auf den Hundechristus im Waschbecken.

Tirabassi sah ihn an, dann drehte er sich langsam und verblüfft um.

– Das ist aber nicht sein Kopf.

Es war tatsächlich Kaffee, echter Kaffee und nicht geröstete, mit Zichorie vermischte Gerste, richtiger Kaffee, mittlerweile hatte sich der Duft im ganzen Zimmer verbreitet und übertönte alle anderen Gerüche, doch De Luca bemerkte es nicht einmal. Er stand mit offenem Mund da, die Frage war ihm im Hals steckengeblieben.

– Es ist nicht sein Kopf?

– Nein. Mir ist natürlich klar, dass ein Laie, er lächelte zufrieden –, sich von seinem Zustand täuschen lassen kann, doch man braucht sich ja nur die Schnitte anzusehen. Schauen Sie her, Tirabassi zeigte auf die Leiche auf dem Tisch, – das ist ein sauberer Schnitt, und das da, er zeigte auf den Kopf, – ist ein ausgefranster Schnitt, ein typischer Schnitt von einer Säge, und dabei bewegte er die Hand auf halber Höhe vor und zurück. – Kurz und gut, der Kopf gehört zu einer anderen Leiche.

De Luca runzelte die Stirn. Er nahm das Glas, das der Professor ihm reichte, und legte die Lippen an den Rand, um den Duft des warmen Getränks einzuatmen.

Der Kopf einer anderen Leiche.

– Danken wir Professor Boni für den echten Kaffee, sagte Tirabassi. – In seinem Büro habe ich auch einen ausgezeichneten Cognac und einen sehr guten Sambuca gefunden. Wollen Sie einen Schluck?

– Was können Sie mir über den Kopf sagen?

Tirabassi lächelte und machte einen langen und langsamen Schluck.

– Es ist der Kopf eines jüngeren Mannes, der weißen Rasse angehörig, obwohl er eine etwas dunklere Hautfarbe hat. Die Kollegen vom Rasseamt würden südländisch sagen. Erwürgt, man sieht Spuren einer Schlinge beziehungsweise einer Schnur über dem Schnitt. Er war eine Zeit lang begraben, doch nicht länger als ein paar Wochen, dann ist er von einem Tier ausgebuddelt worden. Trinken Sie Ihren Kaffee nicht? Schade, wenn er kalt wird.

Er war jedoch noch heiß und De Luca verbrannte sich die Lippen, vor allem an der Stelle, wo sich die Wunde befand. Er nippte daran und dachte nach, mit der Spitze der Zunge betastete er die weichste Stelle, es tat ein wenig weh.

Der Kopf einer anderen Leiche.

– Da ist noch was, sagte Tirabassi und goss sich noch mal Kaffee ein.

Er nahm das Handgelenk der Leiche auf dem Tisch und hob sie, um ihm die Hand mit den schmutzigen Fingern zu zeigen. Auch die andere Hand sah so aus und die abgeschnittenen Fingernägel lagen gemeinsam mit winzigen schwarzen Schuppen in einer Büchse daneben.

– Ja, sagte De Luca, – das ist auch mir aufgefallen. Was ist das?

– Farbstoff. Eine Art schwarzes Färbemittel. Vielleicht war Ihr Mann Maler. Oder Damenfriseur.

De Luca trank endlich seinen Kaffee, genoss ihn jedoch nicht. Er lehnte eine weitere Tasse ab und verabschiedete sich vom Professor. Er drückte ihm die Hand, er war zu sehr in Gedanken versunken, um den Arm auch nur instinktiv zum römischen Gruß zu heben, und ging.

– Sie haben Glück, dass der Duce gestürzt worden ist, sagte Tirabassi, als er an der Tür stand. – Sonst wäre Boni da, der hätte nicht einmal bemerkt, dass der Kopf von einer anderen Leiche stammte.

De Luca nickte zustimmend.

Es stimmte, er hatte Glück gehabt.

Allerdings war er ins Institut für Gerichtsmedizin gegangen, um eine Antwort zu erhalten, und jetzt hatte er eine Leiche ohne Kopf und einen Kopf ohne Leiche.

– Wie nennt ihr das? Die Verschwörer des Großen Faschistischen Rates setzen auf Antrag des Verräters Dino Grandi Mussolini ab. Anstatt sie alle verhaften zu lassen, wie es sich gehörte, läuft der Duce zum König, diesem Feigling, der ihn in hohem Bogen rausschmeißt, und da sind auch schon die Carabinieri und verhaften ihn. Wie nennt ihr das? Ich nenne das Staatsstreich, so nenne ich das!

Rassetto schlug mit der Faust auf den Tisch, dann knetete er seine Hand, denn er hatte sich wehgetan. Ein böswilliges Grinsen spannte seine Lippen, der Schnurrbart war ein gerader, dünner Strich. Er war der Einzige im Büro, der Uniformjacke trug, der Einzige mit der Wanze im Knopfloch. Die anderen, in Hemdsärmeln und Hosenträgern, hörten ihm nicht einmal zu. De Luca saß am Schreibtisch und zeichnete konzentrische Kreise auf ein Blatt Löschpapier und knabberte an seiner Lippe. Massaron spielte mit der Walze der Schreibmaschine, er drehte sie hin und her und verursachte dabei ein Geräusch wie von einem Maschinengewehr.

Nur Corradini, der am Rand des Schreibtisches saß, und De Luca, der sich den verschwitzten Rücken vom Ventilator kühlen ließ, zuckten mit den Achseln. Rassetto beugte sich nach vor, als ob er ihn mit seinem Wolfsgebiss beißen wolle.

– Willst du was sagen?, knurrte er.

Corradini zuckte mit den Achseln, griff mit der Hand in die Gesäßtasche und holte einen Kamm heraus. Lächelnd strich er sich die von der Pomade glänzenden Haare zurück. Massaron spürte die Spannung und hörte auf, mit der Walze zu spielen. Er blickte sich um. De Luca zeichnete noch immer, in Gedanken versunken.

– Versammlungen von mehr als drei Personen, auch in geschlossenen Räumen, sind verboten.

De Luca blickte auf: Cesarella lehnte mit verschränkten Armen und gerunzelter Stirn am Türrahmen.

– Der Herr Doktor beliebt zu scherzen …, sagte Corradini.

– Nein, ich meine es ernst. Wenn ihr von Politik und nicht von der Arbeit sprecht, ist es eine Versammlung. Und da wir jetzt alle dem Militär unterstehen, schicke ich euch das nächste Mal alle zum Militärgericht. De Luca, ich wundere mich über dich …

– Ich war mir dessen nicht bewusst. Ich habe nachgedacht.

– Genau. Komm mit, wir müssen uns unterhalten.

Kommissar Giancarlo Cesarellas Büro sah aus wie ein Salon, ganz anders als das Büro der Kriminalpolizei, das seinen Charakter einer Amtsstube beziehungsweise eines Polizeipräsidiums nicht verleugnen konnte: Die Wände waren gelb vom Rauch, die Luft war immer abgestanden und die schwarzen Resopaltische waren abgewetzt wie Schulbänke. In Cesarellas Büro hingegen waren die Wände makellos weiß, der Schreibtisch war aus nahezu glänzendem Bruyèreholz, und als einziger Duft lag der frische, saubere des Kölnischwassers in der Luft, das Scimmino sich extra aus dem Friseurladen Boellis in Neapel hatte schicken lassen, solange dies möglich gewesen war. Auch ein rotes Ledersofa stand da, ein englisches Vorkriegs-Chesterfield, bei dessen Anblick man bedauerte, dass es keinen Kamin gab. Alles war perfekt, abgesehen von einer leichten Asymmetrie bei den Fotos, Anerkennungsschreiben und Diplomen an der Wand über dem Schreibtisch, neben dem Foto Seiner Majestät König Vittorio Emanuele III. befand sich ein nackter Nagel in der Wand, hier hatte ein Foto Mussolinis gehangen, auf dem er mit Helm im Profil zu sehen war.

Auf dem Sofa saß ein Mann mit übereinandergeschlagenen Beinen und dem Arm auf der Lehne. Er trug Jacke, Krawatte und Weste, ein schönes, zart gestreiftes Hemd und hatte glatte, gut frisierte Haare, man hätte ihn als elegant bezeichnen können, wenn ihm nicht etwas Graues, Ministerielles, Polizeiliches angehaftet hätte, und nicht einmal die runde Brille mit der zarten Hornfassung konnte ihm eine intellektuelle Note verleihen. Er war sehr groß, und da er schief auf dem Sofa saß, mit dem Rücken fast die Armlehne berührte, nahezu beide Sitzplätze einnahm, und da Cesarella auf dem einzigen Stuhl vor seinem Schreibtisch saß, wagte es De Luca nicht, sich auf den Polstersessel seines Chefs zu setzen, und blieb stehen.

– De Luca, mein Junge, was hast du dir dabei gedacht? Scimmino schüttelte den Kopf und runzelte seine Affenstirn, mit gefalteten Händen, als würde er beten. – Wir haben Kriegsrecht, wir alle, auch die Polizei, unterstehen dem General, dem die Territorialverteidigung obliegt, wie heißt er doch gleich?

– Terziani, sagte der Mann mit der Brille.

– Genau, der … Ab heute gilt von Sonnenuntergang bis Sonnenaufgang Ausgangssperre, hast du die Rundschreiben und Proklamationen gelesen, die alle Versammlungen und Demonstrationen verbieten? Die öffentliche Ordnung, De Luca, die öffentliche Ordnung, und was machst du?

Er sprach es nicht aus, aber an der Art und Weise, wie er den Kopf schüttelte, war zu erkennen, dass alle drei es wussten. Auf Scimminos Schreibtisch lag ein Blatt Papier, ein einziges Blatt auf dem zart gemaserten Holz, De Luca kannte es, denn er selbst hatte es mit Maschine geschrieben, es war sein Bericht. Darauf stand alles, die Leiche ohne Kopf und der Kopf ohne Leiche, der Konsul, Borsaro, der Junge, der Koffer, Albertino, alles. Außer für Fahndung und Festnahme hatte er auch einen Antrag für einen Trupp Männer mit Schaufeln gestellt, damit er rund um die Schleuse nach weiteren Leichen suchen konnte. Cesarella wiederholte seine Forderungen, zählte sie an den Fingern ab, dabei lächelte er den Mann auf dem Sofa an, der ebenfalls lächelte.

– Mein Junge, du meinst also, wir sollten ein paar der braven Jungs abziehen, die sich abrackern, um hier in der Stadt, im Zentrum, die Toten aus den Bombenruinen zu holen, und weitere Tote auf dem offenen Land suchen? Und was soll ich zu den Verwandten, den Leuten, dem General sagen … Wie hieß er doch gleich?

– Terziani.

– Genau … Was soll ich zu ihm sagen? Alles Mögliche kann passieren … die Faschisten, gut, mittlerweile … aber die Kommunisten, nun, wer weiß, mit einem Wort, es kann alles Mögliche passieren, und anstatt die Situation zu kontrollieren, gehen wir auf die Jagd … Wonach suchen wir eigentlich, De Luca, mein Junge, wonach?

Scimmino hockte keuchend auf seinem Stuhl. De Luca schwieg. Aus den Augenwinkeln betrachtete er den Mann auf dem Sofa, der ihn ausdruckslos anblickte. Auch davor hatte er Cesarella automatisch, fast reflexartig angelächelt. Scimmino war wieder zu Atem gekommen.

– Das ist eine schlimme Zeit, mein Junge, es kann alles Mögliche passieren. Die Leute wollen beruhigt werden, an schöne Dinge denken und Zuversicht tanken, diese Geschichten mit merkwürdigen Toten verunsichern und helfen niemandem.

De Luca nickte. Ihm war, als hätte er diese Rede schon mal gehört.

– Dann legen wir den Fall zu den Akten, sagte er.

– Nein, natürlich nicht. Wir machen, was wir tun müssen, aber ohne Aufsehen zu erregen. Routine. Wir suchen Borsaro und den Jungen, und sobald ich Kapazitäten habe, gebe ich dir ein paar Männer zum Graben. Den Konsul vergisst du lieber.

– Und Albertino?

– Keine Festnahme, informelles Gespräch. Immerhin arbeitet er bei den Klosterschwestern.

– Darf ich das Porträt des Mannes, des Kopfes, in Umlauf bringen?

– Bitte vorsichtig. Routine. Wenn ich etwas in der Presse sehe, schicke ich dich und deinen Trupp nach Sardinien, auch Rassetto, diesen Hysteriker. Du weißt doch, wie es heißt, oder? Immer mit der Ruhe, mein Junge, immer mit der Ruhe.

Als De Luca auf dem Gang knapp vor seinem Büro stand, hörte er, dass man ihn rief. Er erkannte die Stimme nicht, denn sie hatte nur seinen Namen ausgesprochen, doch als er sich umdrehte, sah er den Mann, der auf dem Sofa gesessen hatte. Im Stehen und aus der Nähe wirkte er noch größer.

– Wir haben einander nicht vorgestellt. Oberkommissar Fratojanni, Sonderermittlungen.

Er hatte keine Wanze im Knopfloch, also hob De Luca nicht einmal ansatzweise den Arm, und da der Kommissar auch nicht die Hand ausstreckte, reichte er ihm auch die seine nicht.

– Kommissar De Luca, Kriminalpolizei.

– Ich bin hier, um bei den Ordnungskräften auszuhelfen, aber davor habe ich mich mit Ausländern und Subversiven befasst, und ich habe ein paar Leute, die die Ohren offen halten. Wenn Sie mir das Porträt des Kopfs schicken, könnte ich Ihnen nützlich sein. Ich bin im Stockwerk darüber.

– Danke.

– Gern geschehen, sagte der Mann und ging.

De Luca blickte ihm nach, während er aufrecht über den Gang ging, trotz seiner Größe beinahe steif. Er dachte, seine Stimme sei grau und leer, genauso grau und leer wie sein Blick und sein Lächeln.

Er hatte sie noch nie nackt gesehen.

Auch wenn sie bei ihr zu Hause, auf dem Sofa im unteren Stockwerk, oder bei ihm zu Hause miteinander schliefen, behielt Lorenza immer etwas an, ein Hauskleid, ein Nachthemd, irgendetwas.

Sie war zwar leidenschaftlich, aber immer bedeckt, wie es sich für ein anständiges Mädchen gehörte, als ob sie sich ein wenig genierte. Dabei gingen sie schon seit fast einem Jahr miteinander und waren beide keine Kinder mehr.

Jetzt schaute sie aus dem Fenster, mit der Stirn am geschlossenen Fenster, um über das Dach der Arkaden zu spähen, sie hielt den Vorhang vor ihren Körper wie einen Pareo, damit man sie von draußen nicht sehen konnte, doch die Hinterseite blieb nackt: der Nacken, die weiche Kurve der Schultern und die gerade Linie des Rückens, das Grübchen oberhalb der runden Pobacken, und dann die Beine, die Kniekehlen und weiter hinunter, bis zu den angehobenen Fersen, sie stand auf den Zehenspitzen, um besser zu sehen.

De Luca dachte, er sähe die Grübchen oberhalb der Pobacken zum ersten Mal, und sagte es ihr. Er dachte, die Schamesröte würde ihr ins Gesicht steigen und sie würde sich etwas überziehen, doch sie lächelte ihn an und schaute weiter hinaus, sie machte sogar einen kleinen Buckel und reckte ihm ganz leicht den Hintern entgegen, als wolle sie sich über ihn lustig machen.

So ein aufregender Tag. Als De Luca bei Lorenza zu Hause angelangt war, bemerkte er, wie aufgeregt sie war. Für gewöhnlich aß sie schweigend, während ihre Eltern redeten, sie redeten viel und über alles Mögliche, doch diesmal sprach auch sie hastig und atemlos, und als sie mit dem Essen fertig waren, hatte sie unter dem Vorwand, es sei noch sehr früh und die anderen wollten unten auf dem Sofa BBC hören, darauf bestanden, ihn nach Hause zu begleiten. Sie hatte mit ihm geschlafen wie immer, leidenschaftlich und schüchtern, instinktiv sinnlich, doch dann waren sie nicht wie sonst eng umarmt liegen geblieben, sondern sie hatte ihn im Bett alleingelassen, war zum Fenster gelaufen und hatte sich in den Vorhang gehüllt. So ein aufregender Tag.

– Erinnerst du dich, als du mir zum ersten Mal gesagt hast, wo du wohnst? Ich habe verstanden, im *Baglioni*, und gedacht, na so was, diese Polizisten, mieten sich doch glatt im Grandhotel ein. Wie dumm.

– Das habe ich absichtlich gesagt. Es war ein Witz, und als du zum ersten Mal hierhergekommen bist, hast du gelacht.

– Ja, ich bin mir aber trotzdem dumm vorgekommen.

Das *Grand Hotel Baglioni* befand sich genau gegenüber, auf der anderen Straßenseite, aber es wurde von den Arkaden verdeckt, Lorenza konnte es nicht sehen, also blickte sie nach oben. Eine weiße Mondsichel stand an einem noch hellen Himmel. Dann schaute Lorenza wieder nach unten, ein Lkw mit Soldaten fuhr vorbei, sie schrie auf und schnellte so heftig empor, dass sie mit der Stirn ans Glas stieß.

– Was ist los?, sagte De Luca und setzte sich auf dem Bett auf.

– Um Himmels willen! Die Ausgangssperre! Lorenza zog den Vorhang um sich wie einen Kokon, bedeckte auch ihren Hintern. – Wie spät ist es denn? Es ist ja noch hell!

De Luca beugte sich zu dem Stuhl, der ihm als Nachttisch diente, und nahm die Uhr, die er über die Kante der Lehne gehängt hatte wie einen Ring. Drei viertel neun.

– Los, sagte er und zog das Laken weg, – Ich begleite dich.

– Und wenn sie uns aufhalten?

– Ich bin Polizist und du … du bist Apothekerin, autorisiertes Gesundheitspersonal, wir sagen, du besuchst einen Patienten.

– Nein, ich bitte dich.

– Nein?

– Heute ist die Ausgangssperre den ersten Tag in Kraft, wahrscheinlich sind sie da noch aufmerksamer … Hast du Radio gehört, angeblich schießen sie bei Sichtkontakt, es gibt ein Militärgericht.

Aber offenbar hatte sie keine Angst, es klang eher wie eine Ausrede.

– Dann schläfst du also bei mir, sagte De Luca und verkroch sich wieder unter das Laken.

Lorenza biss sich auf die Unterlippe, hob kaum merklich eine Augenbraue und nickte. Bei diesem kindlich schlauen Lächeln fühlte De Luca plötzlich wieder dieselbe Erregung wie davor, als sie miteinander geschlafen hatten. Er zog das Laken hoch, um seine Erektion zu verbergen, denn er schämte sich tatsächlich ein wenig.

– Aber ich rufe meine Eltern an, damit sie sich keine Sorgen machen.

Lorenza befreite den Arm aus dem Vorhang und bedeutete De Luca mit einer Geste, er solle ihr das Kleid zuwerfen, das am unteren Ende des Bettes lag: Der Tag war zwar aufregend gewesen, doch nackt vor ihm durchs Zimmer zu laufen, das war doch zu viel. Dann ging sie mit den Schuhen in der Hand aus dem Zimmer und ließ die Tür halb offen.

De Luca verschränkte die Hände im Nacken und ließ sich aufs Kissen sinken. Das Telefon befand sich an der Wand des Gemeinschaftsgangs; als er eingezogen war, hatte die Vermieterin zu ihm gesagt, mit Zuschlag könne er ein Privattelefon installieren lassen, aber er war ohnehin immer auf dem Präsidium, ihm reichten ein Bett und ein Bad, und die waren im Preis inbegriffen.

Ganz kurz hörte er Lorenza beim Telefonieren zu, doch als er so auf dem Rücken lag, musste er wieder an die kopflose Leiche in der Gerichtsmedizin denken, er dachte, *Ich bin ja krank,* da fiel ihm der gebrochene Knöchel ein, der Herr in Weste hinkte, vielleicht konnte man ihn mithilfe dieses Details identifizieren. Ein Jude, vielleicht auch ein Moslem, aber viel wahrscheinlicher ein hinkender Jude. Er musste sich bei den Kollegen erkundigen, die die Liste der italienischen und ausländischen Israeliten in Bologna verwalteten.

Lorenza kam auf den Zehenspitzen ins Zimmer, tänzelnd wie eine Ballerina, noch mit den Schuhen in der Hand, und schloss die Tür.

– Kein Problem?, fragte De Luca.

– Abgesehen davon, dass ich siebenundzwanzig Jahre alt und kein Kind mehr bin … Probleme, wenn ich auswärts schlafe? Wer sollte sie mir machen? Der Herr Philosoph und die Frau Dichterin? Ich bitte dich. Die tanzten doch nackt in der Villa des spanischen Malers mit dem aufgezwirbelten Bart, wie hieß er doch gleich? Ich habe dir davon erzählt, sie schwärmen noch immer davon.

Lorenza zog den Vorhang vor, um das Zimmer abzudunkeln, lief um das Bett herum, zog rasch das Kleid aus und schlüpfte unter das Laken, so schnell, dass De Luca nur den Schatten ihres kleinen, runden Busens sah. Sie war nackt, und als sie sich an ihn schmiegte und seine Erektion spürte, lächelte sie wieder sinnlich und kindlich schlau, mit der Lippe zwischen den Zähnen, und er küsste sie und stieg auf sie, und sie führte ihn mit den Bewegungen ihrer Hüfte, leidenschaftlich und schüchtern.

Danach zog sie ein Unterhemd von De Luca an und stand auf, um ein Glas Wasser aus dem Bad zu holen, jetzt lag sie neben ihm auf dem Laken, mit einem Fuß streichelte sie sein Bein durch den Stoff hindurch, und mit der Fingerspitze zog sie seine Gesichtszüge nach, von der Stirn bis zur Nasenspitze. Das mochte er nicht, sie kitzelte ihn, doch er ließ sie gewähren.

– Woran denkst du?, fragte sie.

– An nichts.

– Das stimmt nicht. Ihr denkt immer was.

– Ihr?

– Ja, ihr. Ihr außergewöhnlichen Menschen. Der Philosoph, die Dichterin, mein Bruder, der Maler.

– Ich bin kein außergewöhnlicher Mensch. Ich bin Polizist. Einer vom Präsidium.

– Das stimmt nicht. Mein Vater nennt dich Sherlock Holmes, und als ich ihm die Zeitung gezeigt habe, in der man dich als den brillantesten Polizeidetektiv des Landes bezeichnet hat, sagte er ganz zufrieden, das wisse er ohnehin, und wenn du zu uns kommst, spricht er immer nur mit dir.

– Auch du bist außergewöhnlich.

– Nein, ich nicht. Meine Eltern wollten, dass auch ich Dichterin oder Malerin würde, die erste Rektorin der Universität Bologna, doch ich bin Apothekerin geworden, meine Sorge gilt nur den Menschen, dass ich sie nicht vergifte und dass es ihnen mit der

Hilfe meiner Arzneien ein wenig besser geht. Und außerdem will ich heiraten und mit dem Mann, den ich liebe, Kinder bekommen.

Sie küsste ihn auf die Wange und De Luca schwieg. Lorenza flüsterte, ich habe genug von außergewöhnlichen Menschen, sie denken nur an sich selbst, und dabei zog sie das Laken hoch und schlüpfte darunter, kuschelte sich in Embryostellung an ihn.

– Aber als ich dich gefragt habe, sagte sie, – hättest du sagen können, du denkst an mich, du Dummkopf.

De Luca lächelte in der Dunkelheit. Er wartete eine Weile, dann beugte er sich zu Lorenza, die ihn mit auf die Hand gestütztem Kinn anblickte.

– Woran denkst du?, fragte er.

– An dich, antwortete sie, und beide lachten, dann küssten sie einander und sie schlief ein.

Es dauerte ein wenig, bis auch De Luca einschlief. Immer wenn er in den Halbschlaf glitt, fielen ihm Borsaro und der Junge ein, wo waren sie wohl gelandet, der Koffer des Konsuls, was war der Inhalt, wo war die Verbindung zwischen der Leiche und dem Kopf, denn das konnte kein Zufall sein, oder vielleicht war es doch einer, und als er endlich einschlief, fuhr er gleich wieder hoch, weil er von einem Feld mit Köpfen in der Nähe der Schleuse geträumt hatte, die herumlagen wie Melonen.

Da stand er auf, ging ins Bad und trank vom Wasserhahn, soff, bis sein Bauch sich blähte, dann ging er zum Fenster, schaute auf die Via dell'Indipendenza hinunter, die aufgrund der Ausgangssperre still und dunkel war, und ließ den Blick hinunter zum Bahnhof und weiter zur Piazza gleiten, und darüber hinaus zu den Due Torri und über die ganze Stadt, und er dachte, geht doch alle zum Teufel, ich will nicht mehr, rutscht mir den Buckel hinunter, Borsaro und der Junge, und auch Cesarella, rutscht mir alle den Buckel hinunter, der Konsul, und die Leiche und der Kopf. Alle sollten ihm den Buckel hinunterrutschen, Scimmino hatte recht, ich kann ja ohnehin nichts ausrichten.

Er ging wieder zum Bett, legte sich neben Lorenza, drehte sich auf die Seite, ebenfalls in Embryostellung, nahm ihre Hände und fiel in einen tiefen traumlosen Schlaf wie ein Kind.

„Il Resto del Carlino", Donnerstag, 29. Juli 1943, Italien, Reich und Kolonien, 30 Centesimi

Erste Versammlung des Ministerrats, Auflösung der Faschistischen Partei. Auflösung des Sondergerichtshofs, seine Kompetenzen werden für die Dauer des Krieges von den Militärgerichten des Armeekorps übernommen.

Lokales aus Bologna: Der Heimat mit Arbeit dienen. Alle Demonstrationen werden mit Waffengewalt aufgelöst – Tragischer Vorfall während einer Demonstration – Gewerkschaftsorganisationen werden dem Präfekten unterstellt – Freibank – morgen, Freitag: Gruppe 3 darf von 8 bis 9 Uhr Fleisch kaufen; Gruppe 4 von 9 bis 10 Uhr; Gruppe 5 von 10 bis 11 Uhr 30.

Radioprogramm: 13 Uhr 25; Musikkapelle der Königlichen Carabinieri

– Ich würde gerne Maschine schreiben können, sagte Massaron und zog die Typenhebel zurück, die sich am Band verhakt hatten.

Er hatte nur drei Wörter geschrieben, dann hatten seine Finger, die sogar für die Riesentasten der Littoria zu groß waren, mehrere Tasten gleichzeitig angeschlagen, drei Wörter waren allerdings ein Rekord für ihn.

– Übungssache, sagte Corradini. – Halte durch und du wirst sehen, du schaffst es. Willst du vielleicht die Prüfung zum Unteroffizier machen?

Er blies den Zigarettenrauch auf den Ventilator und unterdrückte ein Grinsen, während Massaron Finger knackte und Buchstabe für Buchstabe von vorne begann. Er schrieb ein weiteres Wort, dann hielt er wieder inne.

Rassetto hustete und hielt sich dabei die geschlossene Hand vor den Mund, um das Lachen zu unterdrücken, Corradini imitierte

Massarons Ausdruck, die gerunzelte Stirn, sogar die herausgestreckte Zunge, auf die er vor Anstrengung biss, doch als er den Kopf hob, hörten die beiden sofort auf.

– Was meinen Sie, Kommissar … könnte ich wirklich Unteroffizier werden?

– Du hast ja Corradini gehört. Streng dich an und du schaffst es.

Rassetto hüstelte stärker, aufgrund des heiseren Lachens, das er nicht unterdrücken konnte, bleckte er sein Wolfsgebiss. Corradini nickte und versuchte zustimmend, aber nicht allzu euphorisch zu lächeln. Massaron schaute ihn perplex an, er hatte begriffen, dass irgendetwas nicht stimmte, wusste aber nicht, was. Schließlich nahm De Luca ein Blatt Papier aus einer cremefarbenen Akte.

– Hört auf mit dem Blödsinn. Wir müssen ins Krankenhaus fahren und den Verletzten von gestern verhören.

Rassetto hörte auf zu husten. Er lehnte mit dem Stuhl an der Wand, mit den Vorderbeinen in der Luft, als er sie abstellte, knallte es wie von einem Schuss.

– Wurde jemand verletzt? Wo? Verdammt, ich bin hier in Quarantäne, ich kriege nicht mit, was draußen vorgeht.

– Ein Arbeiter der Officine Minganti. Eine unerlaubte Demonstration, ein Offizier der Bersaglieri hat den Kopf verloren und Schießbefehl gegeben.

– Kommunisten, flüsterte Rassetto. – Ist für die nicht die Staatspolizei zuständig?

– Gibt es denn noch eine Staatspolizei?, fragte Corradini.

– Du kannst sicher sein, niemand löst die Staatspolizei auf, denn sie nützt allen, auch Badoglio. Heute Vormittag habe ich Maresciallo Jovine getroffen.

Corradini war in Hemdsärmeln, doch er deutete mit dem Finger auf die Stelle, an der sich sonst das Knopfloch der Jacke befindet, und nickte in Richtung Rassettos Knopfloch, das leer war, allerdings ausgeweitet vom Abzeichen.

– Hat auch er die Wanze vergessen?, fragte er, und Rassetto lächelte, ein hinterhältiges Lächeln.

– Die Staatspolizei gibt es noch immer, sagte De Luca und stand auf, – aber sie ist ebenfalls in Quarantäne. Ich und Corradini gehen hin.

Corradini rückte wie ein Gangster in einem amerikanischen Film das Halfter unter seiner Achsel zurecht und nahm die Jacke. Kaum hatte De Luca das Zimmer verlassen, hörte er, dass er gerufen wurde, diesmal erkannte er die Stimme.

Er war nicht allein. Neben ihm war ein junges Mädchen, im Gegenlicht des Fensters ganz hinten am Gang erkannte er nur ihre Umrisse, sie war klein und reichte dem Kommissar nur bis zur Hüfte.

– Geht ihr zu dem Verletzten?, fragte Fratojanni. – Ich weiß, das ist wichtig, ich habe Cesarella gebeten, jemanden hinzuschicken, aber ich hätte was anderes für Sie, De Luca. Es geht um Ihren Kopf.

De Luca drehte sich zur Tür um und machte Rassetto ein Zeichen, der sagte *Zu Befehl* und salutierte wie ein Soldat. Er schlug auch die Hacken zusammen, dann verließ er das Zimmer und ging Corradini nach, der seine Jacke anzog.

– Helfen wir den Bersaglieri, sagte der Kommissar, – es wäre sehr nützlich, wenn wir in der politischen Vergangenheit des verletzten Arbeiters was Wichtiges, was Subversives fänden …

Das hatte er flüsternd gesagt, ohne jemanden anzusehen, doch Rassetto nickte, grinsend bleckte er sein Wolfsgebiss, unter einem Schnurrbart, der so gerade war wie mit dem Bleistift gezogen.

– Ich bitte darum, sagte De Luca, auch er schaute niemanden an, doch diesmal nickte Corradini.

– Gehen wir nach oben in mein Büro?, sagte Fratojanni, seine Stimme hob sich zwar fragend beim letzten Vokal, doch es war eindeutig keine Frage.

– Unglaublich, dass es in Bologna gestern und vorgestern nur je einen Verletzten gegeben hat. In Reggio Emilia hat das Heer in den Officine Reggiane geschossen und neun Demonstranten getötet. In Bari neun, außerdem gab es vierzig Verletzte. Hunderte wurden festgenommen, auch in der Stadt. Natürlich, es reicht ja nicht, den Herausgeber des „Resto del Carlino" zu ersetzen und zwei Antifaschisten freizulassen, die Leute stellen sich um Brot an, haben Angst vor den Bomben und wollen keinen Krieg mehr. Mussolini ist weg, sagen sie, warum also kosten die Zucchini noch immer drei Lire pro Kilo und warum sind unsere Männer und Söhne noch immer an der Front? Und dann sind da die Kommunisten mit den roten Fahnen, sie lehnen sich auf, sie geben sich nicht damit zufrieden, dass die Straßenkehrer die Abzeichen und die Glassplitter der Duce-Bilder aufkehren, die aus den Fenstern geworfen wurden. Aber aufgepasst, das sind nicht meine Gedanken, ich gebe nur wieder, was ich gehört habe, aber dieses Land, De Luca, die Stadt, das ist ein Pulverfass, das drauf und dran ist zu explodieren. Habe ich recht?

Fratojanni schaute zu De Luca auf, der gab ihm recht. Er hatte ihm nicht einmal zugehört, einerseits hatte er sich von seiner flachen und monotonen Stimme einlullen lassen, die bürokratisch und wenig überzeugend klang, als ob er einen auswendig gelernten Monolog aufsagte, und andererseits betrachtete er das kleine Mädchen.

Doch es war gar kein Mädchen, das hatte er festgestellt, sobald sie aus dem Gegenlicht getreten war; jetzt, wo sie mitten im Büro des Kommissars mit übereinandergeschlagenen Beinen und gereckter Brust auf einem Stuhl saß, war es ganz deutlich.

Klein, schmächtig, zweifellos noch minderjährig, doch gekleidet wie eine Frau, mit einer blau-weiß gepunkteten Bluse, die ein wenig zu weit offen stand, und einem zu kurzen Ballonrock. Dunkelschwarze, blickdichte Strümpfe, die das Licht reflektierten, als sie mit dem Fuß wippte. Lange schwarze, geglättete Haare umrahmten das zarte Gesicht mit der etwas zu langen, etwas zu großen griechischen Nase.

Allerdings kein Make-up, vor allem kein Lippenstift auf den vollen Lippen, kein Puder auf der etwas dunkleren Haut, nicht einmal Kajal unter den etwas schrägen Augen. Und keine hohen Absätze, sondern Ballerinas an den Kinderfüßen.

De Luca betrachtete sie aus den Augenwinkeln, denn sie schaute ihn offen an, legte sogar den Kopf schief, um ihn ernsthaft und ungerührt zu betrachten, aber irgendetwas an ihrem Blick, etwas Unanständiges, machte ihn verlegen.

– Wir machen aber keine Politik, wir sind Polizisten, nicht wahr?

– Ja, sagte De Luca, nach wie vor abgelenkt, denn als das Mädchen die Beine andersherum übereinanderschlug, sah er etwas unter den schillernden Strümpfen, einen dunkleren Fleck seitlich auf dem Schenkel, zwei sogar, kaum zu sehen unter dem dichten schwarzen Gewebe. Dazu musste er allerdings etwas länger hinsehen, er warf auch einen ganz schnellen Blick auf die nackten Arme und auf den Hals, um festzustellen, ob da noch mehr blaue Flecken waren.

Sie bemerkte, dass er den Blick von den Beinen zur Brust schweifen ließ, und interpretierte ihn auf ihre Art, denn sie lächelte und kräuselte dabei unanständig die Oberlippe. Absurderweise errötete De Luca bis unter die Haarwurzeln.

– Aber wir sind nicht hier, um über die öffentliche Ordnung zu sprechen. Sie interessiert ganz was anderes, nicht wahr?

– Ja, sagte De Luca, diesmal nicht abgelenkt, jetzt konnte er das Mädchen ganz offen und so intensiv anblicken, wie er wollte, denn Fratojanni zeigte auf sie.

– Die Signorina heißt Gales Vera, Vera mit Vornamen, sie ist Anglo-Malteserin, deshalb ist sie mit ihrem Onkel im Schloss Montechirugolo in der Provinz Parma interniert worden, auch er ist britischer Staatsbürger. Dann durften sie sich frei in einem Dorf auf dem Land bewegen, selbst in Kriegszeiten galten sie als wenig gefährlich.

Fratojanni nahm die Brille ab und wischte sie mit einem Taschentuch ab, das er aus der Jackentasche genommen hatte. Langsam, Zeigefinger an Daumen, Millimeter für Millimeter. De Luca saß wie auf Nadeln, auch deshalb, weil der Sonderermittler eine gelbe Akte vor sich auf dem Schreibtisch liegen hatte, auf die er mit den Bügeln der Brille klopfte, als ob etwas sehr Interessantes darin wäre. Er saß an einem Tisch aus rohem Holz, einer Art Pult aus schwerem, schlichtem Nussholz. Während Scimminos Büro aussah wie ein Salon, das De Lucas wie eine richtige Wachstube, glich Fratojannis Büro eher einer Mönchszelle. Das Pult aus Nussholz, dahinter ein Stuhl, auf dem er saß, ein Stuhl davor, auf dem das Mädchen saß, und einer daneben für De Luca. Ein Safe, ebenfalls aus schwerem Nussholz , sonst nichts, abgesehen vom Kruzifix und dem Foto des Königs auf der weißen Wand und der gelben Akte.

– Ich habe Ihr Porträt meinen Freunden im Außenamt gezeigt und das ist dabei herausgekommen.

Fratojanni öffnete die Akte, indem er das oberste Blatt mit dem Bügel abhob. Das Mädchen vergrub das Gesicht in den Händen und begann laut zu schluchzen. Da war ein Steckbrief mit drei Fahndungsfotos, eines im Profil, eines von vorne und eines im

Dreiviertelprofil; auf den Fotos war der Oberkörper eines Mannes in einem hellen Anzug, mit dichten dunklen Haaren und einer großen Brille mit breiter Fassung zu sehen. Er hatte eine gewisse Ähnlichkeit mit dem Mädchen, aber vor allem glich er dem Porträt, das De Luca vom Polizeizeichner hatte anfertigen lassen und das mit einer Klammer am Deckblatt des Ordners befestigt war.

Dem Kopf.

– Gales Herbert, Onkel der Signorina, er ist vor einigen Wochen verschwunden, nachdem er sich entgegen den Vorschriften der Internierung auf freiem Fuße nicht hatte registrieren lassen. Ich habe mir erlaubt, auf eigene Faust zu ermitteln, wollen Sie wissen, was ich herausgefunden habe?

Er putzte wieder seine Brille, dabei starrte er ins Leere und kniff die kurzsichtigen Augen zusammen, doch auf seinen Lippen lag ein zufriedenes Lächeln. Er wartete auf eine Antwort, und De Luca sagte heftig nickend *Ja.* – Ja, natürlich will ich es wissen.

– Die Familie Gales stammt aus Malta, doch Herr Herbert ist nicht in Malta geboren. Vera, sagst du bitte dem Kommissar, woher deine Familie stammt?

Das Mädchen hob das Gesicht. Auf ihren Wangen war der rote Abdruck ihrer Hände, die Lippen waren nass vom Speichel, doch die Augen waren trocken.

– Albanien.

– Genau. Kennen Sie den Kanun, das Gewohnheitsrecht der Albaner, Kommissar?

De Luca schüttelte den Kopf, um eine Pause zu vermeiden, fügte er *nein, ich kenne es nicht*, hinzu.

– Er ist mit dem Codice Barbaricino vergleichbar. De Luca, waren Sie jemals in der Barbagia in Sardinien?

– Nein, aber ich kenne ihn.

– Nun, auch der Kanun ist ein uraltes und mündlich überliefertes Gewohnheitsrecht, er regelt die Beziehungen zwischen den Einzelnen und der Gemeinschaft, vor allem die Blutrache. Vera, erzähl dem Kommissar, was dein Onkel in Albanien angestellt hat.

– Er hatte ein Verhältnis mit der Frau eines wichtigen Mannes. Eine Familie mit vielen Brüdern. Böse Menschen.

Was für einen Akzent hat sie?, fragte sich De Luca, aber nur ganz kurz, denn er wollte hören, was sie sagte.

– Böse Menschen?

– Böse Menschen, sagte Fratojanni. – In diesem Fall verlangt der Kanun Blutrache, sonst verliert man die Ehre. Vera, sag dem Kommissar, was man in solchen Fällen macht.

– Man schneidet den Kopf ab.

Vera fuhr sich mit dem Finger über den zarten Hals unterhalb des Kinns. Sie zog eine Schnute, vielleicht war das ein Lächeln, aber wahrscheinlich hatte sie sich bloß gekitzelt.

– Augenblick, sagte De Luca, – der Kopf, den wir bei der Schleuse gefunden haben, soll also der von Herbert Gales sein, einem Anglo-Maltesen aus Albanien, der aus Blutrache getötet wurde … und zwar von wem?

– Von Albanern, sagte Fratojanni.

– Die aus Albanien gekommen sind? Über die Adria? Über die Front?

– Oder in Italien ansässig sind. Vielleicht Evakuierte aus Mailand, davon gibt es in Bologna mehr als genug. Ich bin mir sicher, früher oder später werden Sie sie finden.

Früher oder später, dachte De Luca, *früher oder später.*

In den letzten Tagen war er nicht untätig gewesen. Er hatte den Mann in Weste, den kopflosen Mann gesucht, er war zu dem Maresciallo gegangen, der die Liste der Juden in Bologna verwaltete. Als er ihn in seinem Büro antraf, schrieb er gerade mit seiner winzigen Schrift Namen an den Rand einer maschinengeschriebenen Seite, doch er hatte ihm nichts Wichtiges sagen können, außer dass es 864 Juden in Bologna gab, Italiener und Ausländer.

Er war in die Synagoge gegangen, doch nicht einmal der Rabbiner hatte ihm jemanden nennen können, der seiner Beschreibung entsprach: groß und elegant, wenn auch etwas heruntergekommen und auf dem linken Bein hinkend. Vielleicht war er kein Mitglied der Gemeinde, vielleicht war er nicht religiös.

Bei den vielen Evakuierten, die im Augenblick in Bologna ankamen und die jetzt, nach den Bombenangriffen, die Stadt verließen, vor allem bei dem herrschenden Chaos, in den Büros, war es, als würde man eine Nadel im Heuhaufen suchen.

Dasselbe galt auch für Albertino; Massaron war zu den Klosterschwestern gegangen, um ihn zu De Luca aufs Präsidium zu bringen. Auch er war abgereist, um evakuierte Verwandte in Rom zu besuchen.

– Was für einen Beruf hatte dein Onkel?, fragte De Luca. Vera wandte den Blick von ihm ab und Fratojanni zu, der die Akte schloss und sie De Luca reichte.

– Hier steht alles drin. Ich habe mir auch erlaubt, die Aussage der Signorina aufzunehmen, sie wird in Bologna bleiben und uns zur Verfügung stehen, hier ist ihre Adresse, Via Roma 22, Palazzo Faccetta Nera, im Haus der Evakuierten.

– Wenn Sie gestatten, würde ich gerne …

– Der Sache auf den Grund gehen? Aber gewiss. Ich bin ja im Vergleich zu Ihnen bloß ein Dilettant. Wie hat man Sie bezeichnet? Als tüchtigsten … nein, als brillantesten …

– Ich bin mir sicher, da steht alles drin. Danke.

– Sobald wir Zeit haben, feiern wir den Abschluss dieses hässlichen Falles. Wie weit sind Sie mit der kopflosen Leiche?

– Eine Nadel in einem Heuhaufen.

– Nichts Neues über …, Fratojanni tippte sich mit dem Finger an den Kopf und De Luca schüttelte den seinen.

Mit zwei Männern, die von der Gemeinde rekrutiert worden waren, um den Bombenschutt wegzuräumen, war er zur Schleuse gegangen. Er hatte sie während der Mittagspause abgeholt und aus eigener Tasche bezahlt, sieben Lire die Stunde, acht, wenn sie eine Spitzhacke mitbrachten. Sie hatten tatsächlich eine dabei. Er suchte nicht den Kopf des Mannes mit Weste, sondern den Rest des Hundechristus, und er hatte den Verdacht, dass da unten noch weitere Leichen begraben waren. Doch die Arbeiter hatten die Spitzhacken gar nicht einsetzen müssen, denn das Gelände schien gepflügt wie kurz vor der Saat, die Erdschollen lagen aufgehäuft. Das erste Mal war er in dunkler Nacht hier gewesen, er konnte sich jedoch nicht erinnern, dass es auch damals so gewesen war. Und die Löcher waren zu tief, als dass Hunde sie gegraben hätten.

– Sie werden sie finden. Früher oder später. Und sie haben so einen ausführlichen Fahndungsbefehl herausgegeben, dass Sie früher oder später auch Borsaro finden werden.

De Luca nickte, mit steifem Hals, damit er dieses als Frau verkleidete Mädchen nicht ansehen musste, die mit herausgereckter Brust aufrecht auf dem Stuhl saß und ihn wieder anblickte. Er spürte es. Er spürte ihr peinliches, unanständiges Grinsen.

– Ja, sagte er. Früher oder später.

Als er wieder im Büro war, eiste er Massaron von den ineinander verkeilten Typenhebeln los, schlug ihm mit der Hand auf die Schulter und führte ihn aus dem Büro hinaus, über den Gang und die Treppe hinunter, er rannte beinahe, bis sie unter den monumentalen Arkaden des Präsidiums standen.

Sie warteten hinter einer Säule, betrachteten beiläufig das Basrelief über ihren Köpfen – Bomben, Maschinengewehre und Kanonen –, denn sie waren zu früh dran.

Als Vera Gales aus dem Tor trat und sich auf den Weg Richtung Piazza della Vittoria d'Etiopia machte, gab De Luca Massaron einen Schubs mit dem Ellbogen, der sofort begriff und wartete, bis sie hinter dem Palazzo an der Ecke verschwunden war, und sich dann in Bewegung setzte. Wachtmeister Massaron war zwar massig wie ein Schrank, hatte die Hände eines Riesen und das Hirn eines Kindes, aber wenn er jemanden beschattete, war er ein Genie und konnte sogar im Schatten eines Pissoirs verschwinden.

De Luca hatte keine Lust, in einen geschlossenen Raum zurückzukehren. Unter dem Arm hatte er die gelbe Akte des Hauptkommissars Fratojanni, also schaute er nach links, zu dem Schutthaufen vor dem Präsidium, dann nach rechts, zur Ruine des eckigen Turms des Rathauses, der von einer Bombe in Schutt und Asche gelegt worden war, und entschied sich dafür.

Er setzte sich auf einen Stapel roter Ziegel, der offenbar extra für ihn aufgetürmt worden war, und öffnete die Akte. Ein uniformierter Polizist machte entschlossen einen Schritt auf ihn zu, dann erkannte er ihn, salutierte und ging.

Das Sonnenlicht brannte auf das glänzende Papier der Fotos, auf denen Herbert Gales zu sehen war. De Luca musste die Augen zusammenkneifen, um nicht geblendet zu werden. Während er sich mit der Nase dem Gesicht des Mannes näherte, der ihn auf dem Foto in der Mitte hinter der Brille anblickte, bereute er, nicht ins Büro zurückgegangen zu sein, wo er ein Vergrößerungsglas hatte.

Ordentlich frisiert, frisch rasiert, schöner, gut geschnittener heller Mantel, schönes Hemd mit weichem Kragen, mit Knöpfen an der Hemdbrust befestigt, die Krawatte offenbar aus Seide. Unter dem Knoten befand sich sogar eine Krawattennadel.

De Luca neigte das Foto, damit das Sonnenlicht in einem anderen Winkel auftraf, und kniff die Augen zusammen, um es besser zu sehen.

Es war ein dunkler Violinschlüssel, also aus Gold oder zumindest vergoldet, mit etwas Hellerem in der Mitte, vielleicht einem Brillanten, also war der Rest wahrscheinlich wirklich aus Gold. Klein und unauffällig, aber immerhin ein Schmuckstück.

De Luca suchte unter den Dokumenten in der Akte die Karteikarte des Fremdenamtes, fand sie, doch in der Rubrik „Beruf" stand nur „wohlhabend".

In diesem Augenblick bemerkte er Massaron, der über die Piazza auf das Präsidium zugelaufen kam. Er rief ihn und winkte, und er änderte die Richtung, ohne stehen zu bleiben.

– Was ist los? Hast du sie verloren?

– Ja … eigentlich nein, ich habe sie nicht verloren … Ich erkläre es Ihnen.

Massaron bückte sich und legte keuchend die Hände auf die Knie. Er schwitzte.

– Sie ist mir davongelaufen, sagte er, sobald er wieder bei Atem war. – Ich meine, nicht wirklich davongelaufen … kurz und gut, ich bin ihr bis zum Palazzo Volpi gefolgt, er zeigte auf den modernen viereckigen Bau am Ende der Piazza, – doch auf der Via Rizzoli hat ein Auto auf sie gewartet, deshalb …, er breitete die Arme aus und ließ sie fallen, wobei er zweimal mit der Zunge schnalzte.

Ein Auto.

– Ein Auto?

– Ein Topolino … Wie nennt man das Rot des Topolino?

– Amarant.

– Ja, genau. Ein Benzinfahrzeug, glaube ich … also ohne Generator.

– Hast du das Kennzeichen notiert?

Massaron nickte, dann schloss er die Augen und sagte es auf, bewegte den Kopf bei jeder einzelnen Zahl und bei jedem Buchstaben. De Luca holte einen Füller aus der Jackentasche, schraubte mit den Zähnen den Verschluss ab und schrieb es an den Rand der Akte.

– Herr Doktor, hätte ich ihm nachlaufen sollen?, fragte Massaron, denn De Lucas Blick hatte sich verdüstert.

– Aber nein, ich bitte dich. Aber ich verstehe überhaupt nichts mehr … sofern ich überhaupt jemals etwas verstanden habe.

Ein Auto. Wegen dieses Mädchens. Und es hatte sie auch nicht hier unten abgeholt, sondern ein Stück weiter, als hätte es sich versteckt.

– Hast du gesehen, wer am Steuer saß?

– Ein Mann.

– Ein Mann und sonst?

– Was wollen Sie, Kommissar … Als ich kam, waren sie schon fast weg. Ein Mann. Ich würde sagen, ein junger Mann, aber ich bin mir nicht sicher. Können wir das Kennzeichen nicht ausfindig machen?

– Doch, sicher, vielmehr …, De Luca klopfte mit dem Füller an seine Lippen.

Im Augenblick durften nicht viele Autos herumfahren, schon gar nicht um diese Uhrzeit, kurz vor Ausgangssperre. Dafür brauchte man eine Genehmigung des Präsidiums.

– Geh ins Büro zurück, sagte er zu Massaron, dann riss er die Ecke des Dokuments ab, auf der er das Kennzeichen notiert hatte, gab ihm die Akte und ging Richtung Palazzo Caprara, der zwar schwer beschädigt war, aber noch immer ein funktionierendes Amt beherbergte.

Er nahm die Treppe links, denn die rechte war noch nicht begehbar, dabei machte er den Fehler, sich am steinernen Handlauf festzuhalten; er beschmutzte sich mit dem Staub vom Schutt, und als er oben war, sah er ebenfalls aus wie ein Arbeiter der Gemeinde, er musste dem Amtsdiener, der das Stockwerk mit den Büros bewachte, den Polizeiausweis zeigen; er ließ ihn nur durch, weil er Sakko und Krawatte trug.

Der Beamte, der die Fahrgenehmigungen erteilte, war klein und dick, er hatte die Hose so hoch über den Bauch gezogen, dass der Gürtel fast auf der Brust saß.

– Sehen Sie nicht, was hier für ein Durcheinander herrscht? Wir haben drei Büros in einem Zimmer untergebracht, schauen Sie, wie viel Zeug hier ist. Der Präfekt ist ins Haus des Kardinals Nasalli Rocca gezogen, und wir sitzen hier in diesem … wie würden Sie es nennen? … in diesem Saustall.

Er nahm einen Stapel Dokumente von einem Aktenbündel mit hartem Kartondeckel und öffnete die Akte, die auf einem Haufen weiterer Akten lag, die eine Art zweite Tischplatte bildeten.

Er hatte eine Brille auf dem Kopf, die beinahe zwischen den weißen Haaren verschwand, er musste sie gar nicht aufsetzen, denn der Stapel war so hoch, dass er die Akte direkt unter der Nase hatte.

De Luca nannte ihm das Kennzeichen und der kleine Mann blätterte die Seiten durch, rümpfte die Nase wegen des Staubs.

– Da ist es, sagte er. – Genehmigung erteilt am siebenundzwanzigsten, und zwar des laufenden Monats, fügte er unnötigerweise hinzu, – Morri Della Valentina Valentino aus der Familie der Morri

Della Valentina Romolo, Genehmigung erteilt von diesem Amt, geboren in Bologna am …

– Der Fürst?, fragte De Luca?

– Nein, Romolo ist der Fürst, Valentino, dem die Genehmigung erteilt wurde, ist sein Sohn.

– Der Fürst Morri? Der Besitzer der Case Morri unten auf der Via Riva di Reno?

– Ja, aber nicht ihm wurde die Fahrgenehmigung erteilt, sondern seinem Sohn, Valentino Morri Della Valentina.

– Und warum hat er um eine Genehmigung angesucht?

Der Beamte seufzte genervt. Er breitete die Arme aus, als wolle er alle Dokumente auf dem Tisch und auch die auf den anderen umarmen, Stapel von Dokumenten, mit so viel Staub darauf, als lägen sie seit Jahrhunderten hier.

– Mein lieber Junge, das ist nur eine Schmierkladde, wenn Sie genaue Auskünfte zum Dokument haben wollen, kommen Sie nach Kriegsende wieder.

Er wendete das Register, sodass De Luca die Details in ein Notizbuch schreiben konnte, das er aus dem Sakko gezogen hatte, mit der Kappe des Füllers zwischen den Zähnen.

Fürst Morri, die Häuser, in denen sie Borsaro und die kopflose Leiche gefunden hatten, die Nichte des Albaners ohne Körper, die ins Auto des Fürsten stieg – zu viele Informationen, er musste sie erst ordnen, der Reihe nach klären, überprüfen, in einen Zusammenhang bringen.

De Luca ging, beinahe ohne sich zu verabschieden, in Gedanken versunken. Er hatte vor, ins Büro zurückzugehen und Zusammenhänge herzustellen, indem er Pfeile auf ein weißes Blatt Papier zeichnete, und als er sah, dass Rassetto und Corradini schon da waren, wollte er ihnen schon sagen, das Verhör mit dem von den

Bersaglieri angeschossenen Arbeiter sei ihm völlig egal, sie sollten den Bericht verfassen, er würde ihn danach unterschreiben, doch fürs Erste sollten ihn alle in Ruhe lassen.

Doch er sagte nichts, denn Rassetto grinste ihn mit gebleckteml Wolfsgebiss an, mit dem Telefonhörer in der Hand.

– Die Carabinieri aus San Lazzaro haben angerufen, sagte er. – Weißt du was? Sie haben Borsaro, diesen Perversen, und seinen Lustknaben gefunden.

– Entweder ist der Maresciallo sehr wortkarg oder er hat einen merkwürdigen Sinn für Humor, sagte Rassetto heiser und mit nach wie vor gebleckteml Wolfsgebiss, doch bei dem Anblick musste auch er mehrmals schlucken.

Borsaro und der Junge lagen eng umschlungen, es war nicht mehr festzustellen, wo der eine anfing und der andere aufhörte, denn aufgrund des Feuers waren sie verkohlt und zu einer Statue aus schwarzem Holz verschmolzen. Ein Embryo mit zwei Köpfen, Stirn an Stirn, mit zwei Halbmonden aus strahlend weißen Zähnen und einem Grinsen auf lippenlosen Mündern.

Rassetto ging unter dem Vorwand des Gestankes hinaus und spuckte den sauren Speichel aus, der seinen Mund füllte, Corradini hingegen kotzte hemmungslos, zwischen einem Schwall und dem nächsten flüsterte er, *Ich muss mir einen anderen Beruf suchen.*

Ganz anders De Luca. Keinerlei Brechreiz drückte ihm die Magensäure in den Mund, er rümpfte nicht einmal die Nase wegen des Gestanks nach verbranntem Fleisch, er betrachtete das Knäuel, das aussah wie eine Skulptur aus Kohle.

Sie waren zu viert gekommen, in der Hoffnung, mit Borsaro und dem Jungen in Handschellen auf dem Rücksitz des Balilla zurückzufahren, Massaron hatte sich schon darauf gefreut, bei Bedarf ein paar Ohrfeigen auszuteilen. Doch als sie ein junger Carabiniere auf der Straße in Empfang genommen und zwischen kahlen Rinnen zu der Gipsgrotte hinaufgeführt hatte, die einem aufgerissenen Maul glich, hatten sie einander allmählich verwunderte Blicke zugeworfen, und Massaron war beim Auto geblieben, ahnend, dass er nicht mehr gebraucht wurde. Der junge Carabiniere war, bleich wie ein Laken, am Eingang der Grotte stehen geblieben, so verängstigt, dass De Luca dachte, er würde wohl davonlaufen.

Unbeweglich, versteinert infolge des Fiebers, aufgrund dessen er nicht zitterte, sondern vielmehr innerlich zu Eis gefror, steckte er die Fäuste in die Hosentaschen des tabakbraunen Anzugs, als wolle er sie zerreißen, und presste die Fäuste so fest zusammen, dass die Knöchel wahrscheinlich weiß waren.

– Man kann nicht mit Sicherheit sagen, wer das ist, sagte Rassetto, der so tat, als habe er sich gefasst. – Der rechts ist ein Junge, gut, er hat mehr oder weniger den Körperbau eines Jungen, und auch der andere, nun …

De Luca blickte sich um. Er suchte nach einem Stock, fand jedoch keinen, also ging er zu dem verkohlten Haufen, stieg fast drauf, um genauer hinzusehen, und dann zeigte er Rassetto den linken Halbmond. Zwischen den weißen Zähnen, die aufgereiht waren wie Bauern auf einem Schachbrett, war ein kleines schwarzes Loch, der Mahlzahn, den Massaron ihm am Abend der Verhaftung ausgeschlagen hatte. Corradini begann wieder zu kotzen, er würgte und gab dabei ein heiseres Geräusch von sich.

– Das ist Saccani Egisto, genannt Il Borsaro, sagte De Luca, – und es gibt keinen Grund zu glauben, dass der andere nicht Negroni Gianfranco, genannt Franchino, sein sollte.

Als sie mit dem Auto Richtung San Lazzaro gefahren waren, hatte De Luca vor seinem geistigen Auge zwei Kästchen, zwei Kreise mit je einem Namen inmitten eines Gewirrs von Pfeilen gesehen, zahlreichere Pfeile als im Körper des heiligen Sebastian, allerdings hatte De Luca eher an einen Cowboy am Marterpfahl aus einer illustrierten Erzählung von Salgari gedacht.

Der junge Carabiniere stand noch immer vor der Höhle, außerdem war auch ein Maresciallo da, er war mit einem Beiwagen gekommen, der Fahrer und er warteten ein Stück weiter unten auf ihn. Ein kleiner nervöser Mann mit weißem, gezwirbeltem Bart, er klammerte sich an seine Koppel, als müsse er sich an irgendetwas festhalten, um nicht wegzufliegen. Er war Toskaner, und als ein Lufthauch den Gestank von Asche und verbranntem Fleisch aus der Höhle brachte, fluchte er mit aspiriertem C.

– Die Grotte ist voller Löcher, erklärte er, – der Kamineffekt sorgt besser als bei einem Ofen für einen guten Abzug, deshalb sind sie so verbrannt. Man hat sie mit Benzin übergossen und angezündet, geben Sie mir recht? De Luca nickte, und auch der Maresciallo. – Gut. Zum Glück haben Sie sie derart ausführlich beschrieben, dass wir sie sofort mit Ihrem Phonogramm in Zusammenhang gebracht haben, als wir sie entdeckt haben. Sonst wären sie uns durch die Lappen gegangen, was kein Wunder wäre bei dem Chaos, das heutzutage herrscht, es sind merkwürdige Zeiten, geben Sie mir recht?

Er gab ihm recht.

– Gut. Ihr müsst euch bei ihm bedanken, dass wir sie gleich heute Vormittag gefunden haben, als sie noch warm waren, gewissermaßen frisch aus dem Ofen.

Das sollte ein Witz sein, doch keiner lachte. Der Maresciallo zeigte auf den jungen Carabiniere, der errötete und den Blick senkte, weil ihn De Luca fragend anschaute.

– Wegen der Ameisen, sagte er.

– Der Ameisen?, fragte De Luca und der Maresciallo nickte stolz.

– Bevor der Junge als Soldat zu uns kam, studierte er Biologie an der Universität, wirklich ein kleines Genie, und da auch ich, bei aller Bescheidenheit, Insektenforscher bin … Los, erzähl ihm vom Ameisenberg.

– Die Kapelle der Santa Maria di Zena, sagte der junge Carabiniere mit einer Begeisterung, die Röte und Schüchternheit zum Verschwinden brachte. Er zeigte auf eine Stelle jenseits der wüstenartigen Dünen des Tals, doch De Luca folgte ihm nicht mit dem Blick. – Jedes Jahr kommen Anfang September die Männchen einer bestimmten geflügelten Ameisenart hierher, um sich fortzupflanzen und zu sterben. Aus ganz Europa kommen sie auf ihrem Hochzeitsflug hierher und sterben in der Kapelle. Niemand weiß, warum.

– Das ist ein Scherz, oder?, sagte De Luca.

– Nein, wirklich! Myrmica scabrinodis! Ich schwöre!

Doch De Luca hatte etwas anderes gemeint, und der Maresciallo hatte verstanden. Er brachte die Begeisterung des jungen Carabiniere mit einem Blick zum Schweigen, mit zwei Fingern zwirbelte er seinen Bart und mit der anderen Hand hielt er sich an seiner weißen Schärpe fest.

– Wir kommen nicht nur her, um die Ameisen zu studieren, sagte er, – wir inspizieren auch die Höhlen, für den Fall, dass die Kommunisten hier Waffen verstecken.

Der Maresciallo salutierte und ging zum Beiwagen, machte dem jungen Carabiniere ein Zeichen, ihm zu folgen.

– Augenblick, sagte De Luca, – ihr geht einfach?

– Ja. Das sind eure Angelegenheiten, oder? Ein Fall fürs Präsidium. Ich habe meinen Vorgesetzten schon Bericht erstattet, Sie müssen den Richter anrufen und die Leichen wegbringen. Wir haben andere Dinge zu tun, es ist eine merkwürdige Zeit, alles Mögliche kann passieren, geben Sie mir recht? Gut.

Ein Gefreiter saß auf dem Motorrad mit dem Beiwagen, er trat ins Pedal und ließ den Motor an. Der Maresciallo sprang behände in den Wagen, während der junge Carabiniere sich hinter den Gefreiten setzte. Der Maresciallo kniete sich auf den Sitz und schrie, um das Knattern des Motors zu übertönen:

– Wenn es Ihnen möglich ist, kommen Sie am 8. September her, dann sehen Sie sie. Schwärme von Ameisen, schwarz wie Gewitterwolken, sie kommen nur hierher, um zu sterben.

Dann tippte er dem Gefreiten auf die Schulter, der legte den Gang ein, ein Klacken, und sie fuhren los.

De Luca schaute ihnen nach, wie sie in einer Staubwolke verschwanden.

Das soll wohl ein Scherz sein, dachte er, dann sagte er es noch einmal zu Rassetto, in dessen Augen offenbar dieselbe Frage stand.

– Das soll wohl ein Scherz sein?

Rassetto zuckte mit den Schultern, sein Schnurrbart war aufgrund des Grinsens gerade wie ein Strich.

– Das hat uns gerade noch gefehlt. Carabinieri, die sich als Insektenforscher betätigen. De Luca, ich glaube, du bist der Einzige, der diese Ermittlung ernst nimmt.

Auf seiner ideellen Karte gab es zwei Kästchen übereinander, zwei Kreise, die mit violettem, mit Spucke angefeuchtetem Bleistift nachgezeichnet waren. In das untere Kästchen hatte er im Geiste *Körper ohne Kopf* und in das obere *Kopf ohne Körper* geschrieben und daneben *Herbert Gales*. Er hatte sie mit einem Strich verbunden und von hier aus einen Pfeil zu einem anderen, allerdings viereckigen Kästchen gezeichnet, in das er mit Großbuchstaben CASE

MORRI geschrieben und unterstrichen hatte, denn hier hatte man sowohl die Leiche als auch den Kopf gefunden.

Links neben dem Viereck hatte er weitere zwei Kreise übereinander gezeichnet, *Borsaro* und *Franchino*, ein Pfeil verband sie mit den Case Morri, seine Spitze endete jedoch an der kurzen Seite des Vierecks; der geistige Raum, den er bei geschlossenen Augen vor sich sah, war zwar unendlich, doch sein Schema war jetzt schon unübersichtlich, obwohl noch viele Einzelheiten fehlten.

De Luca öffnete die Augen und zwinkerte, um sich an das Halbdunkel des Luftschutzkellers zu gewöhnen. Der Fliegeralarm hatte ihn auf dem Heimweg überrascht. Unter den Arkaden war er an einer langen Schlange von Frauen vorbeigegangen, die sich kurz vor Ausgangssperre mit ihren Einkaufstaschen noch vor einem Laden anstellten, doch plötzlich hatte das Heulen der Sirene die Luft gefrieren lassen. Fünf Sekunden elektrisches Heulen, dann weitere fünf Sekunden Totenstille, unwirklich und wie aufgehoben, endlos, und danach noch ein Heulen.

Die Frauen hatten einander unentschlossen angeblickt, denn im Laden wurde Seife verkauft und in der leeren Auslage stand noch eine Kiste, dann war ein Radfahrer vorbeigefahren, sein Klingeln war fast lauter als das Heulen der Sirene, dann folgten ein alter Fiat mit einer Menge Leute auf der Ladefläche und weitere Radfahrer, wie ein Schwarm Rennfahrer beim Giro d'Italia, und da begannen auch die Frauen zu laufen, mit dem Heulen im Rücken.

De Luca brauchte einen Augenblick länger, um den Leuten in den Luftschutzkeller nachzulaufen; er hatte gerade begonnen, im Geiste seine Karte zu zeichnen, und als er die Schlange der sich anstellenden Frauen gesehen hatte, war ihm etwas Wichtiges eingefallen, doch noch bevor er es deutlich vor sich sah, hatte das Heulen der Sirene es zerstört. Und so saß er nun im Luftschutzkeller eines

Palazzo, zwischen den Menschen auf einer Holzbank entlang der unverputzten Ziegelmauern, Frauen drückten die Tasche an die Brust, die Männer hatten den Hut in der Hand und die Kinder spielten in der Mitte auf dem Boden.

– Ganz ruhig, das ist der übliche Fehlalarm, gleich ist es vorbei, sagte ein alter Mann im Overall der Luftabwehr, doch seine Stimme zitterte ein wenig, denn normalerweise kam der Alarm mitten am Vormittag, nur diesmal war es Abend und das machte Angst.

In zwei Ecken des Raums hingen verdunkelte Lampen, die die Wand schwach beleuchteten. Unterhalb der einen saß ein Herr in Sakko und Krawatte, er versuchte Zeitung zu lesen und breitete die Arme weit aus, um so viel Licht wie möglich zu erhaschen; deshalb steuerte De Luca auf die andere Ecke zu, nutzte eine Bewegung auf der Bank aus und setzte sich unterhalb der Lampe hin, zog sein Notizheft heraus und zeichnete die Karte, die er bisher nur im Kopf gehabt hatte, denn sie wurde immer komplizierter. Doch die dicke Frau neben ihm behinderte ihn, sie quetschte ihn an die Wand und er konnte die Arme nicht mehr bewegen. Da legte er das Notizbuch und den Füller auf die Knie, seufzte und zeichnete mit geschlossenen Augen wieder im Geiste.

Kopf ohne Körper und *Körper ohne Kopf* auf der einen Seite, *Borsaro* und *Franchino* auf der anderen. In der Mitte CASE MORRI und darüber machte er noch einen Kreis, *Valentino Morri*, ohne den Nachnamen Della Valentina, denn der war zu lang. Der Besitzer der Case Morri, oder besser gesagt der Sohn des Besitzers, wo alles begonnen hatte. Ein Pfeil verband ihn mit einem weiteren Kreis, *Vera Gales*, er war kleiner, aber nicht, weil er weniger wichtig war, sondern weil das Mädchen auch so klein war. Sie war in den roten Topolino des Grafen eingestiegen.

Die dicke Frau neben ihm legte ihm eine Hand auf den Arm und drückte ihn beschützend und mütterlich.

– Keine Sorge, sagte sie, – sie bombardieren nicht wirklich. Der Krieg ist ja vorbei, wir werden sogar Frieden schließen, nicht wahr?

De Luca dachte, wahrscheinlich hatte sie seinen konzentrierten Ausdruck mit Angst verwechselt. Er nickte, flüsterte *ja,* und dachte weiter nach.

Links auf seiner Zeichnung befanden sich Franchino und Borsaro. De Luca zeichnete einen weiteren, nach oben zeigenden Pfeil, und an seiner Spitze machte er noch einen Kreis mit dem Namen des Konsuls Martina, und er fügte auch seinen Rang, Konsul der Miliz, dazu. Das war ein langer Name, aber er erinnerte ihn daran, nichts zu überstürzen. Martina hatte sowohl den Koffer als auch Borsaro mitgenommen, deshalb unterstrich De Luca im Geiste mehrmals die Linie des Pfeils. Und unterhalb von Franchino schrieb De Luca noch einen Namen, Albertino, der ihm wahrscheinlich entwischt war.

Genau.

De Luca öffnete die Augen. Am anderen Ende des Kellers zeigte der Mann in Sakko und Krawatte dem Alten im Overall gerade eine Seite der Zeitung. Der schüttelte den Kopf.

– Glauben Sie das wirklich?, fragte der Herr. – Wirklich?

– Was ist los?, fragte ein Junge mit einer speckigen Baskenmütze, der die Finger in die Träger seiner Latzhose eingehakt hatte.

– Drei Spezialanstriche, las der Mann laut vor, im emphatischen Tonfall einer Radiowerbung, – *Antignis,* schützt Holz vor Feuer, *Oscurit,* sorgt für die Verdunkelung der Fenster, *Mutinite,* zur Tarnung … Glauben Sie das wirklich? Gibt es jetzt einen Lack gegen Bomben? Wie kann man mit Tragödien Geld verdienen?

– Haifische, sagte der Junge, – sie machen das Leid der Menschen zu Geld. Aber jetzt ist es vorbei, jetzt sind wir dran, und wenn …

– Keine Politik!, zischte jemand in der Dunkelheit, und zwar in einem so strengen Tonfall, dass alle augenblicklich verstummten.

– Wir sind ja nicht mehr im Faschismus, flüsterte der Junge, setzte sich jedoch woanders hin.

De Luca schloss die Augen. Das Durcheinander lenkte ihn ab und ausgerechnet in diesem Augenblick wollte er sich nicht ablenken lassen, denn die Sache, an die er draußen, einen Augenblick vor dem Alarm, gedacht hatte, war wieder aufgetaucht, aber nur einen Augenblick lang, dann war sie wieder verschwunden, verscheucht von der Stimme der dicken Frau, die mit einer anderen Frau flüsterte, einer eleganten Dame, die steif ein Hütchen mit Feder an sich drückte, als ob sie Angst hätte, schmutzig zu werden.

– Ich hatte immer genug Milch, im Gegenteil, ich bin von der Natur gesegnet, sogar der „Carlino“ hat über mich geschrieben, Ammen aus Bologna, Frauen mit höchster Milchproduktion …, auch sie in emphatischem Tonfall, als läse sie aus der Zeitung vor.

De Luca kniff die Augen zusammen, bis die Dunkelheit von einem Regen von Lichtpunkten erfüllt war. Das wichtige Detail war wieder verschwunden, aber er wollte nicht, dass auch die Karte verschwand, deshalb stellte er sie sich vor: das Viereck in der Mitte und die Kreise rundherum, links und rechts, die Pfeile hatten sich nahezu von selbst zu einem Netz von Verbindungslinien geschlossen.

Mit der violetten Spitze seines ideellen Bleistifts machte er ein Kreuz über dem *Borsaro* und *Franchino*, tot, keine Spur mehr, und dann noch ein Kreuz über *Albertino*, verschwunden, und ebenfalls eines über *Konsul Martina*, außer Reichweite. Er verharrte mit der Hand auf halber Höhe, sowohl im Geiste als auch in der Realität, denn unwillkürlich hatte er die Hand gehoben, mit der Spitze des Bleistifts zeigte er auf den Kreis, in dem *Graf Valentino* stand, dann unterstrich er ihn, aber nur einmal.

Mal sehen.

Um Herbert Gales hingegen zeichnete er einen vollständigen Kreis, wenn auch nicht so entschieden wie die anderen. Fall gelöst, daneben schrieb er *Kanun-Albaner, gelöst,* ja, aber nicht von ihm, er hegte ja Zweifel an dieser allzu vollständigen, allzu glaubwürdigen und plausiblen Erklärung.

Zwei Kreise waren leer.

Vera Gales, das Mädchen mit den schwarzen Strümpfen.

Und die kopflose Leiche, über die er am Anfang der Geschichte gestolpert war.

Ist gut, dachte De Luca, doch dann fiel ihm plötzlich das wichtige Detail ein, an das er davor gedacht hatte, es explodierte in seinem Kopf und verbreitete ein derart blendendes Licht wie eine Phosphorbombe.

Die dicke Frau hatte sie gezündet.

Sie gab nämlich gerade der eleganten Dame ihre Adresse, für den Fall, dass sie Muttermilch brauchte, sie nähme auch noch Große an die Brust, natürlich nur, solange es die Grenzen der Anständigkeit erlaubten, aber sie hatte gesunde Milch*, erkundigen Sie sich, es gibt einen Haufen Leute, die nur mir vertrauen.*

Und da war die Idee wieder.

De Luca riss die Augen auf. Wenn er nicht zwischen Menschenfleisch und Mauerziegeln eingeklemmt gewesen wäre, wäre er impulsiv aufgesprungen und aus dem Luftschutzkeller gerannt. Doch er beherrschte sich und dachte, es sei schon spät, Lorenzas Apotheke war wahrscheinlich schon geschlossen und es war vernünftiger, zu warten und nicht zu riskieren, im Bombenhagel zu sterben.

Und so blieb er sitzen und bebte wie ein Tier im Käfig, bis die Sirene Entwarnung gab, alle aufsprangen und noch während des

Heulens zum Ausgang liefen, denn der Zeitpunkt der Ausgangssperre nahte.

Doch auch als Tier im Käfig wirkte er offenbar eher ängstlich als konzentriert, denn bevor die dicke Frau ging, drückte sie ihm noch einmal mütterlich den Arm.

– Sehen Sie, es gab gar keinen Grund, sich zu fürchten. Wir leben noch immer.

Und sie lächelte ihn an und kniff die Augen so zärtlich zusammen, als wäre er ein Kind.

„Il Resto del Carlino“, Freitag, 30. Juli 1943, Italien, Reich und Kolonien, 30 Centesimi

Spätestens vier Monate nach Kriegsende wird die neue Kammer gewählt. Nach wie vor Verbot aller Parteien – Aufforderung, die böswilligen Gerüchte zu ignorieren. Derartige Gerüchte, deren Herkunft eindeutig ist, haben – wenn auch nur kurzfristig – die Bürger in Sorge versetzt und ihnen die Zuversicht geraubt, sie von der Arbeit abgelenkt, die derzeit aber oberste Pflicht aller Italiener ist. Tatsachen und Kommentare (auf weißem Feld)

Lokales aus Bologna: (Foto) Wie die gestrige Aufnahme der Via Rizzoli im Herzen des städtischen Lebens zeigt, kehrt das Leben in Bologna zur völligen Normalität zurück.

Radio: 20 Uhr 30, Familienfunk

Er war früh dran und die Apotheke war noch geschlossen. Er hatte noch nicht gefrühstückt und wäre gern in die Bar nebenan gegangen, um etwas zu trinken, was entfernt nach Kaffee schmeckte, doch auch sie war noch zu. Also setzte er sich mit baumelnden Beinen auf die Brüstung der Arkade und betrachtete gedankenverloren die rote Schrift an der Mauer, *Wir wollen Pasta und Öl, Badoglio und der König in den Keller, der Duce auf die Guillotine,* bis er sah, dass Lorenza auf dem Rad angefahren kam.

– Entweder bist du aus dem Bett gefallen, hast Kopfweh und brauchst eine Tablette, oder du kannst es gar nicht erwarten, mich zu sehen.

– Das Letztere.

Lorenza lachte, öffnete das Tor der Apotheke und De Luca half ihr, das Rad hineinzuschieben. Sie küssten einander im Hinterzimmer, dann zog Lorenza über dem geblümten Kleid den Kittel an und knöpfte ihn wie immer bis zum Hals zu.

– Warum bist du wirklich hier?

– Ich müsste mich kurz mit deinem Chef unterhalten.

– Montuschi? Nichts zu machen, er ist wahrscheinlich schon in Deutschland.

– Nein, ich meinte Doktor Ravenna.

– Der ist noch nicht da. Für gewöhnlich kommt er als Erster, aber heute ... Wahrscheinlich musste er einen Umweg machen, die Via Rizzoli ist abgesperrt.

– Abgesperrt?

Lorenza zuckte mit den Achseln. – Mitten auf der Straße steht ein Panzerwagen der Polizei. Ein Hauptmann hat mir gesagt, sie warteten auf eine Demonstration von Frauen, aber da ich allein war, hat er mich durchgelassen. Bist du eifersüchtig, weil ich mit den Offizieren der Carabinieri spreche?

– Sehr.

– Fahren wir am Sonntag wieder an den Lido? Wenn du nein sagst, fahre ich mit dem Hauptmann hin, er war süß.

– Ja, sagte De Luca zerstreut.

Zur Ungeduld des Wartens hatte sich der Wunsch gesellt, etwas Starkes, Heißes zu trinken, sein Magen knurrte.

– Gehst du mit mir frühstücken?

– Ich kann nicht, außer mir ist niemand da.

– Bist du mir böse, wenn ich allein gehe?

– Aber nein, ich bitte dich, geh nur ...

In der Zwischenzeit hatte das Café gegenüber geöffnet. Das *San Pietro* war ein schönes Lokal mit zwei großen Auslagen, an der Ecke zwischen Via dell'Indipendenza und Via Altabella, aber das Publikum bestand hauptsächlich aus Intellektuellen und Künstlern aus der feinen

Gesellschaft, es hatte am Abend lange offen, wie ihm der Kellner erklärte, der gerade die große *Victoria* auf der Theke unter Dampf setzte.

De Luca setzte sich an einen Tisch hinter einer der Auslagen, der Kellner hatte ihm mit einem Kopfnicken bestätigt, ja, bei der Kundschaft hatten sie natürlich echten Kaffee. Er lehnte den Hinterkopf an das Fensterglas und bereitete sich auf eine lange Wartezeit vor, schreckte jedoch gleich wieder hoch, denn jemand hatte vorsichtig ans Glas hinter seinem Ohr geklopft. Doktor Ravenna. De Luca machte ihm ein Zeichen, er solle hereinkommen, doch der Doktor schüttelte den Kopf und zeigte auf etwas an der Tür, die auf die Via dell'Indipendenza führte, und zwar so hartnäckig, dass De Luca nachschauen ging. Da hing ein kleines Schild, elegant wie das Lokal, mit einer gedruckten Wellenlinie am Rand, und darauf stand in kursiv: *Kein Eintritt für Juden.* – Kommen Sie trotzdem herein, sagte De Luca an der Tür, – Sie sind mit mir zusammen, ich übernehme die Verantwortung.

– Lieber nicht, sagte Ravenna mit zusammengepressten Lippen. – Ich würde mich nicht wohlfühlen. Wenn Sie mit mir ins *Majani* gehen, lade ich Sie auf eine echte heiße Schokolade ein.

De Luca seufzte. Er warf einen Blick auf den Adler mit ausgebreiteten Flügeln, der sich oberhalb des zylinderförmigen Kessels der *Victoria* befand; es war eine Kaffeemaschine mit Pumpe, eine von der Art, die auch eine Cremina erzeugte. Dann dachte er jedoch an seine Ermittlungen, schloss mit einem weiteren Seufzer die Tür hinter sich und folgte Doktor Ravenna über die Straße zu dem Jugendstilgebäude mit rundem Vorbau.

– Ich weiß nicht, wie es Ihnen geht, aber mich stimmt dieser Ort heiter, sagte Ravenna und setzte sich an einen Tisch. – Vielleicht wegen der Terrasse mit dem Schmiedeeisengeländer, ich komme mir vor wie vor dem Krieg. Lorenza sagte, Sie wollten mich sprechen.

Auch hier saßen sie hinter einer Auslage und De Luca warf einen Blick über die Straße, auf die Auslage des Cafés San Pietro, wo der Kellner gerade die *Victoria* unter Dampf gesetzt hatte.

– Ja, aber so dringend war es nun auch nicht. Ich wäre gleich zu Ihnen gekommen.

– Wenn das Präsidium ruft, kommt einer wie ich gelaufen.

– Ich würde Ihnen gern eine Frage zur Behandlung von Syphilis stellen.

Der Doktor schnellte zurück, presste sich an die gepolsterte Sessellehne, dann beugte er sich über das weiße Tischtuch.

– Fragen Sie ruhig, flüsterte er, – doch Sie dürfen mich bei Lorenza nicht in Verlegenheit bringen, wir arbeiten schon so lange zusammen und ich sähe mich gezwungen …

De Luca runzelte einen Augenblick lang die Stirn, dann begriff er und lachte.

– Aber nein, was denken Sie! Es geht nicht um mich.

– Ich bitte Sie, Herr Kommissar, wir sind doch Männer von Welt. Doch wenn diese Person, von der Sie sprechen, natürlich nicht Sie, also wenn diese Person sich mit einer sexuell übertragbaren Krankheit angesteckt hätte, müsste sie ihre Verlobte informieren, sonst …

– Sie haben noch immer nicht verstanden. Es geht um niemand Bestimmten. Ich brauche eine Information für eine laufende Ermittlung.

Ravenna nickte, allerdings noch immer etwas argwöhnisch.

– Darf zuerst ich Ihnen eine Frage stellen?

– Ich habe nicht Syphilis.

– Aber nein, sicher nicht. Ich wollte Sie fragen, ob Sie wissen, wann die Rassengesetze aufgehoben werden. Der Faschismus ist ja vorbei, nicht? Wozu sollte man sie beibehalten?

De Luca zuckte mit den Achseln. – Ich weiß nicht, was ich Ihnen antworten soll. Ich beschäftige mich nicht mit Politik, ich bin bloß Polizist.

Der Doktor kräuselte enttäuscht die Lippen. Ein Kellner kam und sie bestellten zwei heiße Schokoladen, doch dann fragte De Luca, ob sie auch Kaffee hatten, und da sie welchen hatten, änderte er die Bestellung. Als er weg war, beugte sich der Doktor wieder über den Tisch.

– Fragen Sie.

– Ich weiß, dass Sie Stammkunden haben. Die Prostituierten zum Beispiel kommen zu Doktor Montuschi.

Ravenna zögerte, doch De Lucas aufforderndes Lächeln überzeugte ihn.

– Ja, es gibt zwar einen Arzt für die Bordelle, aber da viele dieser Damen Montuschi aus beruflichen Gründen kennen, wegen des Bordells, nicht wegen der Apotheke, vertrauen sie ihm mehr und kommen zu uns, ich empfinde dieses Vertrauen allerdings als ungerechtfertigt.

– Die Juden hingegen kommen, weil sie Ihnen vertrauen.

Der Doktor drückte sich wieder an die Sessellehne.

– Das ist kein Verbrechen. Ich meine, die Rassengesetze verlangen nicht …

– Das sage ich ja nicht. Und es wäre mir auch egal. Ich will nur wissen, ob Sie einen gewissen Kunden haben.

– Wie heißt er?

– Das will ich ja von Ihnen wissen. Ein ungefähr fünfzigjähriger Mann, mehr als eins achtzig groß, fünfundsiebzig Kilo. Vornehm, elegant, wenn auch nicht sehr gut in Schuss. Gut gekleidet, mit Weste, allerdings etwas zerschlissen.

– Hinkt er?

– *Ja!,* sagte De Luca, so laut, dass der Kellner zusammenzuckte und fast das Tablett fallen gelassen hätte.

– *Ja,* wiederholte er leise, nachdem er sie bedient hatte. Kennen Sie ihn?

– Goldstein.

Ja, dachte De Luca, und innerlich schrie er, *ja, ja!*

– Goldstein … und wie noch?

– Keine Ahnung … Ich habe das Neosalvarsan wegen der Syphilis für ihn beiseitegelegt, ich habe sogar den Nachnamen auf die Tüte geschrieben, das reichte mir. Er war nicht sehr gesprächig, außer beim letzten Mal.

– Wann?

– Ich würde sagen … letzte Woche, vor zehn Tagen.

Ja!

– Was hat er bei dieser Gelegenheit gesagt?

– Er hat mich gegrüßt. Er hat betont, dass er trotz seines Aussehens ein wohlhabender Mann sei, er sagte, er habe mehr als fünfzigtausend Lire auf einer Schweizer Bank liegen und endlich eine Möglichkeit gefunden, an sein Geld ranzukommen.

– Sonst nichts?

– Sonst nichts.

Diesmal lehnte sich De Luca an die Sessellehne, aber nur, um nachzudenken.

Er nahm die Kaffeetasse und trank einen Schluck. Es war kein echter Kaffee, aber egal.

– Könnten Sie mir seinen Kopf beschreiben?

– Seinen Kopf?

– Ja. Sein Gesicht eben.

– Geheimratsecken, graue Haare, Brille … Ich kann mir Gesichter nicht gut merken. Seine Wangen waren irgendwie …, er machte ein Zeichen am Rande des Gesichts, als wolle er etwas mit den Händen auffangen, – hängend.

– War er aus Bologna?

– Keine Ahnung. Ich habe ihn vor ein paar Monaten zum ersten Mal gesehen.

– Gut, aber der Akzent? Aus Bologna, der Emilia, mit einem Wort, von hier?

– Deutscher.

– Deutscher?

– Ich bin kein Polizist, ich habe nicht darüber nachgedacht, aber sein Akzent klang ein wenig … Er sprach sehr gut Italienisch, aber eben mit einem leichten deutschen Akzent.

De Luca trank den Kaffee aus, er hinterließ einen bitteren Geschmack in seinem Mund, bitterer als nötig.

– Er war Israelit und Syphilitiker, Sie hätten ihn registrieren und im Präsidium melden müssen.

– Er kam aber als Israelit und Syphilitiker zu mir, sagte Ravenna. – Wollen Sie mich anzeigen?, fragte er, und sein Tonfall war eher bitter als erschrocken, doch De Luca bemerkte nicht einmal das.

Goldstein, vielleicht Deutscher. Jude.

Der Blick des Doktors hatte sich verdüstert. Er rührte mit dem Löffel spiralförmig in der Schokolade um, und als er in der Mitte angekommen war, rührte er in die andere Richtung.

– Wissen Sie wirklich nicht, wann die Gesetze aufgehoben werden? Ich müsste nämlich klagen, ich bin nicht so tüchtig wie viele meiner Glaubensgenossen, die für ihre Tätigkeiten einen arischen Strohmann gefunden haben, wie es so schön heißt. Ich habe die Apotheke für ein Butterbrot hergegeben, dabei sind Juden angeblich doch so gut bei Geschäften. Aber ich wurde gezwungen.

Montuschi hat sich die Apotheke unter den Nagel gerissen, weil er ein hohes Tier der Faschisten ist, und da man mir seit Jahren sagt, ich als Jude sei ein Feind des Faschismus, bin ich automatisch Antifaschist geworden, aber jetzt, wo sie nicht mehr da sind … oder?

– Keine Ahnung, sagte De Luca, der nur die letzten Worte gehört hatte, doch jetzt hörte der Doktor ihm nicht zu, er war ganz mit den dichten, schwarzen Spiralen seiner Schokolade beschäftigt.

– Dabei habe ich beim Marsch auf Rom mitgemacht. 1935 habe ich den Eid geleistet, Gold für die Heimat … und anstatt Sabbat habe ich im Schwarzhemd den faschistischen Samstag gefeiert. Sie auch?

– Ich bin Polizist, sagte De Luca. Der Doktor nickte unauffällig, leckte den Löffel ab, ohne von der Schokolade zu kosten, flüsterte *gut,* und stand auf.

– Ich muss zurück zur Arbeit, sagte der Doktor.

– Ich auch, sagte De Luca.

Draußen, unter dem runden Vorbau, zwischen den Jugendstilsäulen, verabschiedete sich De Luca zerstreut vom Doktor, und er wollte sich schon auf den Weg zur Piazza, in Richtung des Präsidiums machen, doch da sagte Ravenna etwas verblüfft, *Ich grüße Lorenza von Ihnen.*

– Aber nein, kommt gar nicht in Frage.

Als sie die Apotheke betraten, stand Lorenza lächelnd vor der Theke, mit einem Schminkstift in der Hand. Neben ihr stand eine Frau in einem Kleid, das so eng war, als wäre es auf ihren üppigen Kurven aufgemalt, der Busen quoll aus einem dekolletierten Mieder, ein Tuch verhüllte mehr schlecht als recht das Dekolleté.

– Eine von Montuschis Kundinnen, flüsterte der Doktor.

Die Frau lächelte De Luca an, machte auf hohen Absätzen zwei Schritte Richtung Ausgang, dann neigte sie sich zur Seite und streckte den Hintern raus, zog den Rock weg und zeigte ein ausgestrecktes Bein wie eine Soubrette auf einer Werbung von Boccasile.

– Ist die Naht gerade?, fragte sie augenzwinkernd.

Dann ließ sie den Rocksaum los und ging hüftwackelnd hinaus, während De Luca die Naht auf ihren rundlichen Beinen anstarrte, die von den Schenkeln bis zur Ferse reichte. Lorenza machte eine Geste, als wolle sie seinen offen stehenden Mund schließen, doch er starrte sie nur an, weil sie ihn darum gebeten hatte.

– Die linke nicht ganz, sagte Lorenza. – Aber ich habe es gut gemacht, oder?

– Inwiefern?, fragte De Luca. Lorenza sah den Doktor an und beide lachten.

– Wanda arbeitet in einem drittklassigen Bordell auf der Via delle Oche, sagte Ravenna, – in diesen Zeiten kann sie sich keine echten Strümpfe leisten. Das ist Setalin.

– Inwiefern?, wiederholte De Luca.

– Was ist los, sind dir die Schenkel zu Kopf gestiegen? Setalin! Dafür gibt es Werbungen in der Zeitung.

– Das ist Make-up, das man direkt auf die Beine schmiert und das aussieht wie echte Seidenstrümpfe, je nach Menge heller oder dunkler.

– Die Naht muss man jedoch aufzeichnen, fügte Lorenza hinzu und zeigte den Stift. – Wandona kommt oft her, um ihren Pilz behandeln zu lassen, sodass ich es gelernt habe und sie nur mir vertraut.

De Luca drückte Lorenza den Arm und küsste sie auf die Wange, er wusste, sie hätte sich geniert, wenn er sie vor dem Doktor auf den Mund geküsst hätte. Er drückte auch dem Doktor die Hand, flüsterte *danke* und ging.

Er war schon fast draußen, stand schon im Holzperlenvorhang und dachte *Goldstein, Deutscher, Jude,* als er hörte, wie Lorenza etwas zum Doktor sagte. Er blieb stehen.

– Sie hat mir auch einen Rat gegeben, sie hat gesagt, passen Sie auf, Frau Doktor, im Sommer, wenn es heiß ist und man schwitzt, färbt die Naht bei Berührung ab.

De Luca blieb stehen, drehte sich mit half offenem Mund um, den man jetzt tatsächlich mit der Hand hätte schließen können, und er fragte wieder, *Inwiefern?*

– Hallo, Kommissar? Ja, ich bin's, Tirabassi. Mein Leben ist interessanter geworden, seit ich Sie kenne, aber nach den letzten beiden verbrannten Leichen habe ich mir etwas Spannenderes erwartet als eine Tüte mit falschen Strümpfen. Ich bin zwar kein Chemiker, aber ja, ich kann Ihnen bestätigen, dass der unter dem Namen Setalin verkaufte Farbstoff, den Sie mir gebracht haben, der Substanz entspricht, die wir unter den Nägeln der kopflosen Leiche gefunden haben. Gut gemacht, Kommissar, bis zum nächsten Mal. Und dann bitte wieder was Interessanteres.

– Hallo, Kommissar De Luca? Maresciallo Damiano, der Polizist hat mir gesagt, Sie wollten mich sprechen. Ja, ich habe die Notiz gelesen und nachgesehen, in der Liste der Juden in Bologna und Provinz gibt es keinen Israeliten deutscher Herkunft namens Goldstein, ich bin mir sicher, denn ich habe sie vor Kurzem selbst aktualisiert. Andere Goldsteins? Ja, zwei oder drei, aber Sie haben mich gebeten … Gut, ich schaue gleich nach. Wenn Sie erlauben, rufe ich Sie zurück, ich habe nämlich eine Kriegsverletzung, die mich bei der Hitze halb umbringt, ich bin sehr froh, wenn ich mir das Treppensteigen ersparen kann. Danke, auf bald.

– Hallo, De Luca? Mein Junge, warum informierst du mich nicht? Muss ich vom Kollegen der Staatspolizei erfahren, dass du den Fall des Kopfes in der Schleuse gelöst hast? Ja, ich weiß, du bist sehr sorgfältig, du willst alles nachprüfen, schon gut, aber sei so gut und besuche deinen Vorgesetzten und halte mich auf dem Laufenden, einverstanden? Ich warte auf dich, ciao.

– Kommissar De Luca? Maresciallo Damiano. Also, es gibt zwei Goldsteins, einer ist Italiener, geboren in Bologna, der andere Österreicher. Ich habe ihn zuerst übersehen, weil ich durcheinandergekommen bin mit dieser Sache mit Österreich und Deutschland, ja, wie auch immer, spielt keine Rolle. Es gab auch noch einen dritten, einen Polen, aber der ist letztes Jahr nach Amerika ausgewandert … der Österreicher? Nun, lassen Sie mich nachschauen … am 27. April 1943 in Bologna angekommen aus Parma, davor im Schloss Montechiarugolo, dann Internierter auf freiem Fuß, dann freigelassen ohne Vorschriften. Ja, den Briefwechsel habe ich hier, aber … äh, kommen Sie hoch, Sie haben ja keine Probleme mit Ihrem Bein. Sie Glücklicher, danke, ich erwarte Sie.

– Interessant.

Mit krummem Rücken wie ein Geier, mit ausgebreiteten Armen und den Händen an den Ecken von Cesarellas Schreibtisch, den Kopf gesenkt, eben wie ein Geier, betrachtete Fratojanni die aus Pfeilen und Kreisen bestehende Karte, die De Luca mit echtem, tatsächlich mit Spucke angefeuchtetem Bleistift auf ein Blatt Papier gezeichnet hatte.

– De Luca, mein Junge, seit wann machen wir hier Skizzen? Wenn du als Konstrukteur arbeiten willst, mach Entwürfe für Ducati, aber wir sind hier auf dem Präsidium, wir schreiben Berichte.

Er hatte allerdings auch einen Bericht geschrieben, vier Seiten, mit zwei Fingern auf der Schreibmaschine getippt, sie lagen auf dem Schreibtisch, in einer Akte neben der Zeichnung, doch Scimmino hatte sie gar nicht geöffnet.

Fratojanni öffnete ihn und überflog ihn, mit der Brille auf der Stirn und den Blättern ganz nah am Gesicht, als wolle er daran schnuppern, dann sagte er noch einmal *interessant*. Mit der Fingerspitze zog er in der Luft oberhalb der Mappe einen Kreis.

– Um den Kreis zu schließen, fehlen noch ein paar Verbindungen, sagte er.

– Genau, sagte Cesarella, und deshalb …, aber Fratojanni fuhr fort, als ob er es gar nicht gehört hätte. – Genau das beunruhigt mich am meisten.

Er klopfte mit dem Finger auf die Namen Gales und Goldstein, die sich übereinander befanden, und Cesarella kam näher und schaute genauer hin.

– Beide kamen aus dem Internierungslager Montechiarugolo bei Parma, sagte De Luca. Fratojanni nickte.

– Allein die Tatsache, dass zwei enthauptete Körper, die nichts miteinander zu tun haben, an ein und demselben Ort gefunden werden, wäre ein völlig unglaubwürdiger Zufall …

– Unglaubwürdig, aber möglich, sagte Cesarella.

– Dass sie aber in demselben Lager interniert waren, ist wirklich merkwürdig. Schade, ich dachte, ich hätte den Fall des Kopfes mit einer Untersuchung gelöst, die des berühmten De Luca würdig wäre, doch …

Fratojanni seufzte enttäuscht.

Cesarella sagte, *Und ich hätte schon beinahe der Presse mitgeteilt, dass unsere Ämter …*, doch er sagte es erst nach der Pause, die durch das Seufzen entstanden war, denn Fratojanni klopfte mit der Fingerspitze auf den Kreis, in dem *Goldstein* stand, und sah dabei De Luca an.

– Ich nehme an, Sie haben Nachforschungen in Parma angestellt. Ich werde noch einmal bei meinen Freunden im Außenamt nachhaken, damit sie mir rechtzeitig und ausführlich antworten.

– In der Zwischenzeit könnte ich etwas tun, sagte De Luca zu Cesarella, der sich auf den Stuhl hatte sinken lassen und gekränkt seine Haarsträhnen glättete, um etwas würdevoller zu wirken.

– Und was?

– Ich möchte mit dem Mädchen sprechen. Wenn sie in demselben Lager waren, kannte ihr Onkel vielleicht Goldstein und sie weiß etwas über ihn.

– Vielleicht hatte auch er eine offene Rechnung mit den Albanern und der Fall ist doch abgeschlossen. Was sagt der Kollege dazu?

Fratojanni saß wieder auf dem Chesterfield-Sofa mit den Knöpfen auf Sitzfläche und Lehne, wegen der niedrigen Sitzfläche bildeten seine Knie einen spitzen Winkel. Er las noch immer die Seiten und hob den Blick.

– Darf ich mitkommen?, fragte er. – Wenn Sie recht haben, hat mich dieses Mädchen an der Nase herumgeführt, so etwas macht mich wütend.

Er wirkte gar nicht wütend, doch inzwischen kannte ihn De Luca, tatsächlich knitterte er mit einer Hand die Seiten.

– Gehen Sie nur, sagte Scimmino, zusammengekauert auf seinem Stuhl, – machen Sie, wie es Ihnen beliebt.

– Wie gehen wir vor? Ich habe meine ganze Laufbahn im Büro zugebracht. Ich habe nie eine Pistole getragen.

– Wir wollen das Mädchen ja nicht festnehmen, sondern nur mit ihm reden.

– Wenn ich draufkomme, dass sie mich an der Nase herumgeführt hat, nehmen wir sie sehr wohl fest.

Nach dem letzten Bombardement hatte sich der Palazzo Faccetta Nera ein wenig geleert. Der Bürgermeister hatte ihn für die Evakuierten, vor allem für die aus dem Norden, rekrutiert, aber jetzt, wo, wie „Il Resto del Carlino“ schrieb, auch Bologna von den Evakuierungen betroffen war, waren viele Familien aufs Land gezogen. Doch es waren noch immer zahlreiche Familien da, sie hatten sich so gut wie möglich eingerichtet, und trotz der Verordnungen der Stadtverwaltung hing immer Wäsche aus den Fenstern, sie belebte die mit fast afrikanisch anmutendem Rautenmuster dekorierte Fassade an der Via Roma.

Sie erkundigten sich beim Hausmeister nach Vera Gales, doch der zuckte mit den Achseln und breitete die Arme aus, als wolle er das ganze Gebäude umarmen, dann beschrieben sie sie ihm und er nickte grinsend, ach ja, Rita, und Fratojanni flüsterte, *Das fängt ja gut an.*

In einem glühend heißen Käfig aus Glas und Holz fuhren sie ins dritte Stockwerk hinauf, und als sie aus dem Lift ausstiegen, war De Luca schweißgebadet, seine weiße Anzugjacke schien auf der Haut zu kleben.

Die Wohnungen auf den Treppenabsätzen waren alle identisch geschnitten, an einem langen Gang befanden sich vier Türen, das Bad war ganz hinten, und in jedem Zimmer wohnte eine Familie, mit Ausnahme des letzten, da wohnte das Mädchen. Das sagte ihnen eine Frau im Schlafmantel, als sie an die erste Tür klopften; sie wollte sich schon beschweren und hob drohend die Faust, doch als De Luca ihr den Ausweis zeigte, beruhigte sie sich augenblicklich und grinste bösartig.

– Endlich! Es ist die da hinten.

De Luca klopfte und trat gleich darauf ein. Ein an der Decke befestigter Ventilator drehte sich und Vera saß darunter auf einem

Korbstuhl. Sie trug ein sehr kurzes schwarzes Unterkleid mit Spitzensaum, an dem sie zupfte, ein Bein hatte sie ausgestreckt und das andere angezogen, die Ferse hatte sie auf den Rand des Stuhls gesetzt. Sie trug noch immer Strümpfe, aber diesmal hellere, dunkelgraue, mit dunklerer Ferse und Zehenspitzen. De Luca suchte die blauen Flecken am Schenkel und entdeckte welche auf beiden Beinen, genau umschrieben und violett, aber diesmal bemerkte sie seinen Blick nicht, denn sie hatte die Augen geschlossen, das Gesicht war dem Luftzug zugewandt, den der Ventilator verursachte und der ihr die Haare an der Stirn durcheinanderwirbelte. Wahrscheinlich wartete sie auf jemanden, denn sie öffnete die Augen und ein leichtes Lächeln lag auf ihren Kinderlippen. Als sie De Luca sah, verschwand es jedoch sofort.

– Der Anstand muss gewahrt werden, auch wenn es noch so heiß ist, sagte Fratojanni.

Vera sah auch ihn an; groß, streng und mit gerunzelter Stirn war er hinter De Luca aufgetaucht, und sie lächelte von Neuem und setzte wieder den provokanten Blick auf. Sie hob das ausgestreckte Bein und überkreuzte es mit dem anderen, sie hielt das Bein am Knöchel fest, als wolle sie ihre Haut bedecken, und dabei zog sie das Unterkleid mit einer derart sinnlichen und provokanten Bewegung über den Schenkel, dass es De Luca vor Erregung den Magen zusammenzog. Dafür schämte er sich.

Außer dem Bett waren nur ein Stuhl, ein Nachtkästchen und ein Toilettentisch mit einer Emailwaschschüssel und einem Spiegel im Zimmer. De Luca nahm den Stuhl und stellte ihn vor das Mädchen, er ließ Fratojanni an der geschlossenen Tür stehen, immerhin war es sein Verhör, und er wollte so schnell wie möglich die lästige Erregung loswerden.

– Wie heißt du?

– Vera Gales.

– Hier nennen sie dich allerdings Rita.

– Das ist mein zweiter Vorname. Vera Rita Gales.

– Wo bist du geboren?

– In Malta.

– Wie alt bist du?

– Einundzwanzig.

– In welchem Jahr bist du also geboren?

Das Lächeln des Mädchens gefror. Sie fasste sich gleich wieder, doch ihr Lächeln war unsicher. Sie zog die Beine enger an sich, mit der Hand am Knöchel, und man sah, dass die Zunge nervös an die Zähne schlug, als würde sie zählen. De Luca warf Fratojanni einen zufriedenen Blick zu, der nickte und flüsterte *bravo.*

– Neunzehnhundertzweiundzwanzig, sagte De Luca.

– Ja.

– Das glaube ich nicht.

Er streckte die Hand mit der Fläche nach oben aus und machte eine Geste mit den Fingern, als würde er die Luft kratzen. Das Mädchen kramte seufzend in der Tasche auf dem Nachtkästchen. Sie nahm einen Pass heraus und reichte ihn De Luca, sie warf ihn ihm fast in die Hände und setzte sich in derselben Position wie zuvor hin, zog allerdings das Unterkleid nicht hinunter, sie war jetzt nackt bis zur Unterhose.

De Luca bemühte sich, sie nicht anzusehen. Er schlug die Beine übereinander und nahm das Dokument in Augenschein. Es war ein Nansen-Pass für Flüchtlinge und Staatenlose, ein gefalteter, viereckiger Karton mit einem Foto darauf, auf dem ihn das Mädchen genauso provokant ansah wie jetzt. Er berührte die Nieten an den zwei Ecken des Fotos, rieb den Karton zwischen den Fingern, um seine Konsistenz zu prüfen, und glitt mit der Spitze des Zeigefingers über den Schnörkel, der Namen, Ort und Datum der Geburt angab. Vera Gales, La Valletta (Malta), 16. Dezember 1926.

– Abgesehen davon, dass hier nichts von Rita steht und du keine siebzehn Jahre alt bist, würden mir meine Kollegen vom Passamt wahrscheinlich sagen, dass er gefälscht ist.

De Luca drehte sich wieder um und reichte Fratojanni das Dokument, er war blass geworden.

– Ich habe ihn nur flüchtig betrachtet, flüsterte er. – Ich bin ein Idiot.

– Das kommt vor, sagte De Luca.

Das Mädchen wechselte die Stellung. Sie schlug die Beine übereinander und lehnte sich zurück, mit geradem Rücken und gereckter Brust, wie beim ersten Mal. Ein Träger war über die Schulter gerutscht, doch De Luca bemerkte es nicht.

– Wie heißt du wirklich?

– Veronica.

– Und weiter?

– Karagiannis.

– In Malta geboren?

– Nein, in Zypern. Mein Onkel hat mich gezwungen, den Namen zu ändern. Er klang seltsam und die Leute stellten zu viele Fragen.

– War er wirklich dein Onkel?

Veronica lächelte beziehungsweise fuhr fort zu lächeln, doch im Schwung ihrer Lippen war etwas Zweideutiges, wenn nicht gar noch Unanständigeres.

– Was für ein Idiot.

– Das kommt vor, wiederholte De Luca. – Im Schloss Montechiarugolo warst du jedoch wirklich. Mit dem Onkel. Das war keine Frage. Einen Nansen-Pass zu fälschen war eine Sache, ein falsches Lager anzugeben eine ganz andere. – Staatenlose, Angehörige eines feindlichen Staates, die in Italien vom Krieg überrascht wurden. Konzentrationslager und dann freie Internierung … wo genau?

– Langhirano, sagte Veronica, offenbar war es ein gutes Lager gewesen, denn Veronicas Lächeln hatte sich in einen vagen, aber ehrlichen Ausdruck von Wehmut verwandelt.

– Haben du und dein Onkel im Lager oder auch im Dorf einen Herrn namens Goldstein kennengelernt?

– Nein. Die Antwort kam zu schnell.

– Einen ungefähr fünfzigjährigen Juden, groß, elegant, hinkend.

– Nein. Zu schnell.

– Einen, der die Frauen mochte.

– Nein. Wieder zu schnell.

De Luca drehte sich zu Fratojanni um, der mit zusammengepressten Lippen und verschränkten Armen dastand, wütend presste er auch diese zusammen. *Was für ein Idiot*, stieß er hervor, und gebot De Luca, der schon wieder *das kommt vor* sagen wollte, mit einer Handbewegung Einhalt, die entschlossen und für einen wie ihn nahezu heftig war.

– Ich muss etwas Luft schnappen, sagte er und ging aus dem Zimmer.

De Luca drehte den Stuhl um und setzte sich rittlings darauf. Veronica richtete sich noch mehr auf und reckte die Brust heraus, ihre Kampfhaltung. Sie streckte ein Bein aus und berührte ein Stuhlbein mit der Spitze des nackten Fußes, doch er schaute nicht hin und hielt den Blick auf sie geheftet, auf ihr Gesicht und nicht auf die nackte Schulter und das Unterkleid, das ihr fast bis zur Brust hinaufgerutscht war. So blieb er sitzen, unbeweglich, selbst als Veronica den Fuß ausstreckte und den Stoff seiner Hose berührte, was ihm eine derart starke und plötzliche Erektion bescherte, dass es fast wehtat. Veronica bemerkte es und grinste noch mehr.

– Du kennst die Polizei, sagte De Luca, – auf eine Geste hin hast du mir sofort die Papiere gegeben. Du weißt, wie gemein wir bei einer wie dir sein können. Als Minderjährige könnte ich dich zu den Klosterschwestern schicken, und so, wie ich sie kenne, würde dir das nicht gefallen.

Der Ventilator an der Decke summte, der Luftzug wirbelte seine Haare durcheinander und ließ den Schweiß auf seinem Rücken gefrieren; er hätte sich gerne woanders hingesetzt, konnte sich jedoch nicht rühren. Veronica hatte bereits einen Treffer gelandet.

– Als Staatenlose et cetera et cetera kann ich dich nach Montechiarugolo zurückschicken, oder sogar auf die Tremiti-Inseln. Magst du das Meer? San Domino eignet sich perfekt, eine ganz kleine Insel inmitten in der Adria.

Ruhig und unbewegt. Das Summen des Ventilators, der Luftzug über dem Kopf, Veronica hatte das Bein noch mehr ausgestreckt, sie senkte den Fuß, nur ein wenig, aber es reichte. Sie grinste, weil sie wieder einen Treffer gelandet hatte.

– Woher kennst du den Grafen Valentino?

Diesmal hatte er einen Treffer gelandet, denn Veronica gefror eine Sekunde lang das Lächeln. Sie erstarrte und verlor den Kontakt zu De Luca, der ihre Schrecksekunde ausnutzte, aufstand, den Sessel umdrehte und ihn etwas wegrückte.

– Du kennst doch den Grafen Valentino Morri Della Valentina, oder?

– Nein.

– Vorgestern haben wir gesehen, wie du nach deiner Aussage im Präsidium in sein Auto gestiegen bist. In einen roten Topolino.

Veronica schwieg und auch De Luca. Nur das Summen des Ventilators. Unter normalen Umständen hätte derjenige einen Treffer gelandet, der es schaffte, länger zu schweigen, doch De Luca war Polizist und er besaß andere Waffen.

– Klosterschwestern, Konzentrationslager … Ich kann dich aber auch verhaften. Ich sperre dich wegen illegaler Prostitution ein.

– Ich bin keine Hure.

– Ach nein?

De Luca zeigte mit dem Finger auf das Nachtkästchen, auf dem die Tasche stand. Auf der Suche nach dem Pass hatte Veronica ein paar Dinge herausgezogen, darunter eine Dose mit roten Streifen.

– Dann erklär mir, warum ein anständiges minderjähriges Mädchen die Präservative des Cavalier Goldoni in der Tasche hat.

– Ich bin eben kein anständiges Mädchen, sagte Veronica.

– Und ich bin ein Polizist, du weißt doch, dass ich ein Arschloch sein kann, du bist ein halbnacktes Mädchen allein in einem Zimmer, mit einem Pseudonym und einer Präservativschachtel, das ist mehr als genug, um als Prostituierte verhaftet zu werden. Samt den Konsequenzen, du weißt doch, wie das endet?

Sie wusste es gewiss, aber offenbar hatte sie keine Angst, denn sie sah ihn noch immer mit halb geschlossenen Augen, unanständigem Lächeln und herausgereckter Brust an, klein, mager und sinnlich. Doch offenbar hatte er sie doch eingeschüchtert, denn Veronica streckte aufs Neue ein Bein aus, doch als sie den Stuhl nicht erreichte, ließ sie den Fuß auf den Boden sinken.

De Luca lächelte. Jetzt konnte er den Blick gefahrlos senken, und als er es tat, lief ihm ein eiskalter Schauer über den Rücken.

Aus zweierlei Gründen. Erstens wegen des dunklen Flecks am Rande ihrer weißen Strümpfe. Ein grauer Fleck, deutlich wie ein Stempelabdruck. Und zweitens wegen des Fußes, den Veronica auf den Boden gestellt hatte. Wenn er nicht so beharrlich den Blick abgewandt hätte, hätte er früher festgestellt, dass die Zehen nicht in Nylon steckten, sondern bemalt waren.

– Was ist?, fragte Veronica, die seinen merkwürdigen Blick bemerkt hatte.

Erst jetzt bemerkte er den Film auf dem Email des Waschbeckens. Das kleine Gefäß, das darin stand, mit dem Pinsel daneben. De Luca stand auf und nahm das Gefäß.

Setalin stand auf dem Deckel.

Setalin.

Veronica hatte sich umgedreht, sie presste sich gegen die Lehne, um ihn anzublicken. – Was ist?, fragte sie, eher überrascht als ängstlich.

– Ich verhafte dich nicht wegen Prostitution. Ich sperre dich wegen des Mordes an Goldstein ein.

Veronicas Lippe begann zu zittern. De Luca sagte nichts, er wusste, das war der Augenblick, in dem er schweigen musste, kein Wort. Er hatte hoch gepokert, er war sich sicher, das Setalin auf den Beinen Veronicas war dasselbe wie unter den Nägeln Goldsteins, und er war sich auch sicher, Tirabassi würde ihm bestätigen, dass die blauen Flecken auf den Schenkeln des Mädchens mit den Fingerabdrücken Goldsteins übereinstimmten, doch das bewies nur, dass sie ihn kannte, allenfalls, dass sie eine etwas heftige sexuelle Beziehung gehabt hatten. Veronica war gewiss zu vielem fähig, aber wahrscheinlich nicht, einen Mann wie Goldstein umzubringen.

Doch es war richtig gewesen, hoch zu pokern, das sagte ihm sein Polizisteninstinkt, und tatsächlich riss Veronica die halb geschlossenen Augen auf, zwei Kindertränen liefen über ihre Wangen, und schließlich machte sie den Mund auf, nicht um zu lächeln oder eine Antwort zu flüstern, sondern sie riss ihn richtig auf, um zu weinen oder um zu reden, und genau darauf hatte De Luca gewartet.

Fratojanni, der gerade hereingekommen war, machte einen Schritt auf sie zu und versetzte ihr eine derart heftige Ohrfeige, dass sie vom Stuhl fiel.

– Diese Hure hat mich verarscht, sagte er und rieb die brennende Handfläche an der Jacke. – Und ich dachte, meine Untersuchung sei eines Kommissar De Luca würdig!

– Ich bin ein Idiot.

Ja, das bist du, dachte De Luca. Er dachte, Fratojanni habe eine miese Untersuchung durchgeführt, nein, eine elende, eine richtige Scheißuntersuchung, er hatte die Aussage eines unglaubwürdigen und sicher beteiligten Mädchens geschluckt, ohne sie zu überprüfen, nur um zu beweisen, dass er ebenfalls ein Polizist war und noch dazu ein noch tüchtigerer. Und außerdem hatte er sein Verhör zunichtegemacht, denn jetzt saß Veronica da, rieb sich das blaue Auge und schluchzte wie ein Kind. Sie lächelte nicht mehr, sondern hatte sich eingeigelt, die Augen waren zwei Schlitze und die Lippen zusammengepresst. In ihrer weiß-blau gepunkteten Bluse und den noch immer vom Setalin geschwärzten Beinen wirkte sie jetzt trotz der Ballerinas wie eine Frau.

Ja, dachte De Luca, *du bist ein Idiot. Mehr noch, ein Arschloch.*

Aber er sagte nichts. Sie hatten den 1100er des Innenministeriums vor den auf Architraven ruhenden Arkaden geparkt, Fratojanni suchte in der Tasche nach dem Schlüssel und De Luca wartete, an eine Säule gelehnt, und hing seinen Gedanken nach. Er dachte an Veronica. Fratojanni hatte darauf bestanden, dass De Luca ihr Handschellen anlegte, doch er hatte keine dabeigehabt und es waren auch keine nötig, damit hatte er bloß aufs Neue unter Beweis gestellt, was für ein Idiot er war. Oder mehr noch, was für ein …

– Den kenne ich!

De Luca löste sich von der Säule, denn sie zeigten auf ihn. Vier junge Männer kamen näher und verteilten sich unter den Arkaden. Der ganz vorne trug einen Arbeiteroverall, er hatte sich eine Baskenmütze tief in die Stirn gezogen und trug ein rotes Tuch am Hals. Er zeigte auf ihn.

– Den kenne ich, er ist ein Faschist!

Instinktiv warf De Luca einen Blick auf das Knopfloch, doch die Wanze war schon seit einiger Zeit verschwunden.

– Ja, ja … er ist ein Faschist, sagte ein anderer, ein großer Typ mit offenem Hemd.

– Ruhig, Jungs, sagte de Luca. – Ich bin Polizist.

Er führte die Hand zur Gesäßtasche, um den Ausweis zu zücken, doch sie waren schon ganz nah, deshalb griff er in die Jackentasche und berührte die Pistole.

– Er ist ein Faschist! Ein Faschistenschwein!, schrie ein anderer und danach etwas im Dialekt, das De Luca nicht verstand. Fratojanni kam gelaufen, er hielt den Autoschlüssel wie eine Waffe.

– Polizei! Versammlungen von mehr als drei Personen sind verboten! Weitergehen!

Der, der neben ihm stand, der Junge mit dem weißen Hemd, schlug ihm mit der Faust ins Gesicht, sodass Brille und Schlüssel davonflogen und er auf der Kühlerhaube des 1100er landete. De Luca zog die Pistole, doch einer der vier, ein untersetzter Typ, der hinter dem im Arbeiteroverall stand und einen Arm hinter dem Schenkel versteckte, trat plötzlich vor und versetzte De Luca einen Schlag mit einem Stock. Er traf ihn am Ellbogen des Armes, mit dem er die Pistole hielt. De Luca gab ein Ächzen, nahezu einen Schrei von sich.

Der vierte Mann, der ganz hinten stand, kam mit gehobenem Arm gelaufen und wollte De Luca auf den Kopf schlagen, er rettete sich nur, weil er den betäubten Arm und die Pistole hob, und außerdem hatte der Hut den Schlag abgeschwächt, der nicht mit einem Stock, sondern mit einer Eisenstange ausgeführt worden war.

Unter normalen Umständen wäre er ohnmächtig geworden oder betäubt zu Boden gesunken, während ihm schon das Blut über die Stirn lief, doch irgendetwas hielt ihn aufrecht, das Adrenalin schrillte in ihm wie ein Wecker.

Angst.

Noch vor dem Schlag mit der Stange hatte er an ihrem Blick erkannt, dass sie ihn umbringen wollten.

Er hatte noch immer die Pistole in der Hand, er hätte zwar nicht abdrücken können, weil seine Hand taub war, doch allein die Drohgebärde gebot ihnen einen Augenblick lang Einhalt, und das nutzte er aus, um davonzulaufen.

Ein paar Meter entfernt, an der Ecke, befand sich der Palazzo del Gas. Er hoffte, dort jemanden anzutreffen, er hoffte, dass Soldaten oder Carabinieri am Tor standen, doch niemand war da. Also lief er über die Via Riva di Reno, doch er wusste, er würde es nicht schaffen, denn er hörte die schnellen und regelmäßigen Schritte der Männer hinter sich, die ihn umbringen wollten, die eigenen hörte er gar nicht mehr und er hatte auch nicht bemerkt, dass er die Pistole verloren hatte.

Da scherte er nach links, Richtung Kanal, aus, lief über die Straße, doch der mit der Stange war schon beinahe bei ihm, er spürte seinen Atem an der Schulter, eine Hand packte den Kragen der Jacke. Er stürzte auf die Brüstung zu, so weit nach vorne gebeugt, dass die Jacke über die nach hinten ausgestreckten Arme glitt und der mit der Stange ihm mit der eisernen Spitze nur das Hemd im Rücken aufschlitzte, bevor De Luca über die Brüstung und hinunter in den Kanal sprang.

Es war Juli, die Luft war glühend heiß, doch das kalte Wasser raubte ihm den Atem. Als er am Grund ankam – im Sommer gab es zwar genug Wasser, aber doch nicht so viel –, schlug er mit dem Hintern so heftig gegen den Kies des Kanals, dass die Luft in einem schaumigen Schwall seinen Lungen entwich, was einen brennenden Schmerz verursachte.

Es dauerte eine Ewigkeit, bis er mit den Armen ruderte, um wieder an die Oberfläche zu gelangen, und dabei schluckte er Wasser und hustete, und er fragte sich, warum er so lange brauchte, um den Weg, für den er nur eine Sekunde gebraucht hatte, in entgegengesetzter Richtung nach oben zurückzulegen.

Noch vor der Luft spürte er die Sonne auf dem Gesicht, aber er spürte auch, dass man ihn packte und aus dem Wasser zog, Hände packten sein Fleisch und sein Hemd, griffen unter seine Achseln und zogen an seinem Hals, und da begann er sich wie wild zu wehren, die Hände wegzuschlagen, er versuchte wieder unterzutauchen, in der panischen Angst, man könne ihn vierteilen, erwürgen, zerfleischen, ihn wie einen Fisch herausfischen und zu Tode prügeln, doch sie waren zu zahlreich und zu stark.

Dann lag er auf dem feuchten, seifigen Beton und zappelte inmitten nackter Frauenfüße wie ein Karpfen, eine Frau hielt ihn fest und eine andere sagte immer wieder, *Halten Sie still, halten Sie still.*

Er begriff nicht, er begriff erst, als man ihm später im Krankenhaus sagte, dass er neben einer Gruppe von Wäscherinnen im Wasser gelandet war, die in einer Betonwanne unterhalb des Ufers arbeiteten, sie hatten ihm das Leben gerettet, weil sie ihn wie ein Wäschestück aus dem Wasser gezogen hatten.

„Il Resto del Carlino“, Samstag, 31. Juli 1943, Italien, Reich und Kolonien, 30 Centesimi

Weisse Flächen in den Zeitungen. Die Leser betrachten verwundert und neugierig die weißen Flächen und gekürzten Artikel in der Zeitung. Doch es besteht kein Grund zur Besorgnis: Die weißen Flächen bedeuten, der Journalismus besinnt sich wieder auf seine Funktion, zu informieren und zu kommentieren, auf sein Berufsethos. Ein Journalist hat die Aufgabe, zu denken, zu schreiben, zu informieren; Aufgabe der Regierung ist es hingegen, dafür zu sorgen, dass Nachrichten, die ihrer Meinung nach im Augenblick nicht von öffentlichem Interesse sind, nicht erscheinen. Doch niemand sollte sich über die weißen Flächen wundern und niemand sollte sie dramatisieren.

Lokales aus Bologna: Nachrichten aus dem Lebensmittelamt. Die Fettration im August setzt sich folgendermaßen zusammen: 2 Deziliter Öl, 150 Gramm Butter und 50 Gramm Fett. 100 Gramm Rindfleisch inklusive 25 % Knochen.

Radioprogramm: 13 Uhr 10, Hymnen und Lieder für die Heimat im Krieg

Nachdem er aus dem Krankenhaus entlassen worden war, wo man ihn die Nacht über zur Beobachtung behalten hatte, verbrachte er den ganzen Vormittag im Archiv der Staatspolizei und schaute sich Fotos an.

Davor, als ihm der Arzt im Maggiore-Krankenhaus die Wunde am Kopf desinfiziert hatte, eher wegen des Kanalwassers als wegen des Schlages mit der Stange, hatte ihm Cesarella zwei Dinge aufgetragen.

Erstens sollte er schweigen wie ein Grab. Er sollte mit niemandem über den Vorfall sprechen. Der neue Polizeichef aus Rom hatte den Quästor aus Bologna angerufen und der wiederum hatte ihn angerufen, und die Parole lautete: Abwiegeln. Scimmino sprach das

Wort aus und betonte dabei jede einzelne Silbe mit den Händen, wobei er drei Finger ausstreckte und zwei, Zeigefinger und Daumen, zu einem Kreis formte wie Mussolini. Sie mussten auf jeden Fall vermeiden, dass ausgerechnet jetzt, wo sich die Lage angeblich im ganzen Land entspannte, ein Durcheinander entstand, weil ein Polizist aus politischen Gründen von Kommunisten angegriffen worden war.

De Luca öffnete den Mund, um etwas zu sagen, doch der Alkohol auf der Wunde brannte und Cesarella hätte ihn sowieso unterbrochen.

„Es ist mir völlig egal, ob sie dich mit jemandem verwechselt haben oder ob du die Frau von jemandem gefickt hast oder was auch immer, es erscheint höchstens eine kurze Notiz im ‚Carlino', ohne Namen, mehr nicht."

Zweitens musste er verschwinden. Er skandierte die Silben nicht, er hauchte sie auf die Fingerspitzen, die er leicht bewegte, als würde er das Wort so besser zerstäuben.

„De Luca, mein Junge, ich will, dass du dich eine Zeit lang nicht blicken lässt. Entweder nimmst du dir Urlaub und fährst irgendwohin, es ist ja August, oder du bleibst wie Rassetto in Quarantäne im Büro."

Es juckte ihn auf der Kopfhaut. De Luca hob instinktiv die Hand, um sich zu kratzen, doch Cesarella hatte geahnt, dass er das tun würde, und gebot ihm Einhalt.

„Fratojanni?", fragte er.

Cesarella lachte und hielt sich eine Hand vors Gesicht, mit gespreizten Fingern, als würde er einen Ball abwehren. „Er hat ein geschwollenes Auge. Ich glaube, er will nicht länger Detektiv spielen."

„Und das Mädchen?"

„Verschwunden. Hör zu, mein Junge, auch du musst deine Leidenschaft, Detektiv zu spielen, aufgeben. Zwei Optionen: Urlaub oder Quarantäne mit Rassetto. Davor gehst du aber zur Staatspolizei und schaust dir ihre Kartei an, sie ist vollständiger als unsere. Es kann nämlich nicht angehen, dass einer der Unsrigen ungestraft angegriffen wird."

An den Typ mit der Stange konnte sich De Luca gut erinnern. Er sah sein Gesicht in der Sekunde, bevor er ihm den Schlag versetzt hatte, vor sich, die kalte Ruhe seines breiten Gesichts mit den entspannten Zügen war ihm im Gedächtnis geblieben. Er wollte töten, das war eindeutig, offenbar wollte er einfach einen Plan ausführen, als ob er das schon mehrmals getan hätte. Routine. Die Routine eines Mörders.

Krause Haare, rosig, blond und blaue Augen, nur die kleine Narbe auf der rechten Wange passte nicht zu dem Äußeren eines großen Kindes. De Luca wusste, was er tun musste, um sich nicht in den vielen Gesichtern zu verlieren, wie es Zeugen für gewöhnlich passierte, also konzentrierte er sich auf diese Details – Haarfarbe, Augen und Narbe – und blätterte schnell die Karteikarten in den Kästen durch, die Maresciallo Jovine aus dem Schrank zog und vor ihm auf den Tisch stellte.

Polizeifotos von vorne, im Dreiviertelprofil und im Profil, und zwar von allen Subversiven, Gewalttätigen, Defätisten und Schreihälsen, Kommunisten, Anarchisten und allen Antifaschisten, die von der Staatspolizei in Bologna verurteilt, registriert, ermahnt oder angezeigt worden waren; es waren viele, doch der Lockenkopf mit der Narbe war nicht dabei.

– Möchten Sie ein Glas Wasser, Herr Doktor? Oder soll ich Ihnen was von der Bar unten kommen lassen, einen kleinen Wermut, einen Cinzano oder ein Gläschen Wein, für uns haben sie immer etwas. Aber wenn ich mir einen Rat erlauben darf, Herr Doktor, der Gefreite Cicirinella ist aus Neapel und seine Mama hat ihm beigebracht, wie man einen unglaublich guten Kaffee macht, was meinen Sie, trinken wir ein Tässchen Kaffee?

– Ja, sagte De Luca, aber Maresciallo Jovine hatte ohnehin schon mit seiner heiseren Raucherstimme *Peppineddu, Kaffee!* geschrien.

Er war ein phlegmatischer und eleganter Palermitaner, mit vor Brillantine glänzenden, gewellten Haaren und immer halb geschlossenen Augen unter den geschwungenen Augenbrauen, die genauso schwarz und markant waren wie der schmalere Bogen des Schnurrbarts. Sein Kopf war immer etwas nach hinten geneigt, sein Adamsapfel ragte im rechten Winkel aus dem Hals, und er trug einen grauen Doppelreiher, ohne zu schwitzen, denn dank der drei Ventilatoren im Büro war die Luft so kühl wie kurz vor einem Gewitter.

– Sehen Sie, wie gut es uns hier geht, Herr Doktor? Wir beklagen uns nicht, Gott sei Dank, so waren wir und so sind wir geblieben, bis auf ein paar Kleinigkeiten.

Mit dem Daumen zeigte er auf einen helleren Fleck an der Wand hinter dem Schreibtisch direkt unter dem Kreuz, wo Mussolinis Bild hätte hängen sollen. Er hielt eine Zigarette in den Fingern, zog jedoch noch eine aus dem gelben Päckchen, das aus der Jackentasche ragte. Er bot De Luca keine an, denn der Kommissar hatte ihm schon bei früheren Gelegenheiten gesagt, dass er nicht rauchte.

– Wir machen ja keine Politik, wir machen nur unseren Beruf, wir sind Polizisten. Man wird unseren Namen ändern, wir werden aber hierbleiben, denn jede Regierung braucht Polizisten wie uns. Habe ich recht, Herr Doktor?

De Luca schloss die Augen und massierte sich die Lider.

– Ich bin kein Doktor, sagte er.

Maresciallo Jovine zündete sich die neue Zigarette mit der alten an, die er in einem Aschenbecher auf dem Schreibtisch ausdrückte, er inhalierte und entfernte einen schwarzen Tabakbrösel von seiner Lippe.

– Ich weiß, ich weiß … Sie sind ein 28er, Sie sind in dem Augenblick der Polizei beigetreten, als das Doktorat keine Voraussetzung war. Oktober 1928, zweite Staffel des Kurses für Vizekommissaranwärter, soll ich Ihnen sagen, wie viele Punkte Sie erhalten haben?

Er grinste mit halb geschlossenen Augen und zurückgelegtem Kopf, er blies einen weißen Ring aus, der sofort vom Luftzug der Ventilatoren zerstäubt wurde und aus dem offenen Fenster flog. Deshalb roch es im Zimmer nicht nach Rauch, obwohl alles – die Schreibtische, die Karteien, die Wände, sogar die feuchten Flecken an der Decke – gelb von Nikotin war.

– Haben Sie auch eine Akte über mich?, fragte De Luca.

Er grinste mit zurückgelegtem Kopf. Jovine entfernte noch einen Krümel von seiner Lippe, ohne etwas zu sagen.

– Wirklich? Die ist aber ziemlich langweilig, oder?

– Was ist, wollen Sie Spielchen mit mir spielen, Herr Doktor? Ja, sie ist tatsächlich ziemlich langweilig. Sagen wir, bei Ihnen versteht man nicht, ob Sie ans Meer oder in die Berge in den Urlaub fahren.

De Luca hätte ihn gern gefragt, was das bedeutete, doch der Gefreite Cicirinella brachte den Kaffee. Er blähte die Nasenflügel, um den Geruch einzuatmen, doch der Luftzug zerstäubte ihn, und es ärgerte ihn, dass er nicht schon davor, als der Kaffee in der Kaffeemaschine gurgelte, den Duft eingesogen hatte. Der Gefreite goss De Luca und Jovine eine Tasse ein, er nahm vier Löffel Zucker.

Zweifellos guter Kaffee. Und echter Kaffee. Doch er konnte ihn nicht genießen, denn ihm war etwas eingefallen. Auf seiner Karte mit den Kreisen und den Pfeilen gab es ein Kästchen, mit dem er sich noch nicht beschäftigt hatte.

– Ich nehme an, ihr habt nicht nur von Polizisten Karteikarten?

– Soll das ein Scherz sein, Herr Doktor? Wir haben Karteikarten von allen.

– Auch vom Fürsten Morri?

Jovine leckte den Löffel ab, dann lockerte er seine Krawatte und öffnete die Knöpfe seines Doppelreihers. Entspannt seufzend streckte er die Beine aus, und einen Augenblick lang dachte De Luca, er würde auch die Schuhe ausziehen.

– Wie schmeckt Ihnen der Kaffee?

– Sehr gut. Kompliment an Cicirinella.

Bravo, Peppineddu!, schrie der Maresciallo, dann führte er die Tasse an die Lippen und machte einen Schluck von dem brennend heißen Kaffee.

– Sie müssten einen Antrag an das politische Büro des Präsidiums stellen, und die müssten einen Antrag an die Staatspolizei stellen und die wiederum müssten einen Antrag an uns und umgekehrt stellen, OVRA, Polpol, Upi und dann Sie.

– Ich dachte, unter Kollegen …

Kommissar Jovine war einer, der gern zeigte, dass er über alles informiert war. Das hatte De Luca begriffen, als er ihm die Stationen seiner Karriere aufgesagt hatte. Zweifellos wusste er sie nicht auswendig, er hatte sie wohl nachgelesen, als er erfahren hatte, dass er kommen würde. De Luca sah die Szene vor sich, er hörte nahezu, wie er mit heiserer Stimme schrie: *Peppineddu! Die Akte dieses De Luca bitte!*

Tatsächlich lächelte der Maresciallo, während er noch einmal am Kaffee nippte, er lehnte seinen Kopf noch weiter zurück, während sein Adamsapfel auf und ab hüpfte.

– Dann bitte ich Sie aber auch um einen Gefallen.

– Wenn es mir möglich ist.

– Wir haben eine Akte über den Fürsten, aber die ist auch langweilig.

– Warum?

– Weil die Familie Morri Della Valentina, der früher einmal halb Bologna gehörte, die viel verloren hat, aber immer noch genug besitzt, immer ihr eigenes Süppchen gekocht hat, und so auch Fürst Romolo, der Schuft. Er ist ein Freund der Faschisten, ein Freund der Savoyer, einer seiner Cousins ist sogar Priester und Antifaschist, ich glaube bei der Democrazia Cristiana. Freund bedeutet, dass er allen Geld gibt, aber er hat sich nie um Politik gekümmert. Auch bei ihm weiß man nicht, ob er ans Meer oder in die Berge in den Urlaub fährt.

Genau das wollte er hören. De Luca zuckte mit den Achseln, er dachte mehr an sich als an den Fürsten. Der Maresciallo hatte seinen Kaffee ausgetrunken. Mit dem Löffel kratzte er den Zucker heraus.

– Ansonsten lebt der Schuft, wie es einem Fürsten entspricht, Wagenpark, maßgeschneiderte Anzüge, gutes Essen, natürlich vom Schwarzmarkt, schöne Frauen.

– Eigentlich interessiert mich sein Sohn, sagte De Luca.

Der Maresciallo zog noch eine Zigarette aus dem Päckchen und klopfte damit auf den Schreibtisch, um den Tabak zu komprimieren. Er zündete sie an wie die davor und kniff die Augen wegen des Rauches zusammen.

– Nun, das ist lustig. Der junge Fürst Valentino ist ein lasterhafter Mensch, doch er hat ein Geheimnis, das nicht einmal wir haben lüften können.

– Ich dachte, die Staatspolizei weiß alles.

Der Maresciallo verzog die Lippen zu einer zweideutigen Grimasse.

– Fast alles. Eine Haushaltshilfe des Fürsten und ein naher Freund stehen auf unserer Gehaltsliste, doch da nicht wirklich politisches Interesse besteht, sagen unsere Chefs, es sei nicht notwendig, sich anzustrengen.

– Wenn es ein Geheimnis gäbe, würde ich mich aber anstrengen.

– Herr Doktor, spielen Sie noch immer Spielchen mit mir, Sie Schuft?

Der Maresciallo beugte sich nach vorn, lehnte sich auf die übereinandergeschlagenen Beine und flüsterte, eher aus Gewohnheit denn aus Notwendigkeit:

– Vor dem Krieg besuchte der junge Fürst natürlich eine Schule in London, aber offenbar hat er sich was zuschulden kommen lassen, denn sie haben ihn rausgeschmissen. Da hat ihn der Fürst in die Schweiz geschickt, aber auch dort: Adieu. Ich weiß, was Sie denken, Doktor, aber nein, er ist kein Päderast, wir haben sogar einen Jungen auf ihn angesetzt, der für uns arbeitet, aber nein, offenbar gefallen ihm Frauen, auch wenn er weder verlobt noch verheiratet ist, der Schuft.

De Luca dachte an viele Dinge gleichzeitig, doch ja, er hatte auch darüber nachgedacht.

– In letzter Zeit war er in Gesellschaft eines minderjährigen Mädchens.

– Mag sein, aber wir haben die Kontrolle ein wenig gelockert, es gab ja auch bezüglich des jungen Fürsten kein wirkliches politisches Interesse.

– Ist auch er einer, bei dem man nicht weiß, wohin er in den Urlaub fährt?

– Nein, der junge Fürst ist ein Faschist, ein hundertprozentiger Faschist. Er ist eng mit einem faschistischen Würdenträger befreundet, dessen Laster er teilt.

Maresciallo Jovine hielt sich einen Finger unter die Nase, blähte die Nasenflügel und atmete tief ein, um klarzumachen, was er meinte.

– Kokain?, fragte De Luca trotzdem, und der Maresciallo nickte und glättete den Schnurrbart, den er mit der Geste durcheinandergebracht hatte.

– Tun Sie mir jetzt auch einen Gefallen?

– Eine letzte Frage. Wer ist der Würdenträger, der dasselbe Laster hat?

– Konsul Martina, Sie wissen ja, der von der Lebensmittelpolizei, der Schuft. Angeblich ist er davongelaufen.

– Haben Sie auch über ihn eine Akte?

Maresciallo Jovine stand auf und holte eine Truhe aus dem Karteikasten mit den Fotos. Er stellte sie vor De Luca auf den Tisch und zog eine Karte heraus. Er hielt sie zwischen den Fingern, drehte und wendete sie.

– Vor geraumer Zeit haben wir zwei Brüder festgenommen, zwei Köhler, die im Gasthaus zu tief ins Glas geschaut haben, die Schufte, Sie wissen ja, sie sangen die Schlager des Widerstands, *Vento, portalo via con te* (Wind, nimm ihn mit), und *Un'ora sola ti vorrei* (Nur eine Stunde möchte ich dich haben), eine Verhöhnung des Duce, eine Nacht in der Zelle und Ermahnung, doch der jüngere war aufsässig, und zwar sehr, und deshalb …

Der Maresciallo ließ die Karteikarte durch die Luft sausen wie einen Stock, dann drehte er sie wieder um. – Bei uns arbeitet ein Brigadier, der die hässliche Angewohnheit hat, die Leute fest auf den Rücken zu schlagen, der Schuft, wahrscheinlich haben auch Sie einen mit einer etwas harten Hand, oder nicht?

Peppineddu! Die Akte Martinas, schrie der Maresciallo, dann legte er die Karteikarte vor De Luca hin, der nicht einmal hinschaute, denn schon als der Maresciallo sie zwischen den Fingern gehalten hatte, hatte er festgestellt, dass die Person auf dem Foto ganz anders aussah als der Krauskopf mit der Narbe.

– Das ist der überlebende Bruder, und da Sie niemanden identifiziert haben, könnten Sie doch ihn identifizieren und uns einen Gefallen tun. Professor Boni hat geschrieben, *Herzstillstand infolge von Tuberkulose,* doch heutzutage weiß man nie, immerhin handelt es sich um eine Familie mit heftigen antinationalen Gefühlen, oder?

– Das kann ich nicht, sagte De Luca.

– Ein Gefallen unter Kollegen, oder? Wir sind doch alle Polizisten, nicht wahr?

– Das kann ich nicht, wiederholte De Luca.

Jovine sah ihn unter den Lidern lange an, dann schrie er, *Peppineddu! Keine Akte!*

– Dann wären wir also fertig, sagte er und knöpfte sich den Zweireiher zu. – Ich bedaure, dass wir einander nicht mehr haben helfen können, wie es unter Kollegen üblich ist. Wollen Sie meine Meinung hören, Herr Doktor? Nun, ich gebe sie Ihnen gratis, keine Sorge. Ich nehme an, Sie haben nie jemandem Rizinusöl verabreicht oder jemanden geohrfeigt, also haben die, die Sie umbringen wollten, Sie tatsächlich mit jemandem verwechselt, oder sie wollten Sie aus den Gründen umbringen, aus denen man für gewöhnlich Polizisten umbringt. Sie sind den Leuten nämlich auf die Nerven gegangen und gehen ihnen noch immer auf die Nerven. Leben Sie wohl, Herr Doktor.

Er reichte ihm lächelnd die Hand, hob den Arm zwar nicht zum römischen Gruß, streckte ihn jedoch kerzengerade aus, der Bogen des Schnurrbarts war jetzt ganz gerade über einem nicht mehr schläfrigen, sondern bösartigen Grinsen.

Entweder in den Urlaub, hatte Scimmino gesagt, oder mit Rassetto in Quarantäne. De Luca, der so gut wie noch nie in den Urlaub gefahren war, entschied sich für Letzteres.

Aber es war tatsächlich eine Quarantäne. Massaron holte sie am Morgen mit dem Auto ab und brachte sie am Abend kurz nach Ausgangssperre zurück. Für den Fall, dass sie einer Streife begegneten, lagen die Papiere auf dem Armaturenbrett, und auch die Pistole lag griffbereit im Schoß, unter einer Zeitung.

Der Papierkram hätte locker von einer Person erledigt werden können, und sie waren zu zweit, Rassetto war noch dazu rangniedriger. De Luca hatte jede Menge Zeit zum Nachdenken, deshalb hatte er auf den Urlaub verzichtet, den er irgendwo mit Lorenza oder vielleicht auch allein bei ihr zu Hause hätte verbringen können. Doch schon bald stellte sich heraus, dass auch das Arbeiten eine Falle war.

Er hatte sich wieder die imaginäre Karte seiner Untersuchung vorgenommen, er hatte einen weiteren Pfeil gezeichnet, er stellte eine Verbindung zwischen Valentino Morri Della Valentina und dem Konsul her.

Kokain.

Langsam ahnte er, was der Inhalt des Koffers war, den der Konsul in aller Eile an sich genommen, und warum er Borsaro aus dem Verkehr gezogen hatte.

Kokain.

– Es wäre schön gewesen, wenn wir das Aas hätten verhören können, sagte Rassetto, der De Lucas lauten Ausführungen lauschte, – wenn sie ihn und seinen kleinen Freund nicht verkohlt hätten.

– Es wäre schön gewesen, wenn wir Konsul Martina hätten verhören können.

– Doch der ist ein Feigling und hat sich beim ersten Trompetenstoß des Königs ins Hemd gemacht. Wenn wir beim Marsch auf Rom so gehandelt hätten, wäre die faschistische Revolution sofort den Bach runtergegangen.

De Luca hörte ihm gar nicht zu. Er folgte seinen Gedanken, die rasch von einer Verbindung zur anderen sprangen: die Case Morri, in denen sich Borsaro aufhielt, der ein erfahrener Schwarzhändler war und einen Koffer besaß, für den sich Konsul Martina interessierte, ein Kokser und Freund des jungen Fürsten, dessen Vater der Besitzer der Case Morri war.

Er kam sich vor wie bei Himmel und Hölle, er sprang von einem Kästchen zum anderen und landete immer wieder unweigerlich am Start.

– Doch pfeif darauf, denn wir kommen wieder, sagte Rassetto, und zum Glück war er mit seiner Rede fertig, sonst hätte De Luca ihn unterbrochen.

– Woher kommt das Kokain?

– Aus Mailand. Erinnerst du dich noch an Riccardino?

– Natürlich erinnere ich mich, ich habe ihn vor zwei Jahren festgenommen.

Riccardino war sein Nachname. Er war Damenunterwäschevertreter für eine Mailänder Firma, doch das war nur der Deckmantel für einen Drogenring, der die feine Gesellschaft in Bologna belieferte. Ein Arzt, der sich mit gefälschten Rezepten Morphium beschaffte, und der Riccardino in die Quere gekommen war, hatte ihn anonym angezeigt. De Luca hatte den Vertreter festgenommen, dann war er zur Quelle zurückgekehrt und hatte auch den Arzt verhaftet.

De Luca ließ die Hosenträger runter. Der Ventilator war kaputt, und im geschlossenen Raum schwitzte er darunter. Er rollte die Hemdsärmel auf.

– Erinnerst du dich an den Kollegen in Mailand, der sich mit Rauschgift befasst?

– Biondo, sagte Rassetto, der ein Gedächtnis wie ein Elefant hatte. – Kommissar Biondo.

– Genau, Kommissar Biondo sagte, abgesehen von dem Kleinzeug der falschen Rezepte, kämen Morphium und Kokain zum Großteil aus der Schweiz, wo die Gesetze nicht so streng sind, stimmt's?

– Genau.

– Vor dem Krieg war es einfacher, jetzt ist es schwieriger, doch einige sizilianische Familien, die in Mailand leben, schmuggeln das Rauschgift in Körben über die Grenze, stimmt's?

– Genau.

– Man kauft also bei ihnen ein. Und was braucht man dafür, dem Kollegen aus Mailand zufolge? Rassetto rieb lächelnd die Fingerspitzen aneinander. – Kleingeld, flüsterte er, mit lang gezogenen Vokalen, um den sizilianischen Akzent nachzumachen. – Vieeel Kleingeld.

– Meiner Meinung nach holte Borsaro unter dem Schutz und mit dem Geld des Konsuls und des jungen Fürsten Kokain in Mailand, dann verkauften sie es in ihrem Milieu.

– Einverstanden, sagte Rassetto nach kurzem Nachdenken. – Und die anderen beiden? Der Jude ohne Kopf und der Albaner ohne Körper, was haben sie damit zu tun? Und das Mädchen aus Malta?

– Keine Ahnung, sagte De Luca und dann stieß er zwischen den Zähnen hervor: – Keine Ahnung.

Deshalb war die Quarantäne im Büro eine Falle. Außerdem war sie ein Käfig. Noch dazu, wo er jetzt endlich das Gefühl hatte, eine Spur zu verfolgen.

Er zog die Hosenträger hoch, stand auf und nahm die Jacke von der Lehne.

– Gehen wir.

– Wohin?

– Zum Fürsten Romolo Morri Della Valentina. Sein Sohn wäre mir lieber, aber ich weiß nicht, wo er steckt, und für den Anfang ist uns vielleicht auch sein Vater nützlicher.

Einen Augenblick lang verschwand das Lächeln mit gebleckten Wolfsgebiss.

– Bist du verrückt? Wenn uns Scimmino auf die Schliche kommt, sind wir erledigt.

– Wir sind Polizisten, oder?

Rassetto hakte die Finger hinter den Hosenträgern ein und spreizte die Beine unter dem Schreibtisch.

– Nein. Du bist der berühmte Kommissar De Luca, der Augenstern des Chefs, ich bin nur ein Polizeibeamter. Wenn sie mich rausschmeißen, bin ich erledigt, aber wirklich.

Der Palazzo Della Valentina befand sich auf halber Höhe der Via Santo Stefano, kurz vor der Piazza. Das tief unter den Arkaden eingelassene Holztor wies Kratzer wie von Bombensplittern auf. Auch der Verputz der Außenwand wies derartige Spuren auf, der Rest der Straße war allerdings völlig unbeschädigt, es sah aus, als ob eine einzige Bombe ausgerechnet vor dem Haus explodiert wäre.

Drinnen bot sich dasselbe Bild. Immer, wenn De Luca einen alten Palazzo im Zentrum Bolognas betrat, staunte er darüber, dass sich hinter dem Tor ein Garten, wenn nicht gar ein kleiner Wald befand, ein grünes Herz, das man nie und nimmer hinter den rötlich grauen Steinen und Ziegeln vermutet hätte.

Doch auch der Garten sah aus, als ob er bombardiert worden wäre, eine einzige kleine Bombe schien Löcher in die Kieswege gegraben, die Büsche zerzaust und die Beine der schmiedeeisernen Bänke beschädigt zu haben. Das Glas der Loggia war gesprungen. Auch die große Linde in der Mitte krümmte sich, als wäre sie verletzt.

Bei genauerem Hinsehen zeigte sich jedoch, dass die Kratzer und die Löcher, die so alt und so tief wie Narben waren, keine Spuren von Bombensplittern waren, sondern dass der Zahn der Zeit an dem Palazzo genagt hatte. Der Palazzo der Fürsten Della Valentina wies keine Bombenschäden auf, er war baufällig.

Hinter der Linde veränderte sich jedoch das Bild. Kein Unkraut mehr auf den Kieswegen, keine Äste und kein abgeblätterter Verputz, der hintere Teil des Parks war ein Gemüsegarten. Gepflegt, in viereckige Beete unterteilt, die von weißen Kieselsteinen begrenzt wurden, geradlinig wie die des Däumlings.

Im Tomatenbeet kniete ein Mann. Groß und kräftig, mit einem geknoteten Taschentuch auf dem kahlen Kopf, doch De Luca sah nur seinen Rücken, denn er drehte sich erst um, als er ganz nah war. Er trug eine Gärtnerschürze und hatte einen dichten Schnurrbart, der seine Oberlippe bedeckte, die beiden Enden umspielten die Unterlippe wie umgekehrte Hörner.

– Ich suche den Fürsten Della Valentina, sagte De Luca.

– Und wer sind Sie?

– Kommissar De Luca, Kriminalpolizei.

Ein starker unangenehmer Geruch, der im Hals kratzte, lag in der Luft. De Luca rümpfte die Nase.

– Das sind Pferdeäpfel, sagte der Mann. – Sie sind gut für die Tomaten.

Sein Kübel war voll mit Pferdeäpfeln, er fuhr fort, sie auf die lockere Erde zu schaufeln und flachzudrücken.

– Sie haben mich nicht verstanden, sagte De Luca, – ich bin Polizeibeamter und muss mit dem Fürsten sprechen. Rufen Sie ihn bitte.

Für gewöhnlich hätte er ihn geduzt und auch kein *bitte* hinzugefügt, er hatte sich nämlich geärgert, als der Mann ihm wieder den Rücken zuwandte, als ob er gar nicht da wäre, doch obwohl sein Schnurrbart noch tiefschwarz war, konnte man das vorgerückte Alter erkennen und irgendetwas war seltsam an ihm.

Tatsächlich sagte der Mann, *Ich bin der Fürst,* steckte die Schaufel in den Kübel und wischte sich die Hände an der Schürze ab.

– Was wollen Sie?

– Entschuldigen Sie. Ich habe Sie gesehen und dachte …

– Das ist mein Hobby, sagte der Fürst. – Eigentlich sollte man Zeitvertreib sagen, doch die Zeiten haben sich geändert, oder? Jetzt darf man wieder ausländische Wörter, auch englische, verwenden, oder?

– Ja, sagte De Luca instinktiv. Ebenfalls instinktiv nahm er den Kübel und die Schaufel, die der Fürst ihm reichte.

– Helfen Sie mir, streuen Sie sie auf die Zucchini. Ich habe hier zu tun.

De Luca blickte sich suchend um, da zeigte der Fürst auf ein seitliches Beet mit Reihen kleiner gelber Blüten. Er betrat es und versank in der schwarzen Erde, obwohl er auf den Zehenspitzen gegangen war, hatte er sich den Rand der Hose beschmutzt.

– Ich habe mit einem Kriegsgarten begonnen, aber nur, weil Monzoni, Sie wissen schon, der Federale, darauf bestanden hat. Sie haben mich überredet, ein Loch zu graben, wir haben Salat hineingelegt und dann ist der Fotograf des „Carlino" gekommen, *Auch der*

Fürst arbeitet mit Leidenschaft für den Faschismus, doch dann habe ich Gefallen daran gefunden. Im Gemüse verbirgt sich eine tiefe Philosophie. Drücken Sie die Scheiße nicht flach?

De Luca bückte sich mit steifem Rücken und gespreizten Beinen. Er streute ein paar Pferdeäpfel auf das Beet, unentschlossen, ob er die absurde Situation beenden oder ob er gute Miene zum bösen Spiel machen sollte.

Er beschloss, gute Miene zu machen.

– Eigentlich wollte ich über das sprechen, was vor ein paar Wochen auf einem Ihrer Anwesen passiert ist.

– Welchem? Ich habe noch immer viele.

– Hinter der Via Riva di Reno, bei der Schleuse. Ein Gehöft.

– Ja? Tja, was soll in diesem Gehöft passiert sein?

– Wir haben die Leiche eines kopflosen Mannes gefunden.

– Ach ja. Was habe ich damit zu tun? Die Gehöfte sind aufgelassen, jeder kann dort machen, was er will.

– Im Gehöft daneben, das ebenfalls Ihnen gehört, haben wir ein Lebensmittellager gefunden. Eine Sammelstelle, wie man sagt. Illegal.

– Ich könnte Ihnen dieselbe Antwort geben, doch ich ziehe es vor, ehrlich zu sein. Ich habe das Gehöft Borsaro überlassen und dafür gewisse Waren erhalten, Kaffee, Butter, Schinken. Kein Gemüse, denn das ziehe ich selbst.

– Sonst nichts?

– Sie sind wirklich ein Detektiv. Macedonia-Zigaretten, meine Leidenschaft, abgesehen von den Toscani, aber die besorgt mir nach wie vor mein Tabakhändler. Wollen Sie mich anzeigen, weil ich am Schwarzmarkt eingekauft habe?

– Nein. Aber ich möchte Ihnen eine Frage stellen. Ernsthaft, und ich erwarte eine ernsthafte Antwort.

Wahrscheinlich war das der Augenblick, es sich anders zu überlegen, tatsächlich nickte der Fürst angesichts von De Lucas strengem Polizistenblick.

– Streuen Sie die Scheiße auch auf den Radicchio, dann gehen wir hinein. Ich biete Ihnen einen Cognac von Borsaro an und beantworte alle Ihre Fragen.

Die Bibliothek des Fürsten besaß ein Geheimzimmer. Hinter einem Türflügel der Bibliothek befand sich ein kleiner Salon mit drei Polstersesseln an einem Tisch auf einem Teppich. Sehr intim, eine Nische mit weiteren Holzregalen an den Wänden, die jedoch abgesehen von ein paar alten, umgefallenen Bänden leer waren, auch der Teppich war abgewetzt und an den Ecken ausgefranst. Der Fürst klingelte und gleich darauf erschien eine alte Frau mit einer Schürze wie eine Köchin, aufgrund der Stille auf den Gängen war anzunehmen, dass sie außer ihnen die einzige Person im Palazzo war.

De Luca saß auf einem Sessel, dessen Sprungfedern ihn piksten, in der Hand hielt er ein bauchiges Glas, das er von einem Tablett genommen hatte. Auch der Fürst hatte eines in der Hand, er schnupperte am Inhalt und steckte die Nase tief hinein. De Luca versuchte es nicht einmal, er war überzeugt, dass der Geruch nach Pferdeäpfeln, der an ihnen haftete, alles übertönte.

Der Fürst hatte die Gärtnerschürze abgelegt, doch er hatte noch immer das Taschentuch mit den vier Knoten auf dem Kopf. Er hatte es jedoch absichtlich aufgelassen, denn hin und wieder wischte er sich damit den Schweiß von der Glatze. Die Tür stand zwar offen, dennoch war es im Geheimzimmer glühend heiß.

– Manche bevorzugen französischen Cognac, manche spanischen, ich bin für Baralis aus Acqui Terme.

Er drehte die Flasche, sodass man das Etikett sehen konnte, und versuchte den eleganten Herrn darauf zu imitieren, der mit übereinandergeschlagenen Beinen und dem Glas in der Hand in einem Sessel saß, sogar das Lächeln war identisch.

De Luca wetzte ungeduldig hin und her, nicht zuletzt, weil der Fürst eine halbe Toscano in der Hand hielt, und er fürchtete, er könnte sie anzünden.

– Ich möchte Ihnen eine Frage zu Ihrem Sohn stellen, sagte er.

Der Fürst zuckte mit den Achseln. Mit dem Daumen drückte er die Spitze des Schnurrbarts in den Mund und saugte daran.

– Mein Sohn führt ein liederliches Leben.

Auf dem Tisch stand eine Kassette. Der Fürst öffnete sie und holte ein Päckchen Streichhölzer heraus.

– Ich glaube, da ist mehr, sagte De Luca entschieden. – Ich glaube, er finanziert einen Drogenring.

Auf den Lippen des Fürsten erschien ein Lächeln, das sich in Lachen verwandelte und schließlich in einem Hustenanfall endete. Er kicherte auch noch, als er die halbe Toscano im Mund hatte und daran zog, um sie anzuzünden.

– Warum lachen Sie?

Der Fürst blies auf die glühende Spitze der Toscano, dann zog er noch ein paarmal daran. Wie befürchtet vermischten sich der starke Tabakgeruch, der Gestank der Pferdeäpfel und auch der beißende Schweißgeruch, doch De Luca achtete gar nicht darauf.

– Warum lachen Sie?

– Sie wissen doch, wie es um alte adelige Familien bestellt ist, Kommissar. Generationen leben vom Erbe, ohne zu arbeiten, die nächsten Generationen machen Schulden, weil es kein Erbe mehr gibt, und die letzte Generation muss arbeiten, weil sie nur Schulden geerbt hat.

– Und Sie gehören dieser Generation an?

– Aber nein, was reden Sie! Vielleicht meine Enkel. Oder zum Glück erst meine Ururenkel. Ich habe jedoch eine Maßnahme ergriffen.

Im Zimmer war mittlerweile kaum noch Luft zum Atmen, doch De Luca dachte an etwas anderes. Eingehüllt in die Rauchwolke des Fürsten beugte er sich nach vor und stützte sich mit den Ellbogen auf die Knie.

– Vor einiger Zeit bin ich zu meinem Arzt gegangen und habe mir ausrechnen lassen, wie viele Jahre ich noch zu leben habe. Unter Berücksichtigung meines Alters, meiner Gesundheit, der augenblicklichen und früheren Laster, von allem. Seine Augen glühten zufrieden, die rote Spitze der Toscano verstärkte ihr Glühen. – Dann bin ich zu meinem Steuerberater gegangen und habe mir die Höhe meines Vermögens ausrechnen lassen, die Häuser, die Landsitze, die Erträge, alles, auch die Autos und die Sammlung von Inkunabeln aus dem 15. Jahrhundert, er zeigte auf die leeren Regale hinter sich, in denen nur ein paar umgestürzte Bände lagen, – auch ein goldener Füller, den mir Ihre Majestät einmal geschenkt hat, alles. Und dann, Glut in den Augen und an der Spitze der Zigarre, – habe ich das Geld durch die Jahre dividiert und mir ausgerechnet, wie viel ich jeden Monat ausgeben muss, damit ich am Ende meinem Sohn keine einzige Lira hinterlasse.

Jetzt spürte De Luca den bitteren Geruch der Zigarre und auch den Gestank von allem anderen, aber es war ihm egal.

– Warum?, fragte er.

– Ich hätte ihn enterben können, doch darauf verlasse ich mich nicht. Valentino hat gute Beziehungen, vielleicht würde er das Testament anfechten. So ist es besser. Es ist mir schon fast gelungen. Der Krieg hat mich ein wenig aufgehalten, doch sobald wieder alles normal ist, gebe ich das letzte Geld aus und sterbe in Frieden. Wissen Sie, wie alt ich bin?

– Nein, ich meinte, warum … warum sind Sie so böse auf Ihren Sohn?

– Weil er ein liederliches Leben führt, sagte der Fürst.

Die Frau mit der Schürze klopfte an den Türflügel. Sie ging zum Fürsten und flüsterte ihm rasch etwas ins Ohr. Der Fürst schüttelte den Kopf und die Frau ging.

– Darf ich das Fenster öffnen?, fragte De Luca. Er bekam keine Luft und die Augen brannten, doch da war noch was. Er hatte gesehen, dass die Frau in Richtung des Fensters nickte, während sie dem Fürsten etwas ins Ohr flüsterte.

Der Fürst nickte, und De Luca öffnete es, riss es auf, stellte sich auf die Zehenspitzen, um so weit wie möglich nach unten zu blicken.

Unterhalb der vorspringenden Arkaden war die Straße zu sehen und auf der gegenüberliegenden Seite stand ein roter Topolino.

– Ich glaube, da draußen ist der junge Fürst, sagte De Luca.

– Ich weiß. Hin und wieder kommt er her, um mit mir zu sprechen, doch ich lasse ihn nicht herein. Er soll einen Drogenring finanzieren, und er kicherte wieder, – er wäre nicht einmal imstande, sein lächerliches Auto zu finanzieren.

– Aber warum hassen Sie ihn so sehr?

– Weil er ein liederliches Leben führt, wiederholte der Fürst; daran, wie er die L lallte, erkannte De Luca, dass die Cognacflasche leer war.

Die Frau klopfte wieder an die Tür der Bibliothek, diskret, aber hartnäckig.

– Ich will ihn nicht sehen, knurrte der Fürst, doch die Frau schüttelte den Kopf und zeigte auf De Luca.

– Sie wollen ihn sprechen, sagte sie.

– Mich?

– Ja, am Telefon. Sie können den Anruf hier entgegennehmen.

Auf einem Regal hinter dem Polstersessel des Fürsten stand ein altmodischer Apparat. Die Frau nahm den Hörer von der seitlichen Gabel, hielt ihn ans Ohr, um zu überprüfen, ob er noch funktionierte, und reichte ihn De Luca, der ungläubig *mich?* wiederholte und den Stiel in die Hand nahm, um das Mikrofon näher zum Mund zu führen.

– Hallo?

– Hallo, De Luca, mein Junge, was ist dir da eingefallen? Ich sage dir, du sollst in Quarantäne bleiben, und du läufst zum Fürsten und gehst ihm auf die Eier?

Scimmino sprach leise, doch De Luca kannte ihn inzwischen sehr gut, er wusste, er war wütend, und zwar sehr.

– Aber wie …

– Wie ich es erfahren habe, mein Junge? Ein Vögelchen hat es mir gezwitschert. Oder besser gesagt, ein Kollege von der Staatspolizei hat es mir gesagt, und dem hat es ein Vögelchen gezwitschert.

De Luca hob den Blick, um die Frau anzusehen, doch sie war nicht mehr da. Wie hatte er das bloß vergessen können, Maresciallo Jovine hatte ihm doch gesagt, dass sie einen Spion, und zwar eine Hausangestellte, im Haus des Fürsten hatten.

– Ich habe Massaron losgeschickt, um dich abzuholen, mein Junge. Du kommst ganz schnell hierher und wir klären das.

Er verließ den Palazzo, ohne sich vom Fürsten zu verabschieden, der betrunken im Sessel schnarchte. Er nuckelte an den Enden des Schnurrbarts, einen Ellbogen hatte er auf die Lehne gestützt und eine Hand lag auf seinem Kopf, mit gespreizten Fingern auf dem rustikalen Taschentuch. Der Toscano-Stummel war auf den Teppich gefallen und hatte ein Loch gebrannt, aber es gab ohnehin schon mehrere, und inzwischen war die Zigarre ausgegangen.

Vor dem Tor, unter den Arkaden, ein Stück weiter vorne, sah De Luca den roten Topolino stehen. Das Verdeck war geöffnet und darin saß ein Mann mit dem Kopf an der Lehne, der Arm baumelte neben der Tür. Von hinten konnte ihn De Luca nicht erkennen, er sah nur einen roten Haarkranz, einen Ärmel aus weißem Leinen und eine goldene Uhr, die am Handgelenk im Sonnenlicht funkelte.

Er stand auf der anderen Seite der Straße, also überquerte er sie und lief im Schutz der Säulen rasch unter den Arkaden durch. Er hatte keine Ahnung, was er machen würde, wenn er bei ihm war, und auch nicht, was er ihn fragen würde, doch er wollte mit ihm sprechen, ihm ins Gesicht blicken, irgendwas.

Er war jetzt so nah, dass er hörte, wie er mit den Fingern auf die Tür trommelte und mit halb geschlossenen Augen eine Melodie pfiff, doch da tauchte Massarons Auto hinter ihm auf.

Er sah gerade noch die Brust des Mannes im Rückspiegel, die gemusterte Krawatte und das gelbe Hemd unter der offenen Jacke, doch da ertönte schon das Hupen des Balilla, laut und heftig wie ein Fliegeralarm.

– Kommissar!, schrie Massaron und beugte sich aus dem Fenster.

Der junge Fürst Valentino Morri Della Valentina schnellte herum. Einen Augenblick lang kreuzte sein Blick den De Lucas, dann drehte er sich um, ließ den Motor an, legte knirschend einen Gang ein, und während De Luca mit ausgestreckter Hand nach vorne stürzte, als wolle er irgendetwas ergreifen, fuhr er knatternd über die Via Santo Stefano davon.

De Luca sah dem roten Fleck nach, der auf der Piazza verschwand, er biss sich auf die Lippe, bis sie blutete.

Jetzt wusste er nämlich, was er ihn hätte fragen können, und zwar etwas Wichtiges.

Im Viereck des Rückspiegels hatte er auf der gemusterten Krawatte des jungen Fürsten die Spiegelung einer goldenen Nadel gesehen.

In Form eines Violinschlüssels.

Mit einem Brillanten in der Mitte.

Rassetto hatte recht, er war der Liebling des Chefs. Jeder andere wäre streng bestraft worden. Doch Scimmino wiederholte bloß mehrmals zwei Worte, *verschwinden* und *abwiegeln*, doch diesmal ohne wie Mussolini die Silben zu skandieren, sondern mit einem Zischen in der Stimme, das wie das einer Schlange klang und Angst machte.

Doch De Luca war der Liebling des Chefs, er wurde nicht suspendiert oder dazu verdammt, Diebe zu jagen, die während des Fliegeralarms plünderten, und er wurde auch nicht angezeigt, sondern gezwungen, in den Urlaub zu gehen. Diesmal wirklich.

– *Verschwinden,* sagte Scimmino noch einmal, und diesmal skandierte er die Silben und formte Zeigefinger und Daumen zu einem Kreis, außerdem schob er das Kinn nach vorne wie der Duce.

Lorenzas Familie besaß ein Haus in den Hügeln von Bologna. Eine Villa, die noch nicht von Evakuierten besetzt war, in einem Tal in den Bergen, mit einer natürlichen Terrasse, von der aus man das Kloster San Luca zur Linken und unten unter einer Dunsthaube fast ganz Bologna sah, die Stadt flimmerte beinahe wie eine Fata Morgana.

Mit Ausnahme einiger Lichtpunkte, die sich der Verdunkelung widersetzten, verschwand die Stadt nachts in der Dunkelheit, wurde zu einem etwas helleren Fleck, doch wenn De Luca die Stadt tagsüber vor sich sah, glaubte er, durchzudrehen.

Da unten, zwischen den roten Dächern und den geraden und entschlossenen Linien der Straßen, die sie durchzogen wie Falten, war ein Mädchen aus Malta, der junge Fürst mit der Anstecknadel in Form eines Violinschlüssels, die einmal dem kopflosen Albaner gehört hatte, und vielleicht auch Konsul Martina, der sich in irgendeinem Loch verkroch, und er war weit weg und knirschte mit den Zähnen, verzehrt von einem Fieber.

– Schön, nicht?, sagte Lorenza und drückte sich unter der Efeupergola an ihn, und da fuhr De Luca hoch und sagte, *ja, ja,* und einen Augenblick lang war das keine Lüge.

Den ersten Tag hatte er am Telefon verbracht, die Villa des Philosophen und der Dichterin war zwar klein, aber nach wie vor das Haus von reichen Leuten und besaß einen Telefonanschluss mit einem schönen Apparat aus schwarzem Bakelit auf einem schweren, viereckigen Sockel, einen modernen Apparat, der Hörer lag oberhalb der Ziffernscheibe auf einer Gabel.

Also hatte er im Büro angerufen, Corradini angetroffen und ihn gebeten, die Liste der Rauschgiftkonsumenten zu holen, die im Präsidium registriert waren, er hatte nämlich eine Idee.

Nein, nicht alle, nur die, die Kokain schnupften.

Nein, auch nicht alle, sondern nur die reichen und wohlhabenden, die aus der guten Gesellschaft.

Nein, auch nicht alle, nur die Informanten. Ein paar gab es ja wohl. Der Sekretär der *Opera Nazionale Balilla* war allerdings nach dem 25. Juli davongelaufen, aber der Sohn des Professors?

Ja, der.

Im Bann des Fiebers, das er unterdrückt hätte, wenn es ihm möglich gewesen wäre, über Straßen zu laufen, Treppen hinaufzusteigen und an Türen zu klopfen, hatte er immer wieder angerufen, doch dann hatte er sich neben dem Tisch mit dem Telefon hingesetzt und ihn nur verlassen, um unter der Pergola zu Abend zu essen, denn Lorenza hatte ihn schon mehrmals gerufen und gesagt, der Tisch sei gedeckt.

Dann endlich das Klingeln.

Ja, der Sohn des Professors habe eingewilligt zu kollaborieren, obwohl einwilligen nicht ganz das richtige Wort war.

Ja, er schnupfe noch immer Kokain.

Ja, er habe Mühe, es sich zu besorgen, es koste wie üblich viel, vielleicht sogar eine Spur mehr.

Gut, dachte De Luca und legte den Hörer auf die Gabel.

Das Gesetz des Marktes, Angebot und Nachfrage. Wenn Kokain leicht zu haben und der Preis nicht gesunken war, bedeutete das, dass der Koffer von Konsul Martina – der angesichts der Größe wohl eine beträchtliche Menge enthielt – noch nicht auf den Markt gelangt war. Entweder hatte er es in einer anderen Stadt verkauft oder er hatte den Koffer noch bei sich.

Er rief noch mal Corradini an, forderte auch Rassetto auf, und sie teilten sich die Nummern der Polizeiwachen auf, jeder übernahm die, in denen er Freunde hatte, damit sie schneller vorankamen. Sie brauchten den ganzen Tag und auch noch einen Teil des nächsten Tages, sie erreichten zwar nicht alle Polizeiwachen Italiens, aber immerhin die wichtigsten.

Keine spürbare Veränderung auf dem Kokainmarkt.

Sehr wahrscheinlich hatte Konsul Martina den Koffer also noch bei sich.

Außer De Luca und Lorenza hielten sich auch der Philosoph und die Dichterin in der Villa auf. Er war ein gut aussehender, großer Mann mit einem kurzen weißen Bart, der im starkem Kontrast zu seinem gebräunten runzeligen Gesicht stand: sonnenverbrannt wie das eines Bauern, obwohl er sein Leben lesend in geschlossenen Räumen verbrachte. Sie mit ihrem kurzen Bubikopf, schlank und androgyn in Leinenhose und einem Leinenhemd ihres Mannes, wirkte sogar noch jünger als ihre Tochter, und nicht nur, weil sie bei deren Geburt sehr jung gewesen war. Sie ging immer barfuß und bewegte sich auf weiche und geschmeidige Weise, die als Parodie einer Intellektuellen in einem Varieté getaugt hätte, bei ihr jedoch völlig natürlich wirkte.

Im Augenblick saß sie auf einem Korbstuhl in der Pergola, ein Bein hing über die Lehne und mit dem Ellbogen stützte sie sich auf die andere, das Kinn auf dem Handrücken, in einer Pose wie in einem Fotostudio, doch bei ihr wirkte sie nicht gekünstelt. Zwischen Zeige- und Mittelfinger hielt sie eine schmale weiße Eva-Zigarette, bei jedem Zug drehte sie das Handgelenk und schaute De Luca an, der dem Philosophen von seinen Ermittlungen erzählte.

Zahlreiche Gäste saßen am Tisch unter der Pergola, vor dem Hintergrund der im Licht des Sonnenuntergangs glühenden Stadt. Darunter auch Maria, Giovannino – in der Uniform eines Bersagliere, er war einberufen worden, allerdings hatte man ihn in eine Kaserne in der Stadt geschickt – und Ciccione, außerdem hatten sie einen Freund von Lorenzas Eltern mitgenommen, einen sehr dünnen Mann mit einer viel zu großen Jacke. Er hatte sich De Luca als Armando vorgestellt und ihm kraftlos die Hand gedrückt, und obwohl sein Gesicht so ausgezehrt war, dass man kaum sagen konnte, wie alt er war, waren seine Augen die eines jungen Mannes.

Sie hatten früh zu Abend gegessen, zwei Hähnchen, die Ciccione mitgebracht hatte, dann war Lorenza aufgestanden, um abzuräumen, und hatte Maria ein Zeichen gemacht, sie solle ihr helfen.

– Los, es ist die Aufgabe der Frauen, die Teller zu waschen.

– Ich bin eine Frau und stehe nicht auf, sagte die Dichterin.

– Du bist meine Mutter und sowieso von der Aufgabe befreit.

– Ich hingegen bin ein Mann und helfe euch, sagte Ciccione.

Da erkundigte sich der Philosoph bei De Luca nach seiner Ermittlung und er ließ sich zu einer Erzählung hinreißen, fügte sogar seine Hypothesen zu Konsul Martinas Koffer mit den Metallecken hinzu.

Dann machte die Dichterin einen Zug von ihrer Eva, blies den Rauch aus und sagte, *das Zeug interessiert doch niemanden.*

– Mich schon, sagte der Philosoph, – sei nicht unhöflich, ich habe ihn gefragt.

– Das meinte ich nicht. Ein Krimi interessiert uns natürlich alle. Ich meinte, deine Chefs … Die Dichterin duzte ihn seit dem Tag, als man ihn ihr vorgestellt hatte. – Wie heißen sie doch gleich … der Richter, der Quästor, dein Chef, wie nennt ihr ihn doch, der Affe, ich glaube, deine Toten und der Drogenring sind ihnen herzlich egal. Oder irre ich mich?

Die Dichterin lächelte fragend, mit dem Kinn auf dem Handrücken, in einer ihrer verrenkten und dennoch natürlichen Posen, die so sinnlich waren, dass De Luca sich seit geraumer Zeit bemühte, sie zu ignorieren.

– Nein, ich glaube nicht … Es passiert ja so viel und wir haben viel zu tun, aber …

– Genau. Der Krieg, die Bomben, die Toten an der Front, überall Tote, zwei mehr oder weniger sind doch egal, oder?

– Eigentlich sind es vier …

– Schon gut, aber beim letzten Bombenangriff hat es mehr als hundertsechzig gegeben, und genauso viele in Russland und in Sizilien, wenn nicht gar mehr. Was für einen Sinn hat es, Mörder in einer Welt der Mörder zu jagen?

Alle schauten De Luca an, der so verlegen war wie bei einer Prüfung. Und tatsächlich war es auch eine Prüfung, der Philosoph schaute ihn von der Seite her an und strich sich über den Bart, der Jurastudent stützte die Arme auf den Tisch wie im Hörsaal und Armando saß zusammengesunken, aber aufmerksam in seinem Stuhl, seine Augen blickten ihn aus tiefen Höhlen an. Die Dichterin lächelte sinnlich und provokant.

– Diese Frage muss ich mir nicht stellen, sagte De Luca. – Ich bin Polizist. Ich verteidige das Gesetz.

– Genau, sagte Armando. Er sprach zum ersten Mal an diesem Abend, und seine Stimme klang klar und unangestrengt. – Das Gesetz. Wissen Sie, woher ich komme, Herr Kommissar?

Ja, er wusste es. Lorenza hatte es ihm gesagt, als Armando ins Bad gegangen war, um sich frisch zu machen, er kam aus Rom, war unterwegs zu seiner Familie in Mailand und machte in Bologna einen Zwischenstopp, aber sie hatte es leise gesagt und war verstummt, als er kam, deshalb hatte De Luca den Verdacht, dass das nicht alles war.

– Ich komme aus Santa Maria della Pietà. Wissen Sie, was das ist? Ein Irrenhaus. Ich wurde von der Polizei als Psychastheniker mit paranoider Neigung verhaftet, in Wirklichkeit jedoch, weil ich schlecht über Mussolini und den Krieg gesprochen habe. Sie sagten, Pazifismus sei auf eine Schwäche des kritischen Denkens zurückzuführen. Als Antifaschist konnten sie mich nicht einsperren, also haben sie mich als Irren eingeliefert. Geisteskrank wegen politischen Wahns. Ich bin einer von denen, die vom Duce für verrückt erklärt worden sind, es gibt viele von uns, Sie wissen doch, wie es funktioniert, oder?

Ja, das wusste er auch.

– So etwas habe ich nie gemacht.

– Darum geht es nicht. Ich bin wegen Dingen eingesperrt worden, die ich jetzt sogar in der Zeitung schreiben könnte. Gestern waren sie eine Beleidigung für den Duce und bedeuteten Verbannung oder Irrenhaus als Anti-Italiener, heute bin ich ein patriotischer Leitartikelschreiber für den „Corriere della Sera"!

Er keuchte. Seine Stimme war noch immer klar und deutlich, aber kraftlos. Die Sonne war rasch untergegangen, in der mittlerweile grauen Luft glich Armandos Antlitz aufgrund der eingefallenen Wangen und der Augenhöhlen immer mehr einem Totenkopf.

– Mord bleibt jedenfalls Mord und muss bestraft werden, sagte De Luca. – Das Gesetz bleibt immer gleich.

– Ach ja?, sagte Armando und grinste böse aus fleischlosem Mund, wie ein Totenschädel eben. – Ein paar meiner Freunde würden das gern hören, angeblich haben sie sich an den Stäben der Zelle erhängt.

Niemand lächelte mehr, auch die Dichterin nicht, sie schien ihre provokante Bemerkung zu bereuen.

– Was ist los?, fragte Lorenza.

Sie brachte ein Tablett mit sauberen Gläsern, Ciccione entkorkte die Flasche, die er mitgebracht hatte, goss Wein ein und Maria verteilte die Gläser. Die Dichterin nahm das Zigarettenpäckchen und hielt es Arturo hin; bevor er sich eine nahm, zog er mit dem Finger das Markenzeichen auf dem weißen Karton nach.

– Wir sollten beim Rauchen aufpassen, vielleicht fliegt das Flugzeug vorbei … Wie heißt es doch gleich, Pluto, Pippo? Ja, genau, Pippo, es sieht das Licht und lässt eine Bombe auf uns fallen.

– Ich bin Polizist, sagte De Luca.

Er betrachtete die Stadt jenseits der Terrasse, die immer mehr in der Dunkelheit versank, er sprach so gut wie zu sich selbst, doch in einem derart entschlossenen Ton, dass die anderen innehielten und ihm zuhörten. – Wahrscheinlich habe ich das in diesen Tagen x-mal gesagt, doch ich wiederhole es. Ich bin Polizist. Als ich der Polizei beigetreten bin, war der Faschismus schon an der Macht, ich habe einem faschistischen Innenminister gedient, habe das Einheitsrecht und den Codice Rocco befolgt, die Gesetze eines nach wie vor faschistischen Staates. Ich diene dem Staat, und er betonte das Wort Staat, – das ist mein Beruf, er ändert sich nicht, auch wenn der Staat sich ändert.

– Wird er sich denn ändern? Für mich ändert sich nichts. Tatsächlich haben sie einen Soldaten an die Spitze der Regierung gesetzt, keinen Philosophen.

– Er wird sich ändern, er wird sich ändern, sagte Giovannino, – oder wir ändern ihn.

Er wollte ernsthaft klingen, doch aufgrund des Rotweins hatte er einen Kreis rund um den Mund, wie ein Kind, und die anderen, auch De Luca, mussten lachen, die Spannung war nicht mehr auszuhalten. Armando lächelte, allerdings zurückhaltend.

– Salongespräche, sagte er, – Gespräche von Intellektuellen, wie es sich gehört, denn das sind wir alle. Fast alle. Er schaute De Luca an, der nicht verstand, ob er ihn oder sich selbst meinte. Oder beide. – Mussolini ist weg, der Faschismus ist weg, wir dürfen uns wieder mit Sie anreden und einander die Hand geben, ohne dass jemand mit uns schimpft … Man hat mich sogar aus dem Irrenhaus entlassen, ich kann einen Leitartikel in der Zeitung schreiben. Damit sich nichts ändert, reicht es, ganz wenig zu ändern. Ich sage Ihnen jetzt etwas, Herr Kommissar, ich sage, um wirklich etwas zu ändern, ist ein Blutbad vonnöten und hin und wieder reicht nicht einmal das. Noch vor einem Monat hätten Sie mich verhaften müssen, so ändern sich die Dinge.

– Jetzt auch, sagte De Luca, das sollte ein Witz sein und er wollte ihn schon wiederholen, denn im Dunklen sah er nicht seinen Gesichtsausdruck, aber Ciccione entkorkte gerade die zweite Flasche; der Korken klemmte und als er ihn endlich herauszog, knallte es wie bei einem Schuss.

Alle zuckten zusammen, *Ich bitte dich*, sagte der Philosoph, und Giovannino gab Ciccione einen Klaps auf den Hals unterhalb des Nackens, der sogar noch lauter knallte, Maria lachte und die Dichterin sagte, *Du hast uns aber einen Schrecken eingejagt!*

Armando hingegen saß unbeweglich, er war nicht vom Sessel aufgesprungen wie die anderen, das Lächeln gefror auf seinen Lippen, die er so fest zusammenpresste, dass sie zitterten.

Dann klapperten seine Zähne, er stieß ein langes, zartes Ächzen aus wie ein Miauen, versteckte das Gesicht in den Händen und begann zu weinen.

Schwaches Mondlicht fiel auf das Kloster San Luca in der Ferne, die Wolken hatten bläuliche Ränder, und vor ihm war Lorenzas weiches Profil, sie hatte sich auf seinen Schoß gesetzt, ihre Stirn an seine Schläfe gelegt, und ihre Finger fuhren ihm durch die Haare, kraulten seinen Nacken.

Alles andere, die Dächer, die Straßen oder die beiden Türme da unten in dem schwarzen Becken, umgeben vom betäubenden Zirpen der Zikaden, konnte man nur erahnen.

– Meine Mutter wollte dich nicht kränken.

– Ich bin nicht gekränkt. Es war ein Salongespräch, nicht wahr?

– Niemand glaubt, dass du etwas Schlechtes gemacht hast. Auch ich nicht.

– Das weiß ich.

Er spürte Lorenzas heißen Atem auf dem Mund. Er roch nach Wein.

– Mach deinen Beruf.

– Ja.

De Luca neigte den Kopf, um sie zu küssen, doch sie bewegte sich ebenfalls, mit der Stirn an seiner Schläfe, ihre Lippen waren ganz nah, ihr heißer, nach Wein riechender Atem war ganz nah, aber doch weit weg, sie wollte Distanz wahren, um weiterzureden.

– Papa sagt, da ist auch noch was anderes. Wenn du von deinen Fällen erzählst, bist du so leidenschaftlich, so hingebungsvoll, deine Augen leuchten, als ob … Er sagt, man würde deinen Sinn für Wahrheit und Gerechtigkeit erkennen, er sagt das als Philosoph, deshalb mag er dich so.

– Danke.

Er versuchte noch einmal, sie zu küssen, doch sie entzog sich aufs Neue. Sie legte auch ein wenig den Kopf zurück.

– Meine Mutter sagt jedoch, das stimmt nicht. Sie sagt, du seist ein Egoist. Nein, ein Egozentriker. Besessen von der fixen Idee, den Dingen auf den Grund zu gehen, zu verstehen, um jeden Preis irgendetwas herauszufinden … Und so vergäßest du alles andere, den Alltag, die Verantwortung für ein normales Leben, sogar die Politik.

– Zum Glück wollte sie mich nicht beleidigen, sagte De Luca.

Lorenza umarmte und küsste ihn. Sie lehnte sich wieder mit der Stirn an seine Schläfe, und ihre Lippen streiften einander.

– Ich hingegen bin keine egozentrische Person. Meine Mutter sagt, ich bin ein Tausend-Lire-im-Monat-Mädchen. Erinnerst du dich an den Schlager?

Sie sang ihn, mit den Lippen ganz nah an De Lucas Mund. *Wenn ich tausend Lire im Monat hätte,* ganz leise, ihre Stimme ging im lauten Zirpen der Zikaden unter. Sie war so süß, De Luca drückte sie fester an sich.

– Ich will einen normalen Menschen, keinen Egozentriker, der mich seiner Ideologie oder seinen Obsessionen opfert. Ich will keinen Übermenschen, ich will einen Buchhalter. Ich will einen, der sein Handwerk macht, nicht mehr, und ansonsten mich liebt, nur mich. Mich.

– Ja, sagte De Luca.

– Dann sag es mir. Du hast es mir noch nie gesagt.

– Das stimmt nicht, ich …

– Doch, eine Frau achtet auf so etwas. Sag es mir. Jetzt.

Die Zikaden, die Wolken, die kühle Luft aus den Bergen und die unsichtbare Stadt, De Luca war nie besonders romantisch gewesen, dachte jedoch, wenn er es tatsächlich noch nie gesagt hatte, dann wäre das der richtige Zeitpunkt.

Er zog den Kopf zurück, legte seinen Mund an ihr Ohr und flüsterte, *Ich liebe dich.*

Der Philosoph ließ sich jeden Vormittag die Zeitung aus Bologna bringen.

De Luca stand spät auf und als er sich unter die Pergola setzte, um seinen Kaffee zu trinken, lag „Il Resto del Carlino" auf dem Tisch. Die Seite mit der Lokalberichterstattung war aufgeschlagen: die Öffnungszeiten der Lebensmittelläden, die Entschärfung nicht explodierter Bomben, das beschädigte Telefonnetz, gerade, aus deutlich erkennbaren Buchstaben bestehende Spalten, doch er achtete gar nicht darauf, er war ganz in den Anblick der Stadt versunken. Er suchte die beiden Türme, die er am Abend davor nicht gesehen hatte.

Dann verblätterte ein Windstoß aus den Bergen die Zeitung, das Titelblatt lag nun wieder obenauf.

De Lucas Blick fiel auf einen Titel, der über alle Spalten lief, und er schaute ihn so lange an, dass der Kaffee kalt wurde.

„Il Resto del Carlino“, Donnerstag, 5. August 1943, Italien, Reich und Kolonien, 30 Centesimi

DER STAAT BESTRAFT ALL JENE, DIE IHR AMT IM FASCHISMUS AUSGENUTZT HABEN, UM SICH ZU BEREICHERN. Die Maßnahme der Badoglio-Regierung in Bezug auf die rasch angehäuften Vermögen der Politiker entspricht voll und ganz dem Willen des Volkes, das diesen Akt der Wiedergutmachung erwartet hat.

Radioprogramm: 22 Uhr 25: Bergchöre

– De Luca, mein Junge, willst du dich wirklich auf die Jagd nach diebischen faschistischen Würdenträgern begeben? Das sagen sie doch nur, um die Menschen ruhigzustellen, das machen sie doch nicht wirklich. Gut, wenn das die einzige Möglichkeit ist, um dich von Dummheiten abzuhalten, du schaffst es wohl nicht, einfach Ruhe zu geben, was? Entschuldige, bist du nicht im Urlaub? Deine Verlobte wird sich freuen … Falls die Sache wirklich vom Stapel gelassen wird, halten wir uns natürlich bereit. Ein Büro, eine Truppe und ein Auto? Du bist verrückt, mein Junge, allenfalls ein Fahrrad und einen Assistenten, vielleicht einen Buchhalter, der dir hilft, die Rechnungen zu prüfen. Ciao und gute Arbeit, mein Junge.

Das Büro war klein, eine glühend heiße Abstellkammer im Präsidium, und das Fenster war so hoch oben, dass kein Luftzug hereindrang, aber wenigstens hatte er ein Telefon.

Der Assistent war ein alter Mann kurz vor der Pensionierung, mit seinen blauen und roten Bleistiften in der Tasche und den Ärmelschonern wirkte er so resigniert, als habe man ihn trotz seines Alters im Amt vergessen. Aber er war tüchtig, sehr tüchtig, und das war gut so, denn De Luca war kein sehr guter Buchhalter, er wusste zwar, was er suchte, aber nicht, wo und wie er es suchen musste.

Ragionier Pini hingegen, ein Zivilbeamter im Dienst des Präsidiums, war schnell von Begriff, auch wenn er auf den ersten Blick nicht so wirkte. Mit der Brille auf der Stirn hörte er De Luca zu, als ob er ihn fokussieren müsse, kaute den ganzen Tag Pfefferminzbonbons und forderte ihn auf, immer wieder dasselbe zu wiederholen, bis er plötzlich die Hand hob, um ihn zu unterbrechen, *verstanden* sagte, ein Blatt Papier in die Schreibmaschine einspannte und eine Liste der anzufordernden Dokumente machte. Er schrieb sehr schnell.

Dank der Informationen der Geheimpolizei hatte De Luca schon zuvor eine Liste der fraglichen Namen angelegt, dabei hatte er darauf geachtet, keine Unberührbaren hinzuzufügen, aufgrund derer das Ganze von Anfang an zum Scheitern verurteilt gewesen wäre, nur deshalb hatte er sich einen Rat bei der Polizei geholt.

Der Name ganz oben auf der Liste war der des Konsuls Amedeo Martina.

Ihre Verlobte wird sich freuen.

Doch Lorenza hatte ihm keine Vorwürfe gemacht. De Luca hatte zu ihr gesagt, nicht er habe die Initiative ergriffen, sondern man habe ihn wegen einer dringenden Angelegenheit aufs Präsidium geholt, und da er jeden Abend in die Villa zurückkäme, wie es übrigens ganz Bologna machte, das sich am Abend aufgrund der Angst vor den Bomben leerte, sähen sie einander ohnehin öfter. Und zwar regelmäßig, wie ein arbeitendes Ehepaar, denn Lorenza, die ein schlechtes Gewissen hatte, weil sie den armen Ravenna alleingelassen hatte, arbeitete wieder in der Apotheke.

Am Anfang hatte Cesarella ihn ein paarmal von Massaron im Auto abholen lassen, doch allmählich wurde das zu teuer, und da es bereits Ende August war und in der Stadt offenbar wirklich nichts los war, erlaubte er De Luca, sich frei zu bewegen.

Pass halt ein wenig auf, mein Junge.

Und er passte auch tatsächlich auf, denn er gab dem Kollegen von der Geheimpolizei recht: Die Leute, die ihn hatten umbringen wollen, hatten es nicht aus politischen Motiven gemacht und würden es vielleicht noch einmal versuchen. Deshalb hatte er immer die Pistole in der Tasche und blickte sich auf seinen langen Spaziergängen immer wieder um, um sicherzugehen, dass ihm niemand folgte. Auch auswärts schlafen half.

Jeden Vormittag fuhren er und Lorenza mit dem Rad Seite an Seite ins Tal, wie zwei junge Verlobte, trennten sich bei der Porta San Mamolo und trafen einander kurz vor Sonnenuntergang wieder.

Mit sirrender Kette sausten sie den Hügel hinunter und fest in die Pedale tretend fuhren sie wieder hinauf.

Dann Abendessen und früh zu Bett.

Wie ein Buchhalter.

De Luca hätte die Sache gern anders gehandhabt. Er hätte gern Tag und Nacht gearbeitet, wie immer nur das Notwendigste gegessen und geschlafen, er hätte am liebsten schon im Morgengrauen an Türen geklopft, doch im Augenblick arbeitete er wirklich wie ein Buchhalter, er musste seine Informationen während der Öffnungszeiten in Büros einholen, am Telefon warten, bis man ihn zurückrief, bei Fliegeralarm um halb elf alles liegen und stehen lassen und rechtzeitig Schluss machen, um bei Ausgangssperre wieder in der Villa zu sein.

Und außerdem waren sie nur zu zweit; Buchhalter Pini hatte zwar eine Rechenmaschine aus seinem alten Büro in der Präfektur geholt, das aufgrund der Bombenschäden geschlossen worden war, und konnte trotz seines Alters stundenlang auf die gelbschwarzen Tasten der *Numeria* tippen, ohne auch nur aufs Klo zu gehen, dennoch waren sie nur zu zweit, beziehungsweise in Anbetracht von De Lucas bescheidenen Fähigkeiten waren sie auch nur eineinhalb, und sie mussten eine Unmenge Namen überprüfen, obwohl ihn nur einer interessierte.

Er hatte nur eine Woche gebraucht, um das Monster der Balduina zu fassen, drei Tage, um die Mörder der Via dell'Impero zu verhaften, und nur eine Nacht, um das Teuflische Liebespärchen zu schnappen, doch um den Fall der Leiche ohne Kopf und des Kopfes ohne Leiche zu lösen, brauchte er fast einen Monat.

Er wollte beweisen, nein, vielmehr verstehen, nein, vielmehr beweisen, dass der Konsul der Miliz sich illegal bereichert und sein Geld in Kokain investiert hatte, denn er war überzeugt davon. Ungefähr dreißig- bis fünfzigtausend Lire, denn in dem Koffer hatten sich zwischen zehn und fünfzehn Kilo Kokain befunden, zum aktuellen Preis von dreitausend Lire pro Kilo.

Jeweils zu Wochenbeginn berichteten De Luca und Buchhalter Pini einander, was sie in Erfahrung gebracht hatten. Sie saßen einander gegenüber am Tisch, De Luca hatte das Notizbuch in der Hand und machte Notizen, vor dem Buchhalter lagen im Stapel die offenen Akten und Ordner, er schaute nicht einmal hinein, denn er kannte sie auswendig.

Ja, der Konsul hatte sich illegal bereichert, und zwar sehr. Der Bauernsohn war den Schwarzhemden beigetreten und hatte lange keine Karriere gemacht, er war Mannschaftsführer geblieben, bis ein Würdenträger aus Tarent, dessen Vater Tagelöhner war, ihn unter seine Fittiche genommen und 1936 in den Äthiopienkrieg mitgenommen hatte.

Der Konsul war kein Soldat, und im Gegensatz zu allen anderen in seinem Schwarzhemden-Bataillon hatte er nicht einmal einen Orden erhalten. Doch in der Schreibstube, in der er sich verschanzte, hatte er gelernt, mit den Ein- und Ausgängen zu jonglieren, die Augen des Buchhalters Pini leuchteten vor Bewunderung, während er De Luca erklärte, wie er ganze Posten – Schuhe, Zigaretten und Fleischkonserven – verschwinden ließ. Sicher hatte auch der faschistische Würdenträger davon profitiert, bei seiner Rückkehr nach Italien hatte er sich eine Villa am Golf gekauft und sich dorthin zurückgezogen.

Der Konsul hingegen war von einem Ort zum anderen gezogen, Genua, Pavia, Turin, Florenz, Neapel, stets in der Verwaltung, eine Beförderung nach der anderen, er war *Capomanipolo, Centurione, Seniore, Console* geworden. Gleich nach Kriegsbeginn war er schließlich in Bologna gelandet, wo er für die Lebensmittelabteilung der Miliz zuständig war.

Der Buchhalter schlug mit der Hand auf den Stapel Dokumente, die die Diebstähle des Konsuls belegten, im Lauf der Zeit waren sie immer offensichtlicher geworden. Der Konsul hatte sich zunehmend einem unverschämten Gefühl der Immunität hingegeben, und da verwandelte sich die Bewunderung in den Augen des Buchhalters in Mitleid und Bedauern.

Doch ein Detail passte nicht ins Bild.

Der Konsul Martina hatte sich zwar gehörig bereichert, doch er war nicht reich.

Er fuhr die Aprilia der Schwarzhemden, wohnte in der Kaserne, trug zwar immer Uniform, kaufte jedoch bei einem Schneider in Bologna ein, der gewiss nicht zu den besten zählte.

Warum? Warum klaute man, wenn man keine Freude an Geld hatte?

Manche Menschen machen Dinge, weil sie nicht anders können, und dabei glättete der Buchhalter die Ärmelschoner, doch er hätte genauso gut seine *Numeria* streicheln können, doch offenbar war der Konsul keiner, der die Dinge aus Leidenschaft machte.

Wie wir, fügte er wortlos hinzu, nur mit dem Blick.

Tatsächlich ertönte in diesem Augenblick die Sirene des Fliegeralarms, doch keiner der beiden rührte sich.

– Du bist in Gedanken woanders, sagte Lorenza nach dem Abendessen zu ihm; sie saß in der Laube auf seinen Knien.

– Aber nein, sagte De Luca zu ihr und küsste sie.

Eine Zeit lang suchten sie verborgene Güter, Vermögen, die offiziell einem Strohmann gehörten, geheime Konten, alles, was dazu diente, Geld zu verstecken.

Buchhalter Pini schnüffelte wie ein Buchhalter in den Dokumenten, De Luca hingegen hatte eine Intuition gehabt, die eines Polizisten würdig war, er hatte in den Büros und im Büro im Stockwerk darüber rumgeschnüffelt, er hatte ein paar Flaschen investiert, die er sich bei Ciccione besorgt hatte, eine hatte er der Geheimpolizei spendiert und die andere der Truppe, die sich um Glücksspiel kümmerte, und so hatte er herausgefunden, wo das Geld des Konsuls geblieben war.

Pferde, Scopone, Poker, Canasta, Stud Poker, Tressette, sogar Würfeln, der Konsul war ein fürchterlicher Spieler, sowohl was sein Laster als auch was sein Unglück anbelangte. Er wettete, er setzte auf Pferde, er spielte und verlor. Immer. Er häufte Schulden an, und wenn der Druck zu groß wurde, ließ er sich versetzen und fing von vorne an.

Das bestätigten ein ehemaliger Kollege auf dem Präsidium in Turin und ein anderer, sehr freundlicher Kollege auf dem Präsidium in Florenz, sogar die Kollegen in Bologna bestätigten es, sie hatten ihn erst vor ein paar Monaten in einer illegalen Spielhölle erwischt.

Aber wenn der Konsul völlig mittellos war, wo hatte dann der junge Fürst das Geld für das Kokain aufgetrieben?

– Du bist in Gedanken woanders.

– Aber nein.

Wenn er schon mal da war, konnte er auch einen Sprung in die Abhörabteilung machen, in der ein Maresciallo mit gezwirbeltem Bart – wie ein König auf einer Spielkarte – saß. Der sagte zu ihm, das sei eine gute Idee gewesen, er könne sich ja gar nicht vorstellen, wie viel die Menschen telefonierten, vor allem jetzt, wo sie glaubten, gleichzeitig mit dem Faschismus sei es auch mit den Kontrollen vorbei, doch da täuschten sie sich, seine Kollegen mit den Kopfhörern steckten nach wie vor die Stecker in die Relais.

– Gewisse Gespräche habe ich jedoch noch nicht der Geheimpolizei übergeben, sagte Maresciallo Donati lächelnd, das Mussolini-Porträt lag noch immer im Papierkorb, – wir sind zwar Polizisten, doch wir haben auch unsere Meinung, oder?

Und er nahm die Nummer des Konsuls entgegen, seitdem er davongelaufen war, war der Anschluss zwar tot, doch der Kommissar hatte recht, lieber allen Spuren nachgehen.

Dann fand der Buchhalter Pini etwas heraus.

Bei den Dokumenten waren auch zwei Weidenkörbe – zwei Einkaufskörbe – voller Papiere, die De Luca in der Casa del Fascio in der Via Manzoni mitgenommen hatte, direkt aus dem Büro des Konsuls, das noch leer und genauso verlassen war wie alle anderen auch. Um das Gleichgewicht zu halten, hatte er die Körbe links und rechts am Lenkrad befestigt, ins Büro gebracht, und der Buchhalter hatte die Dokumente der Reihe nach in Augenschein genommen, bis er einen Antrag auf Kostenerstattung gefunden hatte.

Einen Aufschlag auf eine Einzelkabine, den der Konsul bei einer Reise auf einem Postschiff der Militärmarine nach Albanien bezahlt hatte. Grund der Reise: Politisch. *Um den Kämpfern in Übersee die Grüße und den Trost von ganz Italien zu bringen, in Gestalt eines alten Kameraden des dort stationierten Bataillons.*

Dem Buchhalter war es komisch vorgekommen, dass der Konsul riskierte, von einem Torpedo versenkt zu werden, nur um die Kameraden seines ehemaligen Bataillons zu grüßen, deshalb war er der Sache auf den Grund gegangen.

Auch Buchhalter, hatte er De Luca erklärt, hätten Freunde und Schulkollegen, und tatsächlich hatte ein bereits pensionierter Kollege im Präsidium einen Sohn, der im Institut für albanische Angelegenheiten arbeitete, und der hatte ihm sofort geantwortet, allerdings nur so schnell, wie es die Militärpost zuließ, der zensierte Brief war erst jetzt angekommen.

Konsul Martina war ein paar Tage lang bei seinem Bataillon gewesen, wo er auch eine Rede gehalten hatte, dann war er nach Tirana weitergereist.

Am 22. März 1943 hatte er dort getan, wozu ihn eine gesetzliche Vollmacht berechtigte, er hatte Geld von einem Girokonto abgehoben.

Dreißigtausendfünfhundertvierzig Lire.

Gewiss hatte Buchhalter Pini kein Gefühl für Suspense: Gewiss behielt er den Namen des Mannes, der die Vollmacht, das Konto zu löschen, erteilt hatte, so lange bei sich, weil er ganz unten auf dem Dokument stand, doch als er Tirana erwähnte, hatte ihn De Luca ohnehin schon erraten.

Herbert Gales.

– Du bist wirklich in Gedanken woanders.
– Entschuldige.

De Luca zählte zwei und zwei zusammen.

Zuerst ganz konkret, indem er mit dem kratzenden Füller Zahlen in seinen Notizblock schrieb, die der Buchhalter Pini schon längst im Kopf zusammengerechnet hatte. Das mutmaßliche Fassungsvermögen des Koffers, der durchschnittliche Großhandelspreis von Kokain, das von Gales' Konto abgehobene Geld – die Rechnung ging tatsächlich auf.

Danach kratzte er sich das schweißnasse Kinn, den Blick zur rissigen Zimmerdecke gewandt, und dachte, nein, die Rechnung ging doch nicht auf.

Seit Ende März befand sich Konsul Martina im Besitz von mehr als dreißigtausend Lire, entweder hatte er sie unter der Matratze versteckt, oder er hatte dort den Koffer versteckt, dessen Inhalt seinen Informanten zufolge noch immer nicht auf dem Markt war.

Dann fiel ihm etwas ein.

Er lief wieder nach oben in die Glücksspielabteilung, wo der Kollege – vergeblich – mit noch einer Flasche rechnete, und sei es auch nur Grappa.

– Du kennst doch das Bordell auf der Via dell'Orso, das nette, *Manolita*, genau. Nun, in den Bordellen wird immer ein wenig gespielt, aber die dort spielten im großen Stil, das war ein Spitzencasino, und als wir uns Zugang verschafft hatten, lag ein Haufen Geld auf dem Tisch. Das hatten sie natürlich liegenlassen, denn kaum hatten wir geklopft, *Aufmachen, Polizei,* gab es ein Durcheinander, Brigadier Dinaccio ist sogar gestürzt und hat sich den Daumen gebrochen. Doch unter dem Tisch saß ein Mann und heulte, stell dir vor, wir haben die Dokumente kontrolliert, ein

Konsul der Miliz, ein hohes Tier, wohlbekannt, wollten wir ihn vielleicht einbuchten? Aber er weinte nur wegen des Geldes. Im Bericht wird er natürlich nicht erwähnt, es ist Ende März, am 25., passiert. Ja, der Idiot weinte wegen des Geldes. Wie viel? Mehr als dreißigtausend Lire. Kannst du dir das vorstellen? Mehr als dreißigtausend!

– Tut mir leid.

Er wusste, was er suchen sollte und wo er es finden würde.

Er hatte noch eine Idee gehabt, eine typische Polizistenidee, obwohl er im Augenblick arbeitete wie ein Buchhalter. Er hatte einen Kopf ohne Leiche und eine Leiche ohne Kopf übereinandergelegt beziehungsweise sie überblendet und dabei war ihm aufgefallen, was sie gemeinsam hatten. Die Polizistenidee war ihm beim Gedanken an den Konsul gekommen, denn es war eine Art Berufskrankheit von Polizisten zu denken, die Verdächtigen, die Verbrecher, machten immer denselben Fehler.

Und tatsächlich befanden sich bei den in der Casa del Fascio beschlagnahmten Dokumenten noch weitere Anträge auf Kostenerstattung, alle stammten aus dem Zeitraum zwischen 20. und 23. Juli 1943.

Martina hatte eine Rechnung für ein Mietauto eingereicht, Bologna–Como, Como–Mailand, Mailand–Bologna, und eine Rechnung für einen dreitägigen Aufenthalt mit Vollpension im Hotel Eden in Maslianico, Provinz Como, für Konsul Martina und drei nicht näher angegebene Mitarbeiter. Außerdem eine Rechnung für die Mahlzeiten, die auf der Hin- und Rückfahrt konsumiert worden waren, plus Lunchpaket für vier Personen.

Grund der Reise: Politisch.

Die Telefonverbindungen waren in diesen Tagen immer wieder unterbrochen, deshalb schickte De Luca ein Telegramm an die Polizei an der Schweizer Grenze. Die Antwort erhielt er schon ein paar Tage später, denn in Kriegszeiten gab es nicht viel Grenzverkehr und außerdem musste er bewilligt werden.

Unter den Namen, die De Luca geliefert hatte, befanden sich zwei, die die Grenze bei Maslianico am 21. Juli überschritten hatten und am 22. nach Italien zurückgekehrt waren. Der Telegrafist hatte einen Namen falsch geschrieben, doch das war egal.

Della Valentina Morri Valentino et Saccani Egisto.

Der junge Fürst und Borsaro.

De Luca hatte keine Freunde oder Schulkollegen bei der Kantonspolizei, und der Buchhalter Pini hatte auch keine Freunde bei den Schweizer Bankbeamten, doch De Luca war sich trotzdem sicher, dass der junge Fürst und Borsaro dort fünfzigtausend Lire von einem Girokonto abgehoben hatten.

Dank einer Vollmacht.

Unterschrieben von Eli Goldstein.

„Il Resto del Carlino", Donnerstag, 2. September 1943, Italien, Reich und Kolonien, 30 Centesimi

Der Papst verurteilt die Kriegstreiber und segnet jene, die den Frieden herbeiführen.

Lokales aus Bologna: Ein Leser hat uns darauf hingewiesen, dass es in Casalecchio und in Ceretolo Villen gibt, in denen viele Zimmer nur von wenigen Personen bewohnt werden, während viele Menschen nicht evakuiert werden können, weil sie keine Unterkunft finden. – Freibank. Morgen, Freitag, ist Gruppe Nr. 3 an der Reihe, von 9 bis 11 Uhr Fleisch zu kaufen.

Radioprogramm: 13 Uhr 25, Kindertheater

– So sage man mir. Ich höre ihnen zu.

Richter Del Gobbo hatte nie die Anrede *Ihr* verwendet, nicht einmal, wenn man ihn diskret darauf hinwies, dass jemand in seiner Position die Vorschriften der Partei befolgen müsse, aber auch leider, wenn er mit Südländern oder Menschen aus der Romagna sprach, die sich traditionell mit *Ihr* ansprachen, unabhängig von den Vorschriften der Partei und schon lange bevor es überhaupt eine Partei gegeben hatte.

Im Übrigen benutzte er auch nicht die Anrede *Sie*, und wenn er sich an jemanden wandte, den er nicht einfach duzen konnte, behalf er sich mit der dritten Person, *Würde Seine Exzellenz mir freundlicherweise erklären …*

Tatsächlich hatte er *Ich höre ihnen zu* gesagt, denn vor ihm auf dem Sofa saßen drei Personen, Scimmino, Fratojanni und De Luca, und als Cesarella auf ihn gezeigt hatte, hatte sich der Richter im Stuhl zurückgelehnt, die manikürten Hände auf die Lehnen gelegt, die Beine übereinandergeschlagen und hinzugefügt, *Würde der*

Kommissar mir erklären, ohne *freundlicherweise*, das reichte für De Luca.

Sie befanden sich nicht im Gericht, im Büro des Untersuchungsrichters Mariano Del Gobbo, sondern im *Grand Hotel Baglioni*, in einem privaten Zimmer, denn als De Luca angefangen hatte, Cesarella seine Geschichte zu erzählen, hatte dieser einen Schrecken bekommen. Er wollte sofort einen Richter dabeihaben, wenn auch nur informell, unter Umständen zu Hause, und Fratojanni, der als politischer Berater beigezogen worden war, hatte zugestimmt.

Je weniger Formalitäten, desto weniger Verantwortung.

Richter Del Gobbo war reich, er besaß ein schönes Haus in der Via Ugo Bassi, das jedoch von einer Bombe beschädigt worden war. Also hatte man ihn evakuiert, allerdings ins *Baglioni*, dort bewohnte er jetzt ein Zimmer. Wenn er schon nachts von einer Bombe erschlagen würde, sagte er, dann wolle er zumindest im Bett eines der besten Hotels in der Stadt sterben.

– Amedeo Martina, der Konsul der Miliz, und der Fürst Valentino Morri Della Valentina haben zwei Personen auf betrügerische Weise dazu bewogen, ihnen große Geldsummen zu überlassen, um Kokain zu kaufen, und dann haben sie sie umgebracht und zerstückelt.

Diesen Satz hatte er vorbereitet. Auf dem Weg zwischen Präsidium und *Baglioni* hatte er viele Sätze ausprobiert, längere, kürzere, mehr oder weniger ausführliche, dann hatte er sich für diesen entschieden. Der Satz mit den beiden Morden war interessant genug, damit ein neugieriger Untersuchungsrichter wie Del Gobbo Interesse daran fand, und gleichzeitig eindeutig in Bezug auf die Rolle der beiden Protagonisten, so verloren sie keine Zeit und mussten sich nicht auf Nebengleisen verzetteln.

Und es war auch wirklich der richtige Satz gewesen, denn der Untersuchungsrichter richtete sich auf und sagte: – Bitte.

– Der erste Mann hieß Herbert Gales, ein Brite albanischer Herkunft. Die beiden haben seine Situation als Ex-Internierter ausgenutzt und sich eine Vollmacht geben lassen, um Geld auf der Bank abzuheben: Das hat der Konsul in Tirana in Albanien erledigt, und …

De Luca hatte eine Mappe auf den Knien, er blätterte darin, doch der Untersuchungsrichter bedeutete ihm mit einer Geste, das sei unwichtig, er solle weiterreden.

– Danach ist Herbert Gales erdrosselt, zerstückelt und auf einem Feld begraben worden, das im Besitz der Familie Morri Della Valentina ist, doch streunende Hunde haben den Kopf ausgegraben, und ich habe ihn gefunden.

Er holte zu weit aus, er langweilte seine Zuhörer, das spürte er, denn der Untersuchungsrichter runzelte die Stirn. Also hüstelte er mit vorgehaltener Faust, um eine Pause zu machen, damit der andere sich wieder konzentrieren konnte.

– Möchte der Kommissar ein Glas Wasser?, fragte der Untersuchungsrichter, dann klatschte er und ein Kellner kam. De Luca biss ungeduldig die Zähne zusammen, denn er wollte nicht zu viel Zeit verstreichen lassen. Außerdem war er jetzt in Fahrt und musste sprechen.

– Aber es gab ein unerwartetes Hindernis. Konsul Martina ist ein eingefleischter Spieler, kaum kommt er aus Albanien nach Bologna zurück, stürzt er sich in ein illegales Spiellokal und verspielt Gales' ganzes Geld, ungefähr dreißigtausend Lire.

Der Untersuchungsrichter lachte, und gleich drauf lachten auch Cesarella und Fratojanni, der beschränkte sich allerdings darauf, grinsend den Kopf zu schütteln. Das war nicht die Reaktion, die

De Luca erwartet hatte, und sie war auch gefährlich, denn möglicherweise machte sie alles zunichte, doch er hielt nicht inne und redete weiter.

– Sie brauchen noch mehr Geld, also überreden sie eine weitere Person, ihnen welches zu geben. Diesmal einen staatenlosen Juden, Eli Goldstein, auch er ist ein Internierter auf freiem Fuß und lebt sehr bescheiden, weil er keinen Zugang zu seinem Geld hat, das auf einer Schweizer Bank in Genf liegt. Auch er gibt ihnen eine Vollmacht, und da sie dem Konsul nicht mehr vertrauen, wird er diesmal von der ganzen Bande, dem jungen Fürsten, besagtem Schwarzhändler und noch einer Person, begleitet.

Er war sich nicht sicher, ob Franchino oder das Mädchen die drei begleitet hatte, entweder der Junge mit Borsaro oder Veronica mit den jungen Fürsten, doch das würde er noch klären, im Augenblick spielte das keine Rolle.

– Der junge Fürst und Borsaro überqueren bei Maslianico die Grenze und heben ungefähr fünfzigtausend Lire ab, während die beiden anderen im Hotel warten, dann fahren sie nach Mailand, wo sie mithilfe von Borsaros Kontakten, eines Profis im Schwarzhandel und Schmuggel, Kokain in einer Menge zwischen zehn und fünfzehn Kilo kaufen.

Der Untersuchungsrichter pfiff. Cesarella hatte schon bemerkt, dass ihn die Sache interessierte, er nickte seit geraumer Zeit und zwinkerte De Luca zustimmend zu. Fratojanni hatte die Brille abgenommen, putzte die Gläser mit einem Taschentuch und lächelte voller Bewunderung.

– Etwas später bringen sie auch Goldstein um, mithilfe einer Komplizin, eines Mädchens, das davor mit Gales befreundet gewesen war. Sie zerstückeln ihn und schneiden ihm den Kopf ab, doch da werden sie gestört.

– Wovon?, fragte der Richter.

De Luca hatte nicht vorgehabt, eine effektvolle Pause zu machen, er hatte sich bloß geräuspert. Aus einem Krug, den der Kellner auf einen kleinen Tisch gestellt hatte, goss er sich ein Glas Wasser ein, so schnell wie möglich, doch der Untersuchungsrichter fragte ihn schon wieder ungeduldig: *Wovon gestört?*

– Vom Bombenalarm am 24. Juli. Erinnern Sie sich? Auf echte Bomben waren wir gar nicht gefasst, und die ganze Stadt ist in Angst und Schrecken davongelaufen. Ich kann es nicht mit Gewissheit sagen, aber ich nehme an, dass auch die, die den armen Goldstein zerstückeln wollten, davongelaufen sind. In der Eile haben sie die wichtigsten Dinge mitgenommen, um eine Identifikation zu verhindern. Die Jacke und eben auch den Kopf.

Jetzt hatte er Zeit. Untersuchungsrichter Del Gobbo dachte nach, strich sich über den Bart, der genauso gepflegt war wie seine Hände, und De Luca goss sich noch ein Glas Wasser ein. Er trank es ruhig, genoss es, denn es war voller Eiswürfel und kalt. Cesarella und Fratojanni hingegen blickten den Untersuchungsrichter erwartungsvoll an.

– Zwei Fragen, sagte Del Gobbo plötzlich. – Ich bin mir sicher, der Kommissar besitzt viele Indizien, wenn nicht gar Beweise, um diese überzeugende und faszinierende Geschichte zu belegen.

Gales' Krawattennadel, Setalin unter Goldsteins Nägeln, die Bankbewegungen und die Reisen, in der Mappe lag auch die von ihm angefertigte Zeichnung mit den Kreisen und den Pfeilen. Wie zur Bestätigung schlug De Luca mit der Hand darauf. Fratojanni griff über Cesarella, der in der Mitte des Sofas saß, nahm die Mappe von den Knien De Lucas und begann die Dokumente durchzublättern. Hin und wieder hob er den Kopf, schüttelte ihn und sah dabei De Luca mit aufrichtiger Bewunderung an.

– Zwei Fragen, die mir der Kommissar freundlicherweise beantworten möchte.

Freundlicherweise. Offenbar bewunderte auch er ihn.

– Erstens: Wo ist der Koffer mit dem Kokain? Hat der Konsul ihn noch immer?

– Nein, das glaube ich nicht. Niemand vertraut ihm mehr, außerdem bin ich überzeugt, wenn er ihn noch hätte, hätte er ihn schon verspielt. Ich glaube, der junge Fürst verwahrt ihn.

– Und die zweite Frage. Was soll ich der Meinung des Kommissars nach tun?

– Ich wollte nur ganz kurz darauf hinweisen, wie delikat die Situation ist, sagte Cesarella. – Konsul Martina ist ein flüchtiger Faschist und steht im Zentrum einer Ermittlung wegen illegaler Bereicherung, die ich – wie ich betonen möchte – als einzige genehmigt habe. Der junge Fürst Della Valentina hingegen ist ein Spross aus adeliger Familie, die dem Königshaus sehr, aber wirklich sehr nahe steht, und in diesen Zeiten …

– Haftbefehl für den Konsul und den jungen Fürsten, sagte De Luca und zählte die Namen an den Fingern ab, – und für das Mädchen. Durchsuchungsbefehl für alle Orte, zu denen die Della Valentina Zugang haben, auch für den Palazzo des Fürsten Romolo.

– Genau, sagte Cesarella, – genau das wollte ich …

– Haftbefehl für den Konsul und das Mädchen genehmigt, sagte der Untersuchungsrichter, – was den Rest anbelangt, behalte ich mir die Entscheidung vor, bis ich den ausführlichen Bericht gelesen habe, ich hoffe, ich bekomme ihn so bald wie möglich. Fürs Erste fordere ich Doktor Cesarella auf, die Untersuchung seines Kommissars so gut wie möglich zu unterstützen.

Alle mit Ausnahme Fratojannis standen auf, der betrachtete die Akte auf seinen Knien und schüttelte dabei den Kopf.

– Ist das die Möglichkeit? Der Idiot hat die Spesen für eine Reise verrechnet, bei der er einen Koffer Kokain gekauft hat!

– Er ist nicht der erste Dieb, der sich auf Kleingeld stürzt, sagte der Untersuchungsrichter, – und auch nicht der letzte. Gute Arbeit, meine Herren, ich warte auf Neuigkeiten.

– Tasche. Oder Feuer.

Das war Polizeijargon, De Luca kannte ihn sehr gut. Die „Tasche" war ein alter Trick aus den Zeiten Giolittis, als die Polizisten ein Springmesser in die Tasche der Sozialisten schmuggelten, damit sie sie wegen illegalen Waffenbesitzes festnehmen konnten, deshalb gingen Sozialisten, Anarchisten und später Kommunisten immer mit zugenähten Taschen zu Versammlungen. „Feuer" bestand darin, an einem Ort, für den man keinen Durchsuchungsbefehl hatte, einen kleinen Brand zu legen, so konnte man sich Zugang verschaffen und ihn inspizieren. Es gab auch die Variante „Feuer" und „Tasche" in Kombination, man drang unter einem Vorwand ein und deponierte, was man dort finden wollte.

Er und Corradini lehnten am Tresen der *Osteria del Sole*, als Deckung hatten sie zwei Weingläser vor sich und beobachteten das Tor des Hauses gegenüber. De Luca hatte seines noch nicht angerührt, Corradini hingegen hatte auf nüchternen Magen schon das zweite getrunken, deshalb redete er mit lauter Stimme.

– Sobald Seine Exzellenz, der junge Fürst, herauskommt, setzen wir einen Jungen auf ihn an, der ihm etwas in die Tasche steckt. Am Ende der Straße stößt er auf uns, wir finden etwas in seiner Tasche und durchsuchen seine Wohnung. Oder wir legen ihm ein antifaschistisches Flugblatt vor die Tür und gehen unter dem Vorwand, wir suchten weitere, hoch. Pardon, kein antifaschistisches Flugblatt, sondern ein Flugblatt gegen Badoglio.

Außer ihnen war niemand im Lokal. Man brauchte Corradini gar nicht zuzuhören, es war offensichtlich, dass er und De Luca – mit Sakko, Krawatte und Hut – Polizisten waren, die Gäste der Osteria hatten rasch ihre Gläser ausgetrunken und waren gegangen, jetzt waren sie allein und starrten durch das Glasfenster auf die Straße.

– Oder die Variante Scheißdrauf. Wir gehen einfach hinein und aus. Wir sind Polizei oder nicht? Das haben wir immer so gemacht. Und sagen Sie mir nicht, das hat man zwar früher so gemacht, aber jetzt gäbe es kein Regime mehr, wir hätten Kriegsrecht!

– Diese Tricks kann man bei Arbeitern, Menschen aus dem Volk, Gewalttätern und Verbrechern anwenden, sagte De Luca, – aber nicht bei Fürsten. Wenn wir einen Fehlschlag landen, gefährden wir die ganze Untersuchung.

– Was machen wir dann hier?

– Unsere Arbeit als Polizisten. Wir warten, bis der junge Fürst herauskommt und folgen ihm.

Corradini zuckte mit den Achseln. Er klopfte mit dem Finger aufs Glas, damit die Bedienung, die mit verschränkten Armen an der Wand lehnte, es noch einmal füllte, dann schaute er wieder hinaus.

Das Holztor des Hauses Vicolo dei Ranocchi Nr. 13 war abgeblättert, vor der schnurgeraden Häuserzeile befanden sich keine Arkaden, das Wohnhaus des Fürsten wirkte eher wie ein Versteck als wie der Wohnsitz eines wenn auch verarmten Fürsten. De Luca war davon überzeugt, dass er hier den Koffer mit dem Kokain versteckte, und er war sich sicher, wenn er sich Zutritt zu der Wohnung hätte verschaffen können, hätte er den Fall gelöst. Stattdessen standen sie draußen und warteten, obwohl De Luca allmählich auch die *Stille Variante Scheißdrauf*, wie Rassetto sie nannte, in

Erwägung zog. Warten, bis der junge Fürst gegangen war, dann heimlich die Wohnung betreten, den Koffer suchen und entscheiden, was zu tun war. Della Valentina war zu Hause, das erkannten sie am roten Topolino, der an der Ecke zwischen dem Vicolo dei Ranocchi und der Via degli Orefici auf dem Bürgersteig stand.

Als Corradini das dritte Glas ausgetrunken hatte, tauchte plötzlich das Mädchen auf.

Wäre sie nicht direkt vor dem Tor stehen geblieben, hätten sie sie gar nicht erkannt, denn sie sah ganz anders aus. Ohne schwarze Strümpfe, ohne getüpfelte Damenbluse, die krausen Haare zu einem Knoten im Nacken gebunden und nicht offen wie eine Diva, sah sie tatsächlich aus wie ein Schulmädchen auf dem Weg nach Hause. Nur die Ballerinas waren dieselben.

Wenn sie auf der Straße weitergegangen wäre, hätten sie sie nicht einmal bemerkt, doch sie hatte die beiden Polizisten in der leeren Osteria entdeckt und war überrascht stehen geblieben, unentschlossen, ob sie einen Schritt vor oder zurück machen sollte, deshalb war sie ihnen aufgefallen.

– Sie ist's!, sagte De Luca und sprang auf, gefolgt von Corradini, der bei jedem Glas fünf Cent auf den Tresen gelegt hatte, um jederzeit davonlaufen zu können, doch er wäre auch so gegangen …

Veronica hatte sich inzwischen für einen Schritt zurück entschieden, hatte auf den Zehenspitzen eine Pirouette gemacht wie eine Tänzerin und war davongelaufen. Sie rannte um die Ecke und sauste zwischen den Ständen des alten Fischmarkts durch, und wenn sie um Hilfe geschrien hätte und wenn die Frauen, die sich um den letzten Stockfisch stritten, gesehen hätten, wie sie von zwei Besessenen verfolgt wurde, hätten sie ihr vielleicht geholfen, doch De Luca hatte bereits gerufen, *Stehen bleiben! Polizei!*

Sie war sehr schnell, sie war ja klein und leichtfüßig und sie schaffte es die ganze Straße hinunter bis zur Kreuzung an der Via Drapperie, doch dann schnappte Corradini sie an den Schultern und presste sie mit vollem Schwung gegen die Mauer. Aufgrund des Aufpralls waren beide benommen, doch Veronica befreite sich aus seinem Griff und lief weiter. Corradini fluchte, packte sie am Haarknoten, bekam eine Ballerina zu fassen, die sie verloren hatte, und schlug sie damit auf den Hintern, von oben nach unten, sie kreischte.

– Halt, sagte De Luca zu Corradini, *Polizei,* sagte er zu zwei Soldaten auf Freigang, die näher kamen, und *Du bist festgenommen* zu Veronica, er keuchte vom Laufen und bückte sich, legte die Hände auf die Knie und atmete mit weit aufgerissenem Mund.

– Wo ist der Koffer?, fragte er, sobald er wieder zu Atem gekommen war.

Veronica wimmerte unter Corradinis Pranken, der sie an den schmalen Schultern festhielt. Gesenkter Blick und zusammengekniffene Lippen, die vom Schluchzen bebten.

– Ich bin nicht hinter dir her, du interessierst mich nicht, sagte De Luca. – Ich könnte dich auch laufen lassen, doch du musst mir sagen, wo der Koffer mit den Drogen ist. In der Wohnung des jungen Fürsten? Und er zeigte hinter sich in Richtung des Vicolo dei Ranocchi. – Ist er dort?

Das Mädchen hob den Blick, durch die zurückgekämmten Haare schienen ihre Augen noch enger an der griechischen Nase zu stehen, sie hörte auf zu weinen und grinste. Bösartiger Blick und bösartiges Grinsen, den nackten Fuß ans Knie gelegt wie ein Storch, lehnte sie sich an Corradini, der sie von sich wegschob. Auf der Straße, ein paar Häuser weiter hinten, befand sich eine Bäckerei, ein altes Paar war gerade herausgekommen, ein schwarzer Brotlaib lugte aus einer Papiertüte. Sie sahen sie neugierig und besorgt an, also gab De Luca Corradini ein Zeichen, der ließ das Mädchen einen Augenblick lang los und warf ihm Handschellen zu, gleich darauf packte er sie wieder.

– Dann verhafte ich dich wegen Mordes an Herbert Gales und Eli Goldstein. Und wegen Beihilfe zum Mord an Borsaro und Franchino. Ich sorge dafür, dass du lebenslang bekommst, das bedeutet, du kommst nicht einmal als alte Frau frei.

Er klimperte mit den Handschellen, das reichte, damit das Paar mit dem Brotlaib die Flucht ergriff. Veronicas Grinsen hingegen wurde noch bösartiger, ihre Augen und ihre Lippen waren nur noch schmale Schlitze.

– Soll ich dir was über meinen Onkel sagen? Sanfte Stimme, wie ein Kind, mit stimmhaftem S. – Valentino hat ihn mit einer Schnur erwürgt, sie machte eine entsprechende Geste mit den Händen und streckte auch die Zunge seitlich raus, – als wir alle in dem alten Haus waren, und dann hat er ihn zerstückelt. Er macht so was gern, er hat mir erzählt, dass es ihm schon als Kind gefallen hat, jemandem wehzutun. Ich erzähle es dir gern, später kann ich ja immer noch sagen, es stimmt nicht, ihr hättet mich geschlagen.

Corradini schubste sie nach vorne, denn sie lehnte sich an ihn und drückte ihn gegen die Wand. De Luca warf ihm einen Blick zu, denn er schien drauf und dran, dem Mädchen einen Schlag auf den Kopf zu versetzen, er hatte schon die Hand erhoben, hielt jedoch inne.

– Oder soll ich dir was von dem Juden erzählen? Ich habe ihn in das alte Haus geführt, Vale ist von hinten gekommen und hat ihn ebenfalls erwürgt, sie streckte wieder die Zunge raus, diesmal auf der anderen Seite –, er hatte gerade die Hände auf meinen Beinen und hat so fest zugedrückt, dass ich blaue Flecken bekam. Dann bekamen wir Angst vor den Bomben und sind davongelaufen.

Wie heraufbeschworen zerriss in diesem Augenblick das Heulen der Sirene die Luft. Veronicas Blick verdüsterte sich, aber eher aufgrund der Überraschung und nicht, weil Corradinis Hände sie instinktiv noch fester an den Schultern packten. Sie versuchte wieder bösartig zu grinsen und dabei De Luca anzusehen, der hochgefahren war, doch dann folgte schon der zweite Fliegeralarm, und beim dritten war ihr Ausdruck nicht mehr überrascht, sondern verwundert und dann ängstlich.

– Oje!, sagte Corradini und wollte sich schon in Bewegung setzen, doch De Luca hob die Hand.

– Wo ist der Koffer?

Corradini blickte zum Himmel auf, an dem der letzte Sirenenton verhallte. Der Alarm hatte jedoch nicht aus einem einzigen Stoß bestanden, was ganz allgemein Fliegeralarm, vorbeifliegendes Flugzeug, bedeutete, sondern aus drei Heultönen, es war ein richtiger Alarm gewesen, *qual bòn,* wie die Bologneser sagten, ein Bombengeschwader im Anflug auf die Stadt.

– Kommissar, das ist kein falscher Alarm, sie kommen wirklich!

– Wo ist der Koffer?

– Hauen wir ab, das ist ein richtiger!

Corradini hatte es auch im Dialekt gesagt, *L'è qual bòn,* denn das Schweigen, das sich unwirklich und schwer auf die ganze Stadt gesenkt hatte, ein Schweigen wie auf dem offenen Land nach einem Donner, legte die Nerven blank.

– Niemand rührt sich von der Stelle. Sag mir, wo der Koffer ist!

Auch Veronica hatte Angst. Ihre Lippen schienen sich verknotet zu haben und ihre Augen standen noch enger bei der Nase, aber sie sagte nichts.

Dann folgte wirklich ein Donner. Einer von jenen, die in der Ferne beginnen, immer lauter und runder werden, ein Gewitter, das schnell über ihren Köpfen hinwegzog, alle, auch De Luca, hoben den Kopf, er hätte seine Frage gern wiederholt, doch die Luft um ihn vibrierte so heftig, dass er glaubte, das Gleichgewicht zu verlieren.

Alle Hunde in der Stadt begannen gleichzeitig zu heulen.

Beim ersten, noch fernen dumpfen Aufprall schreckten sie hoch, allerdings ohne sich zu bewegen, mit gebeugten Knien, denn die Pflastersteine unter ihren Füßen hatten offenbar kaum spürbar gebebt. Das Heulen, das die Luft zerkratzte, als würde ein Nagel über eine Schultafel schaben, ließ sie vor Angst erstarren. Dann stürzte ein Palazzo am Ende der Straße ein und die Straße füllte sich wie durch einen Windstoß mit Staub.

Corradini brüllte und ließ das Mädchen los, das davonstob. De Luca rannte ihr nahezu instinktiv nach, während der Boden infolge einer weiteren Explosion erzitterte, aber diesmal wirklich.

Veronica schlüpfte zwischen den Beinen eines Mannes mit Bäckerschürze hindurch, der aus einem offenen Tor trat, und lief ins Gebäude. De Luca folgte ihr, zwinkerte, um sich an das Halbdunkel in der leeren Bäckerei zu gewöhnen, und sah, dass Veronica hinter den Tresen sprang. Er erwischte sie und warf sich auf sie, sie zitterte wie ein Hase, doch er wollte sie gar nicht mehr verhaften, er wollte ihr das Leben retten.

– Weg von hier, los, schrie er, doch er hörte seine Stimme nicht mehr, sie wurde von einer ganz nahen Explosion draußen auf der Straße übertönt, die Glasscheibe der Bäckerei barst, und die Scherben trafen die Wand oberhalb von ihnen.

De Luca drückte das Mädchen an sich, doch der Instinkt des Mädchens war mächtiger als seiner, denn sie befreite sich und lief, nahezu auf allen vieren, hinter der Theke hervor. Sie lief durch eine weitere Tür, die ins Innere des Gebäudes führte und die durch die Explosion aus den Angeln gehoben worden war, und De Luca folgte ihr über die Treppe, er rutschte hinauf, an den Handlauf geklammert, um nicht völlig das Gleichgewicht zu verlieren.

Es war eine kleine, fast leere Abstellkammer, nur ein paar Weidenkörbe in einer Ecke und ein Stapel Mehlsäcke in der Mitte. Flink wie eine Maus, noch immer nahezu auf allen vieren, schlüpfte Veronica unter die Körbe und De Luca folgte ihr.

Mit dem Rücken an der unverputzten Mauer, in einer kühlen und feuchten Dunkelheit wie in einem Keller, kam es ihnen vor, als wären die Bomben weiter weg und sie befänden sich in Sicherheit wie in einem Luftschutzkeller. Veronica drängte sich an De Luca, er hielt sie fest umarmt, nicht zuletzt, weil er spürte, dass sie zur Tür strebte, bereit, so bald wie möglich davonzulaufen.

– Wo ist der Koffer?, flüsterte er in das Ohr, das ganz nah bei seinem Mund war, der Staub knisterte.

– Was für ein Koffer?, sagte sie, schon etwas weniger zitternd.

– Stell dich nicht dumm. Den ihr in Mailand abgeholt habt.

– Ich war nie in Mailand.

Aufgrund einer Explosion ganz in der Nähe duckten sie sich, De Luca zog den Kopf zwischen die Schultern, sie presste ihren an seine Brust. Sie drückten sich aneinander, nicht zuletzt, weil er aufs Neue spürte, wie sie sich anspannte, wie das Zucken eines Fisches, in Richtung Tür hin. Er bemerkte, dass Veronica etwas in die Hand genommen hatte, etwas Kantiges, das in der Dunkelheit aussah wie ein Stein, also schüttelte er sie. Er hatte Corradinis Handschellen verloren, deshalb packte er das Mädchen an den Handgelenken und drückte sie fest.

In diesem Augenblick explodierte etwas über ihnen und das ganze Gebäude erbebte bis zum Keller. Ein dumpfer Knall von oben, dann ein zweiter, der sich in ihre Richtung fortsetzte, dann ein letzter: Die Decke der Abstellkammer brach ein und Staub und Licht überschwemmten sie, während ein schwarzes, bauchiges Etwas eindrang: metallischer Geruch und Trümmer.

Veronica brüllte und De Luca drückte ein paarmal fest die Augen zusammen, damit die roten Funken nicht länger vor seinen Augen tanzten.

Eine Bombe.

Sie hatte die oberen Stockwerke des Gebäudes durchschlagen und war mit der Schnauze in den Mehlsäcken stecken geblieben.

Ein Blindgänger.

Veronica hörte auf zu schreien, schnellte hoch und lief davon, De Luca hielt sie an den Hüften wie eine Tänzerin. Er berührte die Bombe und zog die Hand zurück, als ob er sich verbrannt hätte.

– Er ist im Auto!, schrie sie, so laut, dass De Luca im ersten Augenblick gar nicht verstand, was sie sagte.

– Der Koffer ist im Auto! Im roten Topolino! Im Kofferraum!

– Im Auto?, sagte De Luca verblüfft und wiederholte *Im Auto?*, doch die Frage war allenfalls an ihn selbst gerichtet, denn Veronica war im Halbdunkel, in dem Staub und Mehl schimmerten, entwischt, er war jetzt allein mit der Bombe.

Auch De Luca rannte hinaus, sobald er sich der Situation bewusst geworden war. Das Heulen der Sirene gab Entwarnung, doch die Straße war noch immer leer, die Trümmer eines eingestürzten Palazzos versperrten den Weg. Es war, als ob Nebel über der Straße läge, so dicht und rau, dass es in den Augen brannte und man husten musste.

De Luca erkannte Corradini tatsächlich am Husten, er sah, wie er schwankend aus einer schwarzen Rauchwolke auftauchte, ohne

Jacke und ohne Krawatte, voller Staub, wie ein Gespenst. Er zerrte ihn am Arm weg und sagte, *Verschwinden wir*, De Luca dachte nämlich nur an eines. Nicht daran, dass die Mauern in jedem Augenblick einstürzen konnten, nicht an den zu Tode erschrockenen Corradini und auch nicht daran, dass die nicht explodierte Bombe ihn beinahe umgebracht hätte, er dachte nur an den Koffer voller Kokain im Kofferraum des roten Topolino, der in der Gasse parkte.

Also lief er über die Via degli Orefici, zerrte Corradini am Ärmel hinter sich her wie ein Kind, doch an der Ecke hielt er inne.

Der Topolino stand mitten auf der Straße, zerquetscht und verrenkt wie eine zertretene Eidechse. Wahrscheinlich infolge der Detonation, denn er war nicht verbrannt, seine Farbe war allerdings nicht mehr zu erkennen. Eine übermenschliche Kraft hatte ihn zusammengequetscht, die Motorhaube abgehoben und nach hinten, in den aus den Angeln gehobenen Kofferraum versetzt, er wirkte wie ein offener Mund mit herausgestreckter Zunge, der einen stummen Schrei von sich gab.

Der Koffer war nicht mehr da. De Luca blickte sich um und stellte fest, was von ihm übrig geblieben war. Auseinandergerissen wie die Hülle eines Kondoms, der Inhalt war über die ganze Straße verteilt, hatte sich zwischen Glasscherben, Verputz und Ziegelresten mit dem Staub vermischt.

– Helft uns!

Zwei Soldaten auf Freigang gruben mit bloßen Händen in den Trümmern eines Hauses, das vornüber wie eine Sandburg unter der Wucht einer Welle eingestürzt war. Auch sie sahen aus wie zwei staubbedeckte Gespenster, Corradini war zu ihnen geeilt und wühlte wie rasend in den Trümmern.

De Luca erstarrte, als stünde diesmal er unter Schock. Er hatte sich derart auf die Reste des Koffers konzentriert, dass ihm gar nicht aufgefallen war, dass ausgerechnet das Haus Vicolo dei Ranocchi Nr. 13 eingestürzt war.

Dann fluchte einer der Soldaten laut, De Luca drehte sich um, und diesmal musste er die Krawattennadel in Form eines Violinschlüssels gar nicht sehen, er wusste auch so, dass die blutüberströmte Leiche, die zwischen Holzsplittern und kaputten Ziegeln auftauchte, die des jungen Fürsten Valentino Morri Della Valentina war.

Ein paar Tage später wurde Konsul Martina in Peschiera del Garda von den Carabinieri verhaftet.

Ein Gefreiter hatte ihn erkannt, ihm war der nachdenkliche kleine Mann, der auf einer Bank im Hafen saß, aufgefallen, als er zufällig mit dem Fahrrad vorbeifuhr. Er starrte wie hypnotisiert auf die Reflexe der untergehenden Sonne im Wasser, und gleichzeitig zitterte er wie im Bann einer nicht zu stillenden Unruhe.

Der Gefreite hatte gedacht, er wolle sich das Leben nehmen und von der Mole springen, so etwas war schon einmal passiert, also hatte er ihn um seine Papiere gebeten.

Doch abgesehen vom Zittern war der Mann ganz ruhig, als der Gefreite seinen Verdacht äußerte, hatte er zu lachen begonnen, er wolle nur etwas Luft schnappen, bevor er zum Abendessen in seine Pension ginge, und als er einen funkelnagelneuen Personalausweis vorzeigte, lächelte er noch immer, er lächelte genauso wie auf dem Foto des Ausweises, auf dem ein ganz gewöhnlicher Name stand.

Doch der Gefreite hatte ihn anhand des Fotos erkannt oder, besser gesagt, eben an dem Lächeln, das genauso aussah wie das auf dem Fahndungsfoto an der Wand der Polizeiwache. Glatte, zurückgekämmte Haare und eine Hakennase wie eine Krähe.

Jetzt saß Amedeo Martina, der Ex-Konsul der Miliz, in der Kaserne von Peschiera und wartete darauf, nach Verona und dann weiter nach Bologna überstellt zu werden.

Aber es gab ein Problem.

Aufgrund gewisser Informationen, sagte der Maresciallo, den De Luca angerufen hatte, nachdem das Präsidium per Phonogramm von der Festnahme unterrichtet worden war, wisse man, dass der obengenannte Ex-Konsul eine gewisse Villa in einem Dorf am See frequentierte, zwar nicht regelmäßig, doch mit einer gewissen Häufigkeit. Der Maresciallo hatte die Villa nicht genauer beschrieben, als wisse De Luca ohnehin, worum es sich handelte: um eine Nebenstelle des Büros, das die Verbindung zwischen den hier stationierten deutschen Truppen und den italienischen herstellte. Den Deutschen also.

Ja, sicher, natürlich sind wir in Italien und wir befehlen, nicht sie, doch in Verona hatte man ihm gesagt, er solle warten, bis man weitere Informationen eingeholt hatte, und das tat er auch, der Kommissar solle sich keine Sorgen machen, sie wussten, dass dem Mann vier Morde vorgeworfen wurden, doch er war hinter Schloss und Riegel, er liefe schon nicht davon.

Dasselbe sagte auch Cesarella, als De Luca mit dem Phonogramm in der Hand in sein Büro platzte, und zwar mit fast denselben Worten.

– Natürlich sind wir in Italien, mein Junge, wir befehlen, nicht die Deutschen, doch warum sollten wir uns beeilen? Wir warten auf weitere Informationen, der Konsul ist hinter Schloss und Riegel, oder?

– Wir könnten sie bitten, die Verlegung zu beschleunigen.

– Warum sollten wir? Dein Fall ist so gut wie abgeschlossen. Der junge Fürst ist tot, das Rauschgift ist perdu, und der Konsul ist im Knast. Was willst du mehr, deinen Namen in der Zeitung?

– Aber nein …

– Was dann? Übergib alles dem Untersuchungsrichter und gute Nacht. Er soll den Konsul festnageln. Den jungen Fürsten, er ruhe in Frieden, hat ja schon der liebe Gott mit einer Bombe der Alliierten bestraft. Hör auf mich, mein Junge, gib Frieden.

Er versuchte es. Wenn er mit den Händen im Nacken und den Füßen auf dem Schreibtisch im Büro vor dem Ventilator saß, versuchte er sich einzureden, dass Scimmino recht hatte, er hatte seine Untersuchung beendet, er hatte herausgefunden, was passiert war und wer in den Fall verwickelt war, er hatte seine Pflicht getan, er hatte getan, was sein Beruf, seine Leidenschaft von ihm verlangten, gut, er hatte getan, was er als Polizist tun musste, und jetzt reichte es.

Es war nicht länger seine Angelegenheit.

Und er hatte einen hohen Preis dafür bezahlt. Er hatte Lorenza seit Tagen nicht gesehen, und als er sie endlich angerufen hatte, war sie wütend gewesen, sie sagte, sie habe gleich nach dem Bombardement auf dem Präsidium angerufen, um zu erfahren, wie es ihm ginge, hatte ihn jedoch nicht erreicht und war bis am Abend, als er schließlich angerufen hatte, in Sorge gewesen.

Corradini hatte sich versetzen lassen, und als er gekommen war, um sich zu verabschieden, hatte er ihm nicht einmal die Hand gedrückt und zwischen den Zähnen *Du hast mich fast umgebracht* hervorgestoßen, er hatte ihn geduzt.

Es reichte also. Es war nicht mehr seine Angelegenheit.

Warum dachte er dann ununterbrochen daran? Wollte er dem Konsul die Handschellen persönlich anlegen und ihm dabei ins Gesicht sehen?

Nein. Besser gesagt, nicht nur.

Irgendetwas passte nicht zusammen.

Ein Detail ging ihm nicht aus dem Kopf, selbst als er schon alles verarbeitet hatte: den Tod des Fürsten, das auf der Gasse verstreute Kokain, den säuerlichen metallischen Geruch der Bombe, die ihn beinahe zerfetzt hätte und von der er Lorenza gar nichts erzählt hatte, all die Gefühle, die ihn plötzlich übermannt hatten und deretwegen er ins Bad gelaufen war und gekotzt hatte.

Das Gesicht des Mädchens passte nicht ins Bild. Nein, nicht das Gesicht, die Augen: die schwarzen, eng stehenden Augen, die beim Lügen dunkel und gleichgültig blieben oder vor Genugtuung böse glitzerten, in denen jedoch eine echte und nicht gespielte Überraschung aufgeleuchtet hatte, als er sie fragte, ob sie das Rauschgift in Mailand abgeholt hatten.

Ich war nie in Mailand.

Das war wohl die Wahrheit, und das bedeutete, dass etwas nicht stimmte.

Immer wenn De Luca über die vom Konsul belegten Reisen nachdachte, war er davon ausgegangen, dass auch Veronica mit von der Partie gewesen war. Vor allem deshalb, weil der junge Fürst jemand dabeihaben wollte, der mehr Autorität besaß als Borsaro, und weil immer jemand das Lager im Gehöft bewachen musste, und das war für gewöhnlich Franchino.

Sobald der Konsul in Bologna ankam, würde er ihn fragen, und sei es auch nur, um wieder ruhig schlafen zu können.

Doch als er weiter grübelte, fiel ihm ein, dass auch noch etwas anderes nicht passte.

Als Massaron erwähnt hatte, dass der Milizsoldat einen Koffer mit verstärkten Kanten davongetragen hatte, hatte er von einer Tasche gesprochen. Dann hatte er *kleiner Koffer* gesagt, und als De Luca nachgefragt hatte, hatte er nach wie vor *Koffer* gesagt und mit den Händen eine Art Aktenkoffer beschrieben, braun, wahrscheinlich aus Leder, mit einem Fassungsvermögen, das er gemeinsam mit dem Buchhalter Pini berechnet hatte.

Doch ursprünglich hatte er *Tasche* gesagt.

Deshalb zog De Luca die Hände hinter dem Kopf hervor, richtete sich auf und rief Massaron, der es diesmal geschafft hatte, eine ganze Zeile mit der Maschine zu schreiben, ohne dass sich die Typen verhakten.

Ein kleiner Koffer oder eine Tasche?

Das Gedächtnis, vor allem das optische Gedächtnis, gehörte nicht zu den herausragenden Fähigkeiten des Wachtmeisters Massaron. De Luca wusste, wie man Augenzeugen behandeln musste, also stellte er ihm eine Reihe Fragen, und schließlich kam er, wenn auch nicht völlig überzeugt, zu dem Schluss, dass es sich nicht um einen Aktenkoffer, sondern vielmehr um eine Tasche handelte, eine Art Arzttasche, nach wie vor mit metallischen Verstärkungen, doch mit einem etwas breiteren Boden. Und wenn es sich um eine Falttasche handelte, dann hatte sie ungefähr doppelt so viel Fassungsvermögen gehabt wie der entzweigerissene Koffer, den er in der Gasse gesehen hatte.

Er verfluchte sich dafür, dass er ihn nicht aufgelesen hatte, doch auch er war aufgrund des Bombardements völlig durcheinander gewesen, dann zog er den Füller heraus und kritzelte etwas auf ein Blatt Papier.

Kokain um fünfzigtausend Lire zum aktuellen Marktwert, ja, das waren zwischen zwanzig und dreißig Kilo, doppelt so viel wie ursprünglich angenommen.

Auch das würde er den Konsul fragen.

Nur, damit er wieder gut schlafen konnte.

Fratojanni klopfte an die Tür.

– Störe ich?

– Bitte, sagte De Luca, doch der Hauptkommissar blieb an der Tür stehen.

– Doktor Cesarella hat mir von der Festnahme Martinas erzählt, ich bin jetzt sein – sagen wir – politischer Berater. Ich habe lange nachgedacht und ich möchte Ihnen gerne eine Idee unterbreiten.

De Luca deutete mit der Hand auf den Schreibtisch, als wolle er sagen, er sei besetzt, Fratojanni lächelte und zuckte mit einer derart wehrlosen Miene mit den Schultern, dass man ihm nicht böse sein konnte.

– Ich weiß, sagte er, – bis jetzt habe ich mich nicht sehr hervorgetan. Ich bin kein Detektiv, das habe ich verstanden und mich damit abgefunden. Aber ich bin mir sicher, Sie werden zumindest interessant finden, was ich herausgefunden habe. Möchten Sie?

– Von mir aus, sagte De Luca.

– Darf ich Sie zum Essen einladen? Ich habe heute das Mittagessen ausgelassen und bin hungrig. Aber gehen wir gleich, ich esse früh zu Abend. Möchten Sie?

Sie gingen in eine winzige Trattoria in einer Quergasse der Via Righi, vier Tische mit kariertem Tischtuch und Strohstühlen, ein Fenster auf die Straße, mit einem Vorhang davor, und ein winziges Fenster auf den Kanal. Aber es gab Musik und es duftete nach gegrilltem Fisch, dass einem das Wasser im Mund zusammenlief.

– Aus zwei Gründen komme ich jeden Donnerstagabend hierher, sagte Fratojanni. – Die Musik, und er zeigte auf das korbförmige Ducati-Radio, das wie eine Blumenvase auf einer Säule in der Ecke stand, – und der Wolfsbarsch. Er zeigte auf die Küche hinter einem Holzperlenvorhang. – Musik gibt es immer, Wolfsbarsch jedoch nur am Donnerstag. Deshalb sperrt Signora Maria nur für Stammkunden auf.

Tatsächlich hatten sie ans Glasfenster geklopft, eine Frau mit Schürze und Kopftuch hatte ihnen geöffnet und die Tür hinter ihnen wieder geschlossen. In der Gaststube war außer ihnen nur ein älteres Paar: ein Mann und eine Frau, brave, gut gekleidete Bürger, Feinschmecker, sie sahen sie nicht einmal an, so beschäftigt waren sie mit dem Essen.

– So was bekommt man nicht mit Lebensmittelmarken, sagte Fratojanni und setzte sich an den Tisch ganz hinten, mit dem Rücken zur Wand, um De Luca den bequemeren Platz zu überlassen. – Aber wir sind Gesetzeshüter, da können wir uns hin und wieder einen kleinen Gesetzesbruch leisten …

Die Wirtin brachte zwei Teller mit je einer Wolfsbarschhälfte. Die Hälfte mit dem Kopf stellte sie vor Fratojanni hin, doch der tauschte sie gegen De Lucas Hälfte. Der wollte ablehnen, doch das Wasser war ihm im Mund zusammengelaufen, er konnte fast nicht mehr schlucken. Auf dem Tisch stand ein halber Liter perlender Weißwein, Fratojanni goss ein. Er hob sein Glas und stieß mit De Luca an, ohne Trinkspruch.

Er schien es nicht eilig zu haben, seine Idee vorzutragen, und De Luca hatte es nicht eilig, sie sich anzuhören. Auch er hatte seit dem Morgen nichts gegessen, und obwohl ihn Lorenza seit einigen Tagen mästete, hatte er seit einer Weile nicht mehr an einem Tisch gesessen. Und außerdem war ein Fisch, noch dazu so zubereitet, etwas Außergewöhnliches.

– Der kostet wohl ein Vermögen, sagte De Luca.

– Normalerweise schon. Aber … darf ich Ihnen ein Geheimnis verraten? Ich habe Sie zwar eingeladen, aber auch ich zahle nicht. Signora Maria ist mir dankbar, weil ich alle wissen lasse, dass ich hin und wieder hierherkomme, und so nehmen die Kollegen Abstand von unangenehmen Kontrollen.

Fratojanni zuckte mit den Achseln, lächelte wieder auf die sanfte, fast kindliche Weise, dann konzentrierte er sich wieder auf seinen Wolfbarsch, entfernte die Gräten.

– Was für einen Schaden richten wir denn an? Wir kommen zu viert oder fünft, ich glaube nicht, dass wir damit die Versorgung gefährden, oder?

Nein, dachte De Luca, obwohl er fast ein schlechtes Gewissen hatte. Doch in diesem Augenblick lief im Radio eine Instrumentalversion von *Mille lire al mese* und er musste an Lorenza denken, wie süß sie war, und er empfand eine derart herzzerreißende Sehnsucht, dass er schon fragen wollte, ob es ein Telefon gab, er hätte sie gern angerufen und ihr gesagt, dass er danach zu ihr in die Villa in den Hügeln kommen würde.

Was für ein Zufall, kaum war der Schlager zu Ende, spielte das Radioorchester *Il valzer di ogni bambina*, und die Sehnsucht wurde noch stärker.

Die Erinnerung an Lorenza, die eng umschlungen mit ihm tanzte, der Frieden und die Ruhe in der Trattoria, auch der Geschmack des gebratenen Wolfsbarsches, De Luca hob das Glas zu einem schweigenden Prost, einem schweigenden Dank, und Fratojanni beeilte sich, das seine zu heben.

– Jetzt erzähle ich Ihnen, was ich denke, sagte er und legte das Besteck seitlich auf den Teller, auf die völlig abgeknabberte Fischgräte. – Ich denke, früher oder später wären Sie sowieso draufgekommen, dass auch ich zu der Bande gehörte.

– Wie bitte?, sagte er.

– Sie sind so tüchtig, sobald Konsul Martina in Bologna ist, wird er Ihnen alles gestehen, um seinen Arsch zu retten, oder Sie werden von selbst draufkommen: Ich bin ein Komplize des Konsuls und des jungen Fürsten Della Valentina.

De Luca glaubte, nicht recht zu hören. Die Musik, der Wolfsbarsch, die Ruhe, das liebe Lächeln eines um Entschuldigung bittenden Kindes.

– Sie sind der vierte Mann, sagte er.

– Der vierte … ja, wenn Sie von Mailand sprechen. Auch Borsaro war dabei, doch ich betrachte ihn nicht als Teil der Bande, er bot nur seine Dienste als – nennen wir es – Schmuggelprofi an. Und seine Kontakte.

De Luca steckte die Hand in die Tasche und packte die Pistole. Fratojanni nahm einen Schluck Wein und behielt ihn im Mund, wie um zu spülen, allerdings zurückhaltend, ohne Lärm zu machen.

– Ich weiß nicht, ob ich mir was drauf einbilden sollte, aber den Grundstein für den Plan habe ich gelegt. Die beiden brauchten Geld, auch ich brauchte Geld, Sie wissen ja, wie es um unsere Rente bestellt ist, noch dazu im Krieg, nun, Sie wissen, was ich meine. Rauschgift versprach ein gutes Geschäft zu sein, Della Valentina kannte den Schwarzhändler und hatte Freunde in Mailand, Martina sicherte Schutz zu, ich habe das Geld aufgetrieben. Sie wissen ja, dass ich davor im Fremdenamt in Parma war, oder? Ich habe die richtigen Personen ausgesucht, sie hierhergeschickt, der Rest ist Geschichte, zumindest für sie.

– Warum sagen Sie mir das?

De Luca umklammerte die Pistole so heftig, dass er sich zusammenreißen musste, um nicht einen Schuss in die Tasche abzugeben. Fratojanni zuckte aufs Neue mit den Achseln. Er teilte den restlichen Wein auf zwei Gläser auf.

– Sie wären ohnehin von selbst draufgekommen. Ich habe mir eine schöne Geschichte einfallen lassen, so originell, dass sie glaubhaft wirkte, der Kanun, ich dachte, sie würde Ihnen gefallen, aber nein … ich hätte es mir denken können, Sie sind der berühmte Kommissar De Luca.

Fratojanni seufzte kopfschüttelnd. Im Radio ertönte die sanfte Stimme Alberto Rabagliatis, er sang *Vieni, c'è una strada nel bosco.*

– Ich dachte, es würde funktionieren, flüsterte er, ehrlich enttäuscht. – Mit drei Dingen habe ich allerdings nicht gerechnet: Mussolinis Fall, dem Trottel Martina und dem Scharfsinn des berühmten Kommissars. Ach ja, fast hätte ich es vergessen: das Bombardement vom 24. Juli.

Jemand war hereingekommen. Sie hatten kein Klopfen gehört, auch nicht, dass die Frau die Tür öffnete, doch jetzt war noch jemand in der Trattoria. De Luca sah die Person aus den Augenwinkeln, eine dunkle und untersetzte Silhouette. De Luca verrenkte sich auf dem Stuhl, denn er hatte den Krauskopf mit der Narbe erkannt, der versucht hatte, ihn mit der Eisenstange umzubringen.

Er wollte schon die Pistole ziehen, doch Fratojanni berührte ihn ganz selbstverständlich und ruhig am Arm, sodass er innehielt. Der Krauskopf setzte sich an den Tisch, an dem davor das ältere Paar gesessen hatte, mit dem Rücken zu ihnen.

– Es ist wie mit dem Wolfsbarsch. Einer für uns und einer für das Paar von vorhin. Zwei Fische, was für einen Schaden haben wir angerichtet? Ein Staatenloser und ein Internierter. Wen interessiert das? Ich will nicht leugnen, dass wir es nicht noch einmal gemacht hätten, aber glauben Sie mir, ich hätte nur solche Leute ausgesucht. Juden, Flüchtlinge, Staatenlose, Internierte, zwei oder drei, höchstens vier, nicht mehr? Wen interessiert das? Wer vermisst die? Jeden Tag verschwindet ein Haufen Menschen, wir sind im Krieg, Sie haben doch die Zeitung gelesen, Neapel wurde zum neunundneunzigsten Mal bombardiert, dort zählen sie die Toten gar nicht mehr.

– Es reicht, sagte De Luca. – Es reicht mir. Sie kommen jetzt beide mit, ich nehme Sie fest.

Hinter ihm rührte sich was. Der Krauskopf saß noch immer mit dem Rücken zu ihm, er sah aus den Augenwinkeln, dass sich irgendetwas bewegte. Fratojanni hingegen lehnte völlig entspannt mit dem Rücken an der Wand.

– Ich bitte Sie nachzudenken. Schlafen Sie darüber und morgen unterhalten wir uns weiter. Warum die Eile? Niemand läuft davon. Sie haben doch Ihren Chef gehört, wie nennen Sie ihn, Scimmino, der Affe, nicht wahr? Der Fall ist abgeschlossen.

– Und das restliche Kokain?

Plötzlich war der liebe Kinderblick verschwunden. Fratojannis Augen hinter der Brille waren trüb geworden wie die Veronicas, sie schienen sogar enger beieinander zu stehen, als die des Mädchens, und einen Augenblick lang dachte De Luca, vielleicht hatte er sich geirrt, vielleicht war sie nicht die Geliebte des jungen Fürsten, denn nicht ihm ähnelte sie am meisten.

In diesem Augenblick verklang die Musik. Sie hatten es fast nicht bemerkt, nicht zuletzt, weil die Stimme aus dem Lautsprecher umsonst versuchte, voll zu klingen, sie war eher bombastisch als respektgebietend, doch aufgrund der Lautstärke setzte sie sich durch …

„Die italienische Regierung hat die Unmöglichkeit erkannt, den ungleichen Kampf fortzusetzen …“

– Das ist Maresciallo Badoglio, sagte Fratojanni.

„Sie hat General Eisenhower, den Oberbefehlshaber der angloamerikanischen Streitkräfte, um einen Waffenstillstand gebeten. Die Bitte ist angenommen worden.“ In der Küche fielen Teller zu Boden.

– Der Krieg ist aus!, schrie jemand, und Signora Maria kam mit den Händen am Kopf hinter dem Vorhang hervor.

De Luca sprang mit gezogener Pistole auf. Auch der Krauskopf sprang auf, doch De Luca war schneller und schlug ihm mit dem Lauf der Beretta ins Gesicht, der andere schrie, wahrscheinlich hatte er jetzt eine zweite Narbe.

Fratojanni rührte sich nicht, er breitete nur sehr langsam die Arme aus und hielt sie auf halber Höhe. Wortlos schaute er zu, mit trübem Blick hinter der Brille und sehr eng stehenden Augen, wie De Luca das Lokal verließ.

Als De Luca in der Via Righi ankam, hatte er noch immer die Pistole in der Hand, doch er steckte sie eilig in die Tasche, denn eine Menge Leute strömten aus den Toren unter den Arkaden, traten an die Fenster, kamen von der Via della Moline. Sie schrien nicht, aber sie lärmten, ein immer lauter werdendes erregtes Stimmengewirr, aus dem immer wieder die Worte *Der Krieg ist aus!* drangen.

Er hatte die Pistole in die Tasche gesteckt, doch gleich darauf steckte er auch die Hand hinein, denn an der Straßenecke, fast hinter einer Säule der Arkaden, hatte er den Krauskopf mit der Narbe gesehen. Auch er hielt eine Hand in der Tasche, und mit der anderen drückte er ein Taschentuch auf die blutende Wange.

De Luca blickte sich um, doch da waren keine Soldaten, Polizisten oder Carabinieri, nicht einmal ein Verkehrspolizist, nur Männer, Frauen und Kinder, die Richtung Via dell'Indipendenza strömten. Er folgte ihnen, mischte sich unter die Menge, mit der Hand auf der Pistole und den Blick auf den Krauskopf gerichtet, doch der hatte sich zurückgezogen und war hinter der Ecke verschwunden.

Wo war er? Das fragte sich De Luca, während er die Straße hinaufging. Er wollte zur Piazza Vittorio Emanuele, dort jemanden um Hilfe bitten, oder vielleicht sogar bis zum Präsidium gelangen! Doch dann hielt er ein, denn der Krauskopf stand plötzlich vor ihm, unbeweglich wie ein Stein inmitten des Menschenstroms, breitbeinig wie ein Pistolenheld in einem Cowboyfilm, mit der Hand in der Tasche. Bösartig grinsend blickte er De Luca an, der ebenfalls stehen geblieben war, doch weniger überzeugt. Möglicherweise hatte der Krauskopf ein Messer in der Tasche, vielleicht sogar eine Pistole, doch De Luca wollte keine Schießerei wie im Wilden Westen, erstens, weil sie mitten in der Menschenmenge standen, und zweitens, weil der Krauskopf den Blick eines Mörders hatte und sicher besser zielte als er.

De Luca machte einen Schritt zurück, mischte sich unter die Menge, schloss sich einer Gruppe an, die mit erhobener Faust *Bandiera rossa* sang, und lief mit ihr in die entgegengesetzte Richtung, blickte immer wieder nach hinten, um den Krauskopf, der ihn verfolgte, nicht aus den Augen zu verlieren.

Alle liefen zum Reiterstandbild Garibaldis und drängten sich darunter, sie hörten einem Mann in Hemdsärmeln zu, der auf den Sockel geklettert war, sich an ein Pferdebein klammerte und eine Rede hielt. Es waren Hunderte, die Menge wurde immer größer und reichte jetzt schon bis unter die Arkaden der Arena del Sole auf der anderen Straßenseite, und es gesellte sich noch eine Gruppe dazu, die von der Piazza kam.

Inmitten der vielen Köpfe, Schultern, Rücken und Arme, die drückten und drängelten, sah De Luca den Krauskopf nicht mehr. Er fürchtete, er könne plötzlich hinter ihm auftauchen, ihm rasch einen Schuss in den Nacken oder schweigend einen Messerstich in den Rücken verpassen, und die Vorstellung ließ ihn vor Angst erstarren, doch er fuhr mit einem heftigen Ruck hoch und die Menschen rund um ihn schwankten. Das nutzte er aus, um zur Statue zu laufen und auf den Steinsockel zu klettern, bloß auf die erste Stufe, wo er schwankend gemeinsam mit anderen Menschen stand.

Eine Frau hatte ihn energisch hochgezogen, sie lachte und küsste ihn auf die Wange.

Da oben gab er bestimmt ein noch besseres Ziel ab, doch immerhin hatte er Rückendeckung und konnte in der Menge den Krauskopf suchen. Er fand ihn ganz in der Nähe seines ursprünglichen Standorts, inmitten einer Gruppe von Arbeitern in Overall, und aufgrund seines bösen und enttäuschten Blicks wusste er, dass er ihn nicht erschießen würde, denn wenn er in diesem Augenblick des Jubels eine Pistole gezückt hätte, hätte man ihn wahrscheinlich gelyncht.

Doch er konnte nicht ewig da oben stehen bleiben, an den glatten Stein geklammert wie ein Schiffbrüchiger an einen Felsen, er konnte jederzeit herunterfallen, andere Menschen wollten hinauf und zerrten an ihm, auch eine Frau, die ihn glücklich umarmte und *Es ist vorbei, es ist vorbei!* schrie. Inzwischen war der Krauskopf wieder verschwunden.

Seine Wohnung war nur ein paar Schritte entfernt, ein Stück weiter hinten.

De Luca glitt vom Sockel, während der Mann zu reden aufhörte und die Menge applaudierte, so laut wie Donner. Alle begannen zu singen, die einen stimmten *Bandiera rossa*, die anderen *Fratelli d'Italia* an, doch nicht einmal die, die dasselbe Lied sangen, stimmten es gleichzeitig an. De Luca stürzte sich in die Menge, schwamm in einem Meer betäubender und verzerrter Stimmen, in dem er nahezu unterzugehen drohte, und als er eine weniger überfüllte Stelle fand, stürzte er sich unter die Arkaden und begann zu laufen.

Als er das Tor erreicht hatte, drückte er sich mit dem Rücken an die Wand, holte die Pistole heraus und suchte den Schlüssel in der Hosentasche. Dann schlüpfte er in den Flur, schloss die Tür mit einem Fußtritt und lief die Treppe hinauf, fast ohne die Stufen wahrzunehmen.

Vor der Tür blieb er stehen, denn er hatte plötzlich eine Idee. Er spitzte die Ohren, um zu hören, ob die Tür unten aufgegangen war, ob jemand die Treppe heraufkam, die Pistole zielte ins Leere, doch da war nichts. Da nahm er den Hörer des an der Wand befestigten Telefons und drehte die Wählscheibe mit dem Finger der Hand, mit der er die Pistole hielt, und rief im Präsidium an.

Niemand antwortete. Er versuchte es noch einmal, aber wieder keine Antwort.

Beim dritten Versuch antwortete eine junge Stimme, sicher ein Wachtposten.

– Hier Kommissar De Luca, ich bin in Gefahr, Sie müssen jemand mit einem Auto zu meiner Wohnung schicken und mich abholen.

– Das soll wohl ein Witz sein?, antwortete die Stimme und legte auf.

Er hatte einen Stuhl schräg an die Tür gelehnt, unterhalb der Klinke. Er saß mit dem Rücken an der Wand auf dem Bett und hielt die Pistole mit beiden Händen zwischen den Beinen. Es war heiß, doch er wagte nicht, das Fenster aufzumachen, ohne zu wissen, warum, und er hatte auch kein Licht angemacht, nicht einmal das Lämpchen auf dem Nachttisch. Er glaubte, im Halbdunkel, das aufgrund der untergehenden Sonne immer mehr zunahm, könne er die Geräusche draußen auf dem Treppenabsatz besser wahrnehmen. Allerdings war das unmöglich angesichts des Straßenlärms, der laut und fröhlich war wie bei einem Fest, und im Grunde war es ja auch ein Fest.

Doch dann wurde es immer leiser, und zwar rasch, und deshalb hörte De Luca das Klingeln des Telefons auf dem Gang.

– Das Präsidium, sagte er zu sich und sprang vom Bett auf, hielt jedoch inne.

Er blieb eine Zeit lang unentschlossen neben der Tür stehen, als wolle er daran riechen, bis das Klingeln aufhörte. Doch dann überwog die Neugier, er öffnete die Tür und stürzte zum Apparat an der Wand, erst jetzt erinnerte er sich daran, sich umzublicken, er richtete die Pistole auf den glücklicherweise leeren Gang. Er blickte hinter die Ecke auf dem ersten Treppenabsatz, doch auch dort war niemand.

Beim Klingeln des Telefons hätte er fast einen Schuss abgegeben, wenn ihm die Pistole nicht aus der Hand gefallen wäre. Er fing sie mit dem Fuß ab und nahm sie im Flug wieder an sich. *Hallo?*

– Hallo, bist du es?

Es war nicht das Präsidium, sondern Lorenza. Sie sprach schnell, etwas lauter als gewöhnlich, sie war aufgeregt und vielleicht sogar ein wenig betrunken.

– Hast du gehört? Es ist vorbei! Wir haben Waffenstillstand, Badoglio hat sie aufgefordert, die Angriffe zu stoppen, der Krieg ist vorbei!

– Ja, ja, ich habe es gehört …

– Komm her, komm zu mir, ich bitte dich! Ich will diesen Augenblick mit dir feiern, meine Mutter hat Angst, aber pfeif drauf, Papa ist betrunken, du solltest ihn sehen, und ich auch, komm bitte, komm!

– Ich kann nicht, sagte De Luca.

Er wäre gern gekommen, doch er wollte nicht, nicht nur, weil er Angst hatte hinauszugehen. Als er mit der Pistole in der Hand auf dem Bett gesessen hatte, hatte er an viele Dinge gedacht und beschlossen, etwas ganz Bestimmtes zu tun.

Aber nicht gleich, sondern erst in der Dunkelheit, die sich langsam herabsenkte und die ihm, ja durchaus, Angst machte.

Morgen, im ersten Licht des Tages.

– Ich kann nicht, du kennst ja die Situation, ich bin Polizist, wir alle ... Mach dir keine Sorgen, ich komme, sobald ich hier fertig bin. Ich verspreche es dir. Ja, ich schwöre. Ich liebe dich auch, ciao.

Er legte den Hörer auf die Gabel und ging mit gezogener Pistole rückwärts ins Zimmer.

Er versuchte gar nicht mehr, auf dem Präsidium anzurufen.

In Anbetracht dessen, was er am Morgen tun wollte, befand er sich am richtigen Ort.

Ein merkwürdiges Geräusch weckte ihn.

Nur die Erinnerung an etwas, das ihn aus dem Schlaf gerissen hatte, nur die Erinnerung, denn jetzt war es nicht mehr da.

Ein raues Keuchen wie von einem Hund, einem riesigen, kräftigen Hund. Ein Traum vielleicht, denn aufgrund des trockenen Mundes und des steifen Halses war ihm klar, dass er gegen seinen Willen eingeschlafen war.

Er schaute zu der mit dem Sessel verrammelten Tür, nahm die Pistole und hob den Blick zum Fenster, denn jetzt hörte er das atemlose, raue Geräusch wieder, das Knurren eines riesigen Hundes, allerdings eines Hundes aus Metall.

Es kam von draußen, von der Straße.

Inzwischen war es dunkel, doch der Mond erhellte den grauen Himmel. De Luca stand auf und öffnete das Fenster, ohne an den Krauskopf zu denken, er beugte sich hinaus und blickte nach links, und da sah er den riesigen Hund aus Eisen.

Ein schwarzer Panzer fuhr über die Via dell'Indipendenza Richtung Bahnhof, an seiner Flanke befand sich ein Kreuz mit weißen Rändern.

Ein deutscher Panzer.

Dahinter fuhr ein Militärlastwagen, entschlossen, aber ohne Eile. Auf der Ladefläche saßen Soldaten. Deutsche Soldaten in den Ecken, mit Gewehren über der Schulter.

De Luca beugte sich noch weiter hinaus, um besser zu sehen: In der Mitte waren weitere Soldaten, jedoch ohne Waffen, mit den Händen zwischen den Knien und gebeugtem Rücken, sie trugen hellere Uniformen.

Italienische Soldaten.

„Il Resto del Carlino", Donnerstag, 9. September 1943, Italien, Reich und Kolonien, 30 Centesimi

WAFFENSTILLSTAND ZWISCHEN ITALIEN UND DEN ANGELSÄCHSISCHEN STREITKRÄFTEN – DAS LETZTE KRIEGSBULLETIN – AUFFORDERUNG, DIE BEVÖLKERUNG MÖGE BEWUSST UND DISZIPLINIERT HANDELN.

Lokales aus Bologna: Verteilung von Tabak. Bis Mitte nächster Woche werden die Bologneser keine Möglichkeit haben zu rauchen.

Radioprogramm: 13 Uhr 25: Übertragung aus Deutschland

Das *Baglioni* war nur einen Katzensprung entfernt, direkt auf der anderen Straßenseite.

Obwohl es schon seit einigen Stunden hell war, war die Via dell'Indipendenza menschenleer und De Luca betrachtete sie eine Weile, er lugte hinter dem halboffenen Tor seines Wohnhauses hervor.

Wenn der Krauskopf die ganze Nacht hinter einer Säule auf der Lauer gelegen hatte, hätte er ihn erschießen können, oder vielleicht wartete er mit dem Fahrrad auf der Gasse, fuhr an ihm vorbei, während er über die Straße ging, und erstach ihn von hinten.

Dann sagte er sich jedoch, dass er langsam paranoid wurde, er hielt zwar noch immer die Pistole in der Tasche, überquerte jedoch entschlossen die Straße, aber ohne zu laufen.

Als er die Eingangshalle des Hotels betrat, spürte er eine Bewegung hinter sich und erstarrte.

Ein Auto war vor dem Hotel stehen geblieben.

De Luca ging weiter, er wagte es nicht, sich umzublicken, sein Rücken schmerzte, weil die Muskeln so angespannt waren und er sich bewegte wie eine Marionette, die Kiefer zusammengepresst vor Angst. Er gelangte zur Rezeption, dort stand ein junger eleganter

Mann in Sakko und Krawatte, der neugierig auf einen Punkt hinter ihm starrte, und da drehte auch er sich endlich um.

Eingerahmt von der Eingangstür und vom Sonnenlicht bestrahlt wie für ein Foto stand dort ein schwarzer Mercedes mit einer kleinen roten Flagge seitlich an der Motorhaube.

Zwei Personen waren ausgestiegen, im Gegenlicht betraten sie die Halle, man sah nur ihre dunklen Umrisse, die Person vorne war groß und schmal, die dahinter war kleiner. Man musste nur warten, bis sie näher kamen, doch bereits aufgrund der Form der Kappe war klar, dass es sich um Soldaten handelte, tatsächlich waren es zwei Deutsche in Uniform, der große war ein Hauptmann, der kleinere ein Feldwebel.

Der Hauptmann sah De Luca an, der erst später feststellte, dass auch er ihn auf diese Weise – neugierig und hartnäckig – anstarrte, weshalb er die Pflicht verspürte, sich vorzustellen.

– Kommissar De Luca, Polizei.

– Hauptmann Kenda, sehr erfreut, sagte der Offizier und hielt ihm die Hand hin. Er sprach ausgezeichnet Italienisch, mit einem ganz leichten venezianischen Akzent. – Welche Abteilung?

– Kriminalpolizei.

– Sind Sie gut?

– Keine Ahnung … Ich hoffe schon.

– Das hoffe ich auch. Wir brauchen gute Leute.

Der Hauptmann nickte lächelnd und dann wandte er sich an den eleganten jungen Mann an der Rezeption, als ob er Luft wäre.

– Fürs Erste brauchen wir alle verfügbaren Zimmer, und längerfristig das ganze Hotel, von nun an ist das der Sitz des deutschen Militärkommandos. Ich glaube, Sie sind zu jung, um der Direktor zu sein, deshalb glaube ich, dass Sie ihn gleich holen werden.

Der junge Mann nickte und flüsterte etwas, dann schickte er sich an zu gehen, doch der Hauptmann hielt ihn zurück.

– Nein. Der Kommissar war vor mir da, ich habe mich vorgedrängt und entschuldige mich, ich war ja selbst einmal Hoteldirektor, und zwar hier in Italien, in Venedig. Kümmern Sie sich zuerst um sein Anliegen.

– Ich möchte Richter Del Gobbo sprechen, sagte De Luca. – Es ist dringend, äußerst wichtig.

Es war tatsächlich sehr wichtig. Wenn der Staatsanwalt ihm recht gab, konnte er Fratojanni festnehmen. Wenn er ihm die Situation schilderte und auch noch das letzte Mosaiksteinchen, den korrupten Hauptkommissar, in das Bild einfügte, konnte er Staatsanwalt Del Gobbo wahrscheinlich überzeugen.

– Das ist nicht möglich.

– Wenn er noch schläft, dann wecken Sie ihn auf. Ich garantiere Ihnen, er wird nicht wütend sein. Es ist sehr, sehr wichtig.

– Nein, ich meine, es ist nicht möglich, weil er nicht da ist. Er hat seine Koffer gepackt und ist heute in aller Frühe, noch vor Morgengrauen, aufgebrochen.

De Luca machte den Mund auf, um etwas zu sagen, doch er schwieg, er wusste gar nicht, was er hätte sagen sollen.

Unbeweglich und mit halboffenem Mund blieb er stehen, während der junge Mann rasch davonging, der Feldwebel zwei Soldaten bedeutete, sie sollten die Kiste, die sie aus dem Auto geladen hatten, hineinbringen, und Hauptmann Kenda ihm den Rücken zuwandte, als ob er Luft wäre.

In den folgenden Tagen traf er Hauptkommissar Fratojanni noch dreimal.

Das erste Mal noch am selben Morgen im Büro Cesarellas. Er saß in einer Ecke des Chesterfield-Sofas, die langen Beine übereinandergeschlagen, und putzte mit dem Krawattenzipfel langsam und konzentriert seine Brille. Er hob den Blick zu De Luca, der ohne zu klopfen eingetreten war, und lächelte, als würde er sich an seiner Überraschung erfreuen.

– Sie sehen nicht gut aus, Kommissar. Ich meine natürlich, im Augenblick. Haben Sie heute Nacht nicht gut geschlafen?

– Stimmt, mein Junge, du siehst aus wie ein Gespenst. Was ist mit dir los?

– Verdauungsprobleme, sagte De Luca. – Ich habe zu schwer gegessen.

Fratojanni lachte, grinste kaum merklich und schnaubte spontan und amüsiert. Er zeigte auf die Wand hinter Cesarella.

– Ich sagte gerade zu Ihrem Chef, früher oder später müssen auch Sie das Porträt des Königs abnehmen, jetzt, wo er mit Badoglio und allen Generälen in den Süden geflohen ist.

– Ja, sagte Scimmino, – und wen hängen wir dann auf? Hitler?

Das klang wie ein politischer Kommentar. Cesarella verstummte gleich wieder, zog sich auf seinen Polstersessel zurück, er sah jetzt wirklich aus wie ein auf einem Ast hockender Affe.

– Keine Ahnung, sagte Fratojanni. – Im Augenblick bestimmen sie. Sie haben die Stadt besetzt und unsere Truppen mehr oder weniger in einer Nacht entwaffnet.

– Ein paar haben Widerstand geleistet, sagte Cesarella zu sich, – doch die haben sie gleich umgelegt.

Auch das war wahrscheinlich ein politischer Kommentar, deshalb legte er sich sogar eine Hand auf den Mund, während er sich mit der anderen zärtlich die Haarsträhnen auf dem Schädel glättete.

– Egal, wie Sie es nennen, sagte Fratojanni, – jedenfalls gehört Bologna ihnen. Vor den Kasernen stehen Panzer, am Bahnhof sind deutsche Eisenbahner … Wissen Sie, wo sie das Hauptkommando eingerichtet haben? Im *Baglioni* ... Die Scheißdeutschen lassen es sich gut gehen.

Scimmino runzelte wegen des Ausdrucks Scheißdeutsche die Stirn. De Luca nickte zerstreut.

– Ja, ich weiß. Ich habe gerade einen ihrer Offiziere kennengelernt, einen Hauptmann, ich glaube, er heißt Kenda.

Das hatte er einfach so hingesagt, er war in Gedanken woanders, er wollte ja mit Cesarella über den Vorfall am Abend davor sprechen, nach der Abreise des Richters war er wahrscheinlich der Einzige, der ihm helfen konnte, doch die Tatsache, dass Fratojanni bei ihm im Büro war, hatte ihn aus dem Konzept gebracht.

Doch offenbar hatte er etwas Wichtiges gesagt, denn Scimmino richtete sich in seinem Stuhl auf.

– Gut, mein Junge, das ist eine gute Nachricht, dann wirst du der Verbindungsoffizier zu den deutschen Verbündeten sein ... verbündet, guter Gott, was sind sie jetzt eigentlich? Du wirst jedenfalls im Namen unseres Büros Kontakt zu den Deutschen pflegen. Eigentlich müsste ich das machen, aber im Augenblick will ich mich nicht ..., seinem Ausdruck nach wollte er *kompromittieren* oder *gefährden* sagen, doch er entschied sich für *einmischen*. – Immerhin kennst du ja eines der hohen Tiere. Dieser Kenda ist offenbar allmächtig.

Fratojannis Ausdruck nach zu schließen, hatte er das Richtige gesagt, denn er lächelte wieder unbestimmt und herzlich. Einen Augenblick lang hatte sein Ausdruck sich allerdings verdüstert, wie am Abend davor im Gasthaus, als De Luca den zweiten Koffer erwähnt hatte.

– De Luca, mein Junge, was wolltest du mir so dringend sagen?

– Nichts Wichtiges, log er. – Bürokram. Ich habe Rassetto nicht gesehen, und die Wache sagte, er sei gegangen.

– Auf eigenen Wunsch versetzt. Vorübergehend der Geheimpolizei zugeteilt, du weißt ja, so was mag er. Er hat auch Massaron mitgenommen.

– Dann gibt es also nur noch mich.

– Ja, und? Mein Junge, erkennst du nicht den Ernst der Lage? Wir hängen alle an einem seidenen Faden, der Quästor, der Präfekt, ich …, mit einer kreisförmigen Bewegung des Fingers zeigte er auch auf De Luca und Fratojanni, und Fratojanni erwiderte die Bewegung, indem er auf das Porträt des Königs zeigte, Cesarella nickte achselzuckend, – wir alle. Entweder behalten sie uns, oder sie schicken uns weg oder sie verhaften uns, abergläubisch griff er sich mit ausgestrecktem Zeige- und kleinem Finger in den Schritt, – wir wissen nicht einmal, wer das Kommando hat, abgesehen natürlich von den Deutschen. Was du tun sollst, mein guter Junge? Soll ich es dir sagen? Warten.

– Warten, wiederholte Fratojanni flüsternd. Dann schaute er De Luca an, blickte ihm in die Augen.

– Wissen Sie, Kommissar, solange die Gialli von Mondadori, die gelben Kriminalromane, nicht verboten waren, habe ich sie begeistert gelesen. Kennen Sie sie?

– Nein.

– Schade, das sind schöne Geschichten, auch sehr interessant für alle, die unseren Beruf ausüben. Das Ministerium für Volkskultur sagte jedoch, in Kriegszeiten gefährdeten sie die Volkskultur, wer weiß, vielleicht dürfen wir sie jetzt wieder lesen. Wissen Sie, wer meine Lieblingsfigur ist?

– Nein, sagte De Luca, obwohl das nicht wirklich eine Frage gewesen war.

Und tatsächlich redete Fratojanni einfach weiter, den Blick noch immer starr auf De Luca geheftet.

– Der fette Detektiv, der immer isst. Er heißt Nero Wolfe, an den Autor erinnere ich mich nicht, ein Amerikaner jedenfalls, wissen Sie, was Nero Wolfe immer sagt?

Auch das war nicht wirklich eine Frage, nur eine Pause, um die Wichtigkeit seiner Worte zu unterstreichen.

– Nicht gerade mit diesen Worten und auch nicht direkt, aber sinngemäß sagt er: Wenn man nicht weiß, was man tun soll, und nicht genug Informationen hat, um sich zu entscheiden, sollte man am besten Ruhe geben.

– Genau!, sagte Scimmino, doch niemand hörte ihm zu. De Luca und Fratojanni starrten einander schweigend an, der eine wartend, mit einem unbestimmten herzlichen Lächeln auf den Lippen, und der andere dachte ernsthaft, mit zusammengekniffenen Lippen nach, während er sich mit den Zähnen Hautfetzen von den Lippen zog, so konzentriert, dass ihm gar nicht auffiel, dass er sich verletzte.

Dann nickte De Luca.

– Sie haben recht, ich sollte das Buch lesen. Einverstanden.

Auch Fratojanni nickte. Er stand vom Sofa auf und reichte De Luca die Hand. Ein Waffenstillstand, wie mit den Verbündeten. Genauso planlos, tückisch und gefährlich.

De Luca streckte den Arm aus und drückte Fratojannis Hand.

– Keine Ahnung, was die Deutschen vom Handschlag halten, sagte Scimmino zu sich, auf seinem Stuhl hockend.

Warten.

Allein im Büro, bei ausgeschaltetem Ventilator und mit offenen Fenstern, denn mittlerweile war es nicht mehr so heiß, dachte De Luca nach. Mit den Ellbogen auf dem Schreibtisch, das Gesicht in den Händen vergraben, die Handflächen auf die Augen gepresst, dachte er nach.

Warten.

Worauf?

Gut. Er hatte nichts in der Hand, außer ein langes Geständnis des Hauptkommissars, mit dessen Hilfe sich die letzten Mosaikstücke einordnen und die letzten Pfeile auf seiner Karte einzeichnen ließen, doch das nützte nichts, denn es fehlten die Verbindungen zwischen Fratojanni und dem Rest der Bande.

Nein, Augenblick, vielleicht war da doch was.

Wenn Fratojanni mit dem Konsul, dem jungen Fürsten und Borsaro in Maslianico gewesen war, konnte ihn ein Hotelangestellter womöglich identifizieren. Ebenso in Mailand.

Fratojanni hatte zweifellos Vorsichtsmaßnahmen getroffen, doch irgendjemand musste ihm, wenn auch unwissend, geholfen haben, Goldstein und Gales aus Parma abzutransportieren, jemand vom Fremdenamt, ein Mitarbeiter im Castello di Montechiarugolo, irgendetwas musste es also geben.

Und schließlich der zweite Koffer. Auch wenn es nur ein Jutesack oder eine Einkaufstasche oder was auch immer war. Das war nur eine Hypothese gewesen, doch Fratojanni hatte sie mit seinem Gesichtsausdruck bestätigt. Und nachdem sie sich mit diesem Idioten Martina eingelassen hatten, hatten der junge Fürst und Fratojanni einen Teil des Kokains behalten. Irgendwo musste es also sein.

Ja, es hätte durchaus etwas zu tun gegeben: Phonogramme, Recherchen, Beschattungen, Durchsuchungen, Polizeiarbeit, mit einem Wort, wenn er ein Polizist in einem Büro gewesen wäre, das schnell und effektiv ermitteln konnte, und er nicht gezwungen gewesen wäre, einzig das zu tun, was die Situation und die Zeit erlaubten.

Warten.

– Nein, sagte De Luca laut, nicht nur in Gedanken. Er hob das Gesicht aus den Händen, wartete, bis die Augen sich an den Übergang vom Dunkel an das Licht in der Amtsstube gewöhnt hatten, und hob den Hörer von der Gabel.

Fangen wir wieder an.

Zum zweiten Mal traf er Fratojanni in der Via delle Rose.

De Luca war mit dem Fahrrad unterwegs, er war im Freilauf den Abhang der Giardini Margherita hinuntergesaust, allerdings mit angezogenen Stabbremsen. Unter dem gleichgültigen Blick eines Soldaten mit Gewehr, der neben dem Tor Wache hielt und dem er seinen Polizistenausweis zeigte, hatte er das Rad an die Wand von Nr. 13 gelehnt.

Er hatte Dr. Hann, dem Bereichsleiter der deutschen Militärverwaltung, alles erzählt, was er über den Schwarzmarkt wusste. Er war fast eine Stunde bei ihm geblieben, und als er hinausging, hatte er einen flauen Magen, denn er hatte ein Gläschen Grappa angenommen, und kaum war er wieder aufs Rad gestiegen, kam Fratojanni vorbei.

Er saß im Fond eines Autos, sein Arm baumelte aus dem Fenster. Auf der Straße befand sich ein Hindernis, ein Friesenpferd, weshalb die Autos langsamer fahren mussten, das Auto Fratojannis scherte aus, um es zu überholen, und in diesem Augenblick hatte der Blick Fratojannis den De Lucas gekreuzt.

Dann hatte der Hauptkommissar zwei Finger zum Gruß an die Stirn gelegt und De Luca hatte dasselbe gemacht.

Im *Hotel Eden* sagte man, man erinnere sich nicht mehr, wer rund um den 20. Juli im Hotel abgestiegen sei. Viele Gäste, die die Grenze passierten, seien dankbar, wenn man sie nicht im Gedächtnis behielt, und man versuche, sie darin zufriedenzustellen. Die Verbindung brach immer wieder ab, und De Luca musste mehrmals anrufen, doch er brachte nur in Erfahrung, dass im Gästebuch die Unterschrift eines gewissen Aldo Martina war, er hatte vier Zimmer gemietet, nicht mehr. Nein, sagte man ihm beim fünften Anruf, und trotz des Raschelns in der Leitung hörte er den gereizten Tonfall, sie könnten niemanden identifizieren, auch nicht, wenn er ihnen – keine Ahnung, wie er das bewerkstelligen wolle – ein Foto schickte.

Das Gespräch mit Mailand gestaltete sich einfacher, nicht zuletzt, weil er direkt im Präsidium angerufen hatte. Der Kollege sagte zu ihm, ja, er sei zwar ins Restaurant *Il Fagiano* gegangen, aber der 21. Juli sei ein Mittwoch gewesen, da servierten sie Fisch ohne Lebensmittelmarken, ein Haufen Leute auch von auswärts sei da gewesen, sie erinnerten sich an keine Gesichter, auch nicht, wenn er ihnen – keine Ahnung, wie er das bewerkstelligen wolle – ein Foto schickte.

De Luca hätte ihnen das Foto sogar persönlich gebracht, doch in diesen Tagen war er damit beschäftigt, außerhalb Bolognas, wo die Deutschen die Büros des SS-Außenkommandos Bologna eingerichtet hatten, von einem Ort zum anderen zu eilen.

Zuerst fuhr er in den Viale Aldini 220, zum Major, der für die Verbindung zwischen deutscher und italienischer Polizei zuständig war, dann sauste er zur Via Albergati Nr. 6 und sprach mit dem Hauptmann, der den SD und die anderen Dienste leitete, dann radelte er zurück auf den Viale Aldini Nr. 132, zum Gestapo-Sturmführer, und schließlich wieder zum Verbindungsmajor.

De Luca sprach nur wenige Brocken Deutsch, er hatte sie seinerzeit im Gymnasium gelernt, doch das war egal, denn die Offiziere sprachen alle mehr oder weniger Italienisch und zum Glück sprachen sie es gern, vor allem der Gestapo-Sturmführer, er summte die S und sprach die T und V aus wie bei der Parodie im Vorprogramm einer Filmvorführung, doch als er De Luca sah, öffnete er den Kragen der schwarzen Uniform und holte eine Flasche Wermut aus dem Schrank, um sich gemeinsam mit dem *Kolèga* an die Zeit bei der Kriminalpolizei zu erinnern.

De Luca spielte mit, obwohl er lieber das Dienstauto genommen, den Holzvergaser befüllt und mit Fratojannis Foto nach Mailand gefahren wäre, auch wenn es höchstwahrscheinlich nichts gebracht hätte.

Doch er spielte mit.

Zwischen ihm und dem Hauptkommissar herrschte zwar Waffenstillstand, doch der konnte es sich jederzeit anders überlegen, und dann war der Umgang mit den Deutschen seine Lebensversicherung.

Einen *Kolèga* bringt man nicht so einfach um.

Tatsächlich hatte Fratojanni bemerkt, dass De Luca wieder zu ermitteln begonnen hatte.

De Luca hatte nicht nur im Hotel und im Restaurant nachgefragt, sondern sich wieder auf die Suche nach dem Kokain gemacht. Da der Hauptkommissar gewiss intelligenter war als der junge Fürst Valentino und kein eigenes Auto besaß, schloss er aus, dass sich das Kokain in einem Kofferraum befand.

Also beschäftigte er sich eine Zeit lang mit Fratojanni, las seine sehr dünne Akte aus der Personalabteilung und beschattete ihn aus der Ferne.

Das Leben des Hauptkommissars spielte sich mehr oder weniger an drei Orten ab.

Den Großteil verbrachte er in seiner Mönchszelle auf dem Präsidium. Eines Abends gelang es De Luca, sich dort Zutritt zu verschaffen, und das sogar mühelos, denn die Tür war nicht abgeschlossen. Auch der Safe aus Nussholz war offen, man musste nur kräftig an der schweren Tür ziehen. Papiere, Dokumente, ein paar normale Geschäftssachen in ein paar gelben Aktenordnern, Kanzleikram.

Keine Tasche, kein Sack oder Koffer. Kein Kokain.

Den Abend und die Nacht verbrachte Fratojanni in der Kaserne auf dem Viale Panzacchi, wo ihm die Verwaltung vorübergehend ein Zimmer zugewiesen hatte. Unter dem Vorwand, einen Kollegen zu besuchen, ging De Luca nachmittags hin, während Fratojanni im Präsidium war. Diesmal war die Tür verschlossen. Als De Luca im Diebstahlsdezernat gearbeitet hatte, hatte er einen Einbrecher, Furetto, kennengelernt, der ihn, obwohl er ihn verhaftet hatte, ins Herz geschlossen und ihm ein paar einschlägige Tricks beigebracht hatte.

Wäsche in der Truhe, Hemden und drei identische Anzüge im Schrank, Sockenhalter in einer Schublade und ein Solingen-Nassrasierer an einer Kette im Bad. Ein Paar auf Hochglanz polierte Schuhe.

Eine Ledertasche, doch abgesehen davon, dass sie viel zu klein war, enthielt sie nur Toilettenartikel.

Auf dem Schrank lag eine ziemlich große Reisetasche, doch sie war leer.

Kein Kokain.

Am Donnerstagabend ging Hauptkommissar Fratojanni stets ins Gasthaus zu Signora Maria. Eines Tages, allerdings nicht am Donnerstag, führte De Luca den Gestapo-Offizier dorthin, und unter dem Vorwand, ihm die Küche zu zeigen, schaute er sich um. Nicht lange genug, um etwas herauszufinden, und so gab er dem für den Schwarzmarkt zuständigen Major einen anonymen Tipp;

der schickte zwei Männer der SS, die das Lokal durchsuchten, doch abgesehen von zwei übrig gebliebenen Wolfsbarschen fanden sie nichts.

Keine Tasche, kein Kokain.

Fratojanni hatte jedoch bemerkt, dass er ihm hinterherschnüffelte.

Das stellte De Luca eines Abends fest, als er nach Hause kam und in seinem Zimmer ein Chaos wie nach einer Durchsuchung vorfand. Alle Gegenstände lagen auf dem Boden, die Laden waren herausgerissen und der Schrank stand offen, auch das Bett sah aus, als wäre jemand darauf herumgesprungen.

Er schaute aus dem Fenster. Draußen, mitten auf der Via dell'Indipendenza, stand der Hauptkommissar mit nach oben gereckter Nase und sah ihn an, während er sich die Brille mit der Krawatte putzte.

Dann setzte Fratojanni die Brille auf, legte zwei Finger an die Stirn und ging.

Das war das dritte Mal, dass De Luca ihn sah.

Lorenza hingegen sah er nur einmal.

Trotz seines Versprechens hatte er es nicht geschafft, zu ihr in die Hügel zu kommen, immer, wenn ihm einfiel, dass er es hätte tun sollen, war es entweder zu spät oder er war mit etwas anderem beschäftigt.

Als ihm die Telefonvermittlung im Präsidium das Gespräch durchstellte, war er in seinem Büro, er hatte gerade eine Idee gehabt, die ihm vielversprechend schien.

Sie rief aus der Apotheke an, und De Luca hatte gar keine Zeit, sich zu entschuldigen, denn sie unterbrach ihn sofort.

– Kannst du kommen? Ich muss dir etwas sagen. Gleich? Danke, ich warte auf dich.

An der Tür der Apotheke traf er Giovannino, als er gerade aus dem Holzperlenvorhang trat und schnell an ihm vorbeilief. Er war in Zivil, hatte den Hut tief ins Gesicht gezogen und grüßte ihn mit einem schnellen Nicken. Hinter dem Vorhang stand Lorenza, mit roten Augen, als hätte sie geweint.

– Er ist gekommen, um sich zu verabschieden, sagte sie. – Er reist ab.

– War er nicht beim Heer?

– Es gibt kein Heer mehr.

Lorenza fasste ihn am Arm und zog ihn hinein. Hinter dem Tresen stand ein Mann in weißem Kittel, den De Luca nicht gleich erkannte. Es war Dr. Montuschi, der Inhaber, er hob den Arm zu einem Mittelding aus römischem Gruß und herzlichem Handschlag.

– Guten Tag, Kommissar, freut mich, Sie zu sehen!

Lorenza zog noch immer an ihm. Sie sagte *Ich komme gleich* zu dem Mann im Kittel und führte De Luca ins Hinterzimmer. Inmitten von Schachteln und Keramikgefäßen küsste Lorenza ihn wie nie zuvor. Ein inniger, fast gewalttätiger Kuss, der auf seinen Lippen einen süßlichen Blutgeschmack hinterließ.

– Hilfe, sagte De Luca, aber sie küsste ihn noch einmal, sanfter und länger, und dabei drückte sie sich an ihn, als ob sie ihn nie wieder loslassen würde.

– Hilfe, sagte De Luca noch einmal und umarmte sie. – Was ist los?

Lorenza löste sich von ihm und fasste sich wieder. – Ich wäre auch zu dir gekommen, sagte sie, – wir hätten irgendwohin gehen können, von mir aus zu dir nach Hause, aber jetzt sind wir allein, deshalb …

– Wo ist Ravenna?

– Er hat sich seit geraumer Zeit nicht blicken lassen, ich glaube, auch er ist abgereist.

Offensichtlich traute sie sich nicht zu sprechen, deshalb sagte De Luca, *Was wolltest du mir sagen?,* und sie küsste ihn noch einmal innig, und er ließ sie gewähren. Ein nervöser Kuss, der so lange wie möglich dauerte, dann schaute sie zur Tür und zog De Luca noch weiter weg, in eine Ecke des Zimmers.

– Mama hat Angst, flüsterte sie, – auch Papa, wir alle haben Angst. Wir wollen weggehen.

– Ihr seid doch schon nicht mehr in der Stadt, doch wenn ihr euch weiter aufs Land evakuieren lassen wollt …

– Nein, darum geht es nicht. Sie haben nicht Angst vor den Bomben … nun, vor denen auch, aber … sie haben Angst vor den Deutschen. Papa sagt, wenn sie zurückkommen, werden sie noch bösartiger sein.

Sie schaute zur Tür. De Luca versuchte sie zu umarmen, doch sie wich zurück. Sie atmete tief, als wolle sie wieder zu Atem kommen.

– Wir wollen weggehen. Aber nicht aufs Land, sondern richtig weg. Papa hat eine Möglichkeit, in die Schweiz zu gehen, dort sehen wir dann weiter.

– Eine Möglichkeit?

– Einen Passierschein, was Kulturelles, Diplomatisches … keine Ahnung! Sie senkte die Stimme, der Ausruf war ihr entschlüpft. – Aber wir müssen uns beeilen. Morgen, spätestens in ein paar Tagen.

– Was? In die Schweiz?

– Komm mit. Wir haben Platz für dich.

– Ich? Aber … das ist unmöglich.

– Warum? Weil du Polizist bist? Warum? Sie sprach lauter, aber offensichtlich war ihr das jetzt egal, sie schaute auch nicht mehr zur Tür. – Kannst du nicht auch was anderes machen? Du bist gut, du kannst sogar in der Schweiz oder woanders als Polizist arbeiten. Und wenn sich die Verhältnisse geändert haben, kommen wir zurück, warum nicht?

De Luca versuchte sie zu umarmen, doch sie stieß ihn zurück. Sie keuchte, als würde sie gleich zu weinen beginnen.

Einen Augenblick lang dachte er ernsthaft darüber nach.

Alles liegen und stehen lassen und weggehen.

Mit ihr.

Seine Untersuchung, die ohnehin allen egal war, liegen und stehen lassen, seine Toten, die allen noch mehr egal waren, liegen und stehen lassen, Fratojanni hinter sich lassen, der bloß ein Mörder unter vielen und nicht einmal der gefährlichste war, alles liegen und stehen lassen und abhauen, wie es der König, Badoglio und der Rest der Regierung, Generäle und Soldaten getan hatten. Er war nur ein kleiner Kriminalpolizist, wer hinderte ihn daran?

Aus dieser verdammten Welt davonlaufen, vor dem Gestapo-Offizier davonlaufen, der ihn *Kolèga* nannte, und die eigene Haut retten.

Weg.

Mit ihr.

Er dachte ernsthaft darüber nach, aber nur eine Minute lang.

Lorenza begriff, denn seine Gedanken waren seinen Augen abzulesen. Sie schloss die Augen und atmete noch tiefer, füllte ihre Lunge mit Luft, als wolle sie unter Wasser tauchen.

– Dann bleibe ich auch da, sagte sie. – Ich bleibe bei dir. Aber ich will, dass du auch bei mir bleibst. Ich will das Wichtigste in deinem Leben sein.

De Luca dachte eine Sekunde zu lang nach, bevor er antwortete, und als Lorenza die Augen wieder öffnete, hingen Tränen am Rand ihrer Lider.

Er hätte ihr gern vieles gesagt. Dass er es nicht tun konnte, dass er nicht gehen konnte, weil sein Gerechtigkeitssinn, sein Wesen als Polizist ihm nicht gestatteten, einen Mörder auf freiem Fuß zu lassen, auch wenn er allen egal war.

Dass sie nicht in seiner Nähe bleiben konnte, solange er nicht wusste, ob er den nächsten Tag überlebte.

Doch im Grunde war er sich nicht sicher, dass das alles war, denn vielleicht hatte Lorenzas Mutter recht, er war so beschaffen und er machte es nur seinetwegen, er konnte nicht über seinen Schatten springen.

Er dachte eine Sekunde zu lang darüber nach, und als er sprach, sagte er die falschen Dinge.

– Ich muss noch etwas erledigen. Du fährst, und ich komme nach. Oder ich warte, bis ihr zurückkommt.

Wenn Lorenza die Augen geschlossen hätte, wären ihr die Tränen über die Wangen gelaufen, doch Lorenza schloss sie nicht, sie zuckte mit keiner Wimper.

Sie sah De Luca an wie noch nie zuvor, dann hob sie den Arm und versetzte ihm eine schallende Ohrfeige, dass sein Kopf nach hinten flog.

Er ging sofort ins Präsidium, denn er wollte an nichts anderes denken.

Er befand sich auf direktem Weg ins Strafregister-Archiv, als ihm eine Wache sagte, Doktor Cesarella suche ihn.

– De Luca, mein Junge, wo hast du dich versteckt? Was ist los, haben die Kommunisten dich wieder verdroschen? Macht nichts, in deiner Abwesenheit hat mir dein guter Freund von der Gestapo eine Anfrage geschickt. Er will die Liste der Juden.

Sie lag auf Scimminos Schreibtisch aus poliertem Bruyèreholz, genau vor ihm. Er öffnete sie und blätterte ein paar Seiten durch, ging mit der Fingerspitze die Notizen nach, die Maresciallo Damiano mit seiner schrägen Schrift am Rand angebracht hatte.

– Auf dem letzten Stand, sagte er. – Was sollen wir tun, lassen wir sie ihm zukommen? Sagen wir, wir hätten sie verloren? Landen wir im Konzentrationslager, wenn Damiano uns verpfeift? Geben wir sie ihm also doch? Bringst du sie ihm, mein Junge?

Er schloss die Akte und legte die Hand darauf.

– Da drinnen sind die Namen von Menschen, die ich kenne. Kennst du auch wen?

De Luca nickte. Er dachte an Doktor Ravenna, doch möglicherweise war er nicht der Einzige.

– Wozu, dachten wir, sei diese Liste gut, als wir sie angelegt haben? Aber warum sollten wir überhaupt darüber nachdenken, wir sind Polizisten, wir dienen dem Gesetz, oder?

De Luca nickte wortlos.

– Geben wir sie ihm also oder geben wir sie ihm nicht? Wie schaffen wir es, sie ihm nicht zu geben? Weißt du, warum ich wütend auf dich bin, mein Junge?

De Luca schüttelte den Kopf.

– Wenn du hier gewesen wärst, als der Gestapo-Offizier angerufen hat, hättest du entscheiden müssen, ob wir sie ihm geben oder nicht, aber ich habe mit ihm gesprochen und jetzt muss ich entscheiden.

Scimmino stützte die Stirn auf die Hand und mit der anderen Hand bedeutete er De Luca, er solle gehen.

– Verschwinde, mein Junge, flüsterte er. – Und wehe dir.

Ein paar Tage später kehrte Konsul Martina zurück nach Bologna.

„Il Resto del Carlino“, Donnerstag/Freitag, 16./17. September 1943, XXI, Italien, Reich und Kolonien, 30 Centesimi

Die ersten Erlässe der faschistischen Republik – dramatische Szenen bei der Befreiung Mussolinis.

Lokales aus Bologna: Die Soldaten der 67. Division werden wieder einberufen – Verordnungen für die öffentliche Ordnung und den Arbeitsvollzug.

Kino und Theater: Manzoni: *Das verrückte Mädchen*; Modernissimo: *Die rebellische Jungfer*; Centrale: *Frau Mond*

Als Lorenza De Luca angerufen hatte, hatte er an etwas ganz Bestimmtes gedacht. Und als Cesarella ihn zu sich gerufen hatte, war er gerade ins Strafregister-Archiv unterwegs, das sich unten im Keller des Präsidiums befand.

Fratojannis Schwachpunkte waren nicht nur die Hotels und der Koffer, sondern auch der Krauskopf mit der Narbe und das Mädchen. Hätte De Luca sie aufgespürt, dann hätte er sie vielleicht zum Sprechen gebracht oder zumindest ihre Verbindung zum Hauptkommissar aufgedeckt. Er dachte, wenn der Krauskopf mit der Narbe tatsächlich ein hartgesottener Verbrecher war, tauchte sein Name vielleicht im Strafregister auf. Aber nicht als politischer, sondern als ganz gewöhnlicher Verbrecher. Nach dem Schlag mit der Eisenstange hatte er ihn wahrscheinlich im falschen Archiv gesucht.

Trotz allem gab es viel mehr gewöhnliche als politische Verbrecher. Allein die richtigen Karteikarten herauszusuchen war schon eine Mordsarbeit: männlich, älter als zwanzig und jünger als vierzig Jahre. Er hätte die Laden des Registers durchackern und eine Karteikarte nach der anderen betrachten können, doch er wollte sich auf die Gesichter und ihre Geschichte konzentrieren, nicht einfach alle durchblättern. Möglicherweise war der Krauskopf zu einem Zeitpunkt fotografiert worden, als er noch gar keine Narbe hatte. Jetzt hatte er möglicherweise zwei.

Womöglich kam er von auswärts und war in Bologna nicht erfasst. Das hatte er schon damals beim Betrachten der Fotos der politischen Häftlinge gedacht, doch nachdem er ihn vorgestern an den passenden Stellen verschwinden und wiederauftauchen gesehen hatte, glaubte er nicht mehr daran. Wenn er jedoch ein ganz gewöhnlicher Verbrecher aus dem Bologneser Milieu war, hätte er ihn kennen müssen, es gehörte zu seinem Beruf als Polizist, sich die Gesichter der Unterwelt einzuprägen.

Es war Glückssache und ausnahmsweise hatte De Luca Glück, denn in der dritten Lade fand er einen jungen Mann, zwar ohne Narbe, aber mit denselben Augen und denselben Haaren wie der Gesuchte.

Drei Fotos, eins im Profil, eins von vorne und eins im Dreiviertelprofil. Luria Franco – geboren 1916 in Casalecchio, von Beruf Schuster, keine besonderen Kennzeichen – schaute genauso kalt und bösartig ins Objektiv, wie er auch De Luca angeblickt hatte, als er ihn umbringen wollte, er erkannte ihn vor allem am Blick. Und dann auch an allem anderen: an der geraden, kräftigen Nase, dem weichen Kiefer, am leicht angehobenen Kinn und den zu einem frechen Grinsen verzogenen Lippen. Und natürlich am Kraushaar, das von der Pomade nur notdürftig gebändigt wurde.

Zum ersten Mal war er mit fünfzehn Jahren wegen einer Schlägerei verhaftet worden, dann wegen Raubüberfalls und Erpressung zum Schaden von Prostituierten. Hier endeten die Notizen, die ein Schreiber in kantigem Kursiv hingekritzelt hatte, sie wurden von anderen, maschinengeschriebenen Notizen auf den punktierten

Zeilen der Karteikarte abgelöst. Lauter Angaben des Präsidiums Mailand, deshalb kannte De Luca ihn nicht, es gab auch eine Anklage wegen versuchten Mordes. Kein bekannter Wohnsitz. Flüchtig.

Ganz unten auf der Karteikarte, im rechten Eck, war jedoch etwas Merkwürdiges, das De Lucas Aufmerksamkeit erregte. Ein Pünktchen oder eher ein mit rotem Stift gezeichnetes Kügelchen, und daneben eine Zahl, 375, etwas kleiner, mit schwarzem Bleistift.

De Luca rief Maresciallo Carnevale, der aufgrund seines Alters der Schreiber hätte sein können. Er erklärte ihm stolz, das System mit den Punkten sei seine Erfindung.

– Sie wissen doch, wie es die Deutschen machen, drei Kopien jeder Karteikarte, und jede Karteikarte wird in einem eigenen Schrank verwahrt, und als er uns besucht hat, Hitler, nein, wie heißt doch gleich der Chef der deutschen Polizei …

– Himmler.

– Genau der, die Deutschen sind ja so tüchtig, wir müssen es auch so machen, ein hohes Tier aus Rom gemeinsam mit einem Deutschen hat uns die Methode erklärt, aber ich hatte bereits mein eigenes System, niemand hat sich je beklagt, und es funktioniert sogar besser, die mögen komplizierte Sachen, wir hingegen …

– Was bedeutet der rote Punkt?

– Dass es in einem anderen Karteikasten eine Information über ihn gibt. Gelb für die Juden, rot für die politischen, grün für die Perversen und Pornografen. Sie werden wahrscheinlich sagen, warum verwahrt ihr sie nicht alle gemeinsam, sind doch alle Verbrecher, doch auf diese Weise …

– Die politischen? Aber er ist nicht dabei. Ich habe bereits in der Kartei nachgeschaut, und zwar sehr gründlich …

Maresciallo Carnevale hob die Hand. Er öffnete eine Lade, blätterte die Karteikarten unglaublich schnell durch, zog eine heraus und legte sie vor De Luca hin.

– Er nicht, aber sein Bruder.

Karteikarte Nr. 374, Luria Andrea, fünfundzwanzig Jahre, Fährmann. Sympathisant der Kommunisten. Wohnsitz unbekannt.

Als De Luca ihn sah, erkannte er ihn sofort wieder, denn er war ihm aufgefallen, als er die Karteikarten der Politischen durchgeblättert hatte, dieselben Augen, doch der Rest war ganz anders. Die Augen wiesen zwar denselben Schnitt auf, besaßen eine gewisse Ähnlichkeit, doch der Blick war viel sanfter und weicher.

Dann nahm er wieder die Karteikarte des Krauskopfs zur Hand und schrieb den Inhalt ab, er nahm dem Maresciallo das Versprechen ab, die Fotos zu kopieren, und ging.

Diesmal klopfte er, bevor er Cesarellas Büro betrat, doch das Ergebnis war mehr oder weniger dasselbe, denn diesmal saß nicht nur Fratojanni auf dem Chesterfield-Sofa, sondern auch Martina.

Er war in Zivil, trug ein schwarzes Hemd unter einem grauen Zweireiher, der ihm zu weit war, und auch sein Gesicht war schmaler als früher. Als De Luca auf die Schwelle trat, wandte er den Kopf ruckhaft zur Seite und warf ihm einen vernichtenden Blick zu. Fratojanni hingegen lächelte und schloss halb die Augen unter den runden Brillengläsern.

– Entschuldigen Sie, sagte De Luca, – ich komme später wieder.

– Das ist vielleicht besser, flüsterte Scimmino.

– Aber nein, sagte Fratojanni, – wir besprechen gerade die zukünftige Struktur des Präsidiums, Versetzungen, Postenvergaben, Säuberungen. Neuorganisation, mit einem Wort. Vielleicht interessiert das den Kommissar.

– Ich bin nur ein kleiner Beamter, sagte De Luca, – ich komme ein anderes Mal wieder.

– Ja, das ist besser.

– Sie kennen doch den Konsul Martina, oder?

– Generalkonsul.

– Ja, entschuldigen Sie. Fratojanni berührte die Stirn mit den Fingerspitzen. – Der Generalkonsul wird uns im Namen der neuen Faschistischen Republik helfen, der deutsche Verbündete schenkt ihm höchstes Vertrauen. Versetzungen, Postenvergaben ... und so weiter.

– Ich komme später wieder, sagte De Luca, und Cesarella beschränkte sich darauf zu nicken. Er hob die Hand von der Tischplatte und streckte sie kaum merklich aus. Das war eine Aufforderung, De Luca bemerkte es erst einen Augenblick später. Er hob den Arm zum römischen Gruß und zog sich ohne zu zögern zurück.

Bevor er die Tür schloss, fielen ihm zwei Dinge auf.

Hinter Cesarella hing wieder das Porträt Mussolinis an der Wand.

Und auf den Knien des Generalkonsuls Martina lag die Akte mit den Juden Bolognas.

Ende des Waffenstillstands. Der Krieg hatte wieder begonnen, und er war allein. Und er hatte nur wenig Zeit, denn bald würden sie ihn entweder entlassen oder einsperren. Oder mitten auf der Straße umbringen.

Er brauchte Hilfe. Um seinen persönlichen Krieg zu führen, um ihn zu gewinnen oder auch nur, um lebendig davonzukommen, brauchte er ein eigenes Heer. Er kannte zwar jetzt den Namen des Krauskopfs, doch ihn zu finden war eine Aufgabe, die ein Polizeibeamter allein, ohne Mitarbeiter, ohne Mittel, ohne die Erlaubnis, eine Tür einzutreten, nicht bewältigen konnte. Und ohne Zeit. Er hatte gehofft, nicht wirklich damit gerechnet, aber immerhin gehofft, dass Cesarella ihm eine Mannschaft zur Verfügung stellte, damit er seinen Mann fand, doch er wusste, das war nur eine Illusion, der er sich hingegeben hatte, bevor er die zwei im Büro seines Chefs angetroffen hatte.

Er brauchte Verbündete. Und wahrscheinlich wusste er auch, wo er sie finden konnte.

Deshalb ging er nicht einmal ins Büro zurück, sondern die Treppe hinunter und verließ das Präsidium zwischen den beiden Adlern, die seitlich neben dem Tor hockten. Er ging an den Basreliefs auf den rechteckigen Säulen der Arkaden vorbei, an der Frau mit der Muskete zu ihren Füßen, an dem nackten Mann und dem mittelalterlichen Studenten, die mit ihren kantigen und faschistischen Gesichtern in die andere Richtung blickten, als wollten sie ihn nicht ansehen, während er sich nachdenklich und mit den Händen in der Tasche entfernte.

Er dachte nämlich an viele Dinge, und alle waren widerlich, vergiftet von dem Gefühl, dass er zwar das Richtige machte, jedoch auf falsche Art und Weise.

Er dachte auch an Lorenza, er fragte sich, wo sie in diesem Augenblick wohl war, das war kein schöner Gedanke, eher ein melancholischer und kein süßer, dann nur mehr ein trauriger, und dann nichts mehr, denn er hatte die Villa und das schmiedeeiserne Tor erreicht.

Dahinter stand ein Soldat in Uniform, er betrachtete De Lucas Ausweis, hörte ihm schweigend zu und ließ ihn schweigend ein, doch indem er ihm die Hand auf die Brust legte, bedeutete er ihm, er solle im Garten warten.

De Luca setzte sich auf eine Steinbank und betrachtete den Efeu, der über die Fassade der Villa kletterte und nur die Tür, durch die der Soldat verschwunden war, nicht überwucherte.

Dann ging die Tür wieder auf und, von weißgrünen Blättern wie auf einem präraffaelitischen Gemälde umrahmt, erschien Rassetto. Er trug eine glänzende, neue schwarze Uniform und bleckte sein Wolfsgebiss.

– Haben Sie gesehen, Herr Kommissar? Ich bin Maresciallo geworden. Ohne Maschinenschreiben zu lernen.

Aus dem Büro drang das Geräusch von angeschlagenen Tasten, so rasch wie eine Maschinengewehrsalve, doch es war nicht Massaron, der hatte die Beine auf den Schreibtisch gelegt und winkte De Luca zu, als er mit Rassetto über den Gang ging. Tatsächlich stand am anderen Ende des Zimmers ein kleiner Tisch, und daran saß ein kurzhaariges Mädchen, das seine Finger blitzschnell über die Tasten einer offenbar nagelneuen *Invicta* gleiten ließ.

Rassetto führte De Luca in das letzte Zimmer am Ende des Gangs, und auch da wirkte alles nagelneu: der Drehstuhl aus Holz, auf den sich Rassetto setzte, der gepolsterte Stuhl, den er De Luca anbot, das Schreibset aus schwarzem Leder, das auf dem Schreibtisch aus Massivholz lag, auch die noch versiegelte Schachtel mit toskanischen Zigarren, die er aus einer Schublade holte, alles in der Gegend beschlagnahmt, sagte er mit einer kreisförmigen Bewegung des Fingers. Nur die Granate neben dem Telefon, die – so Rassetto – genauso aussah wie die, die Mussolini auf seinem Schreibtisch aufbewahrte, als er Chefredakteur von „Il Popolo d'Italia" war, wirkte alt und rostig.

– Zehn Männer, zehn Benzinfahrzeuge und sogar eine Sekretärin. Rassetto bewegte den Ellbogen, als wolle er etwas aufspießen, und zwinkerte über seinem zu einem Grinsen gebleckten Wolfsgebiss. – Drei Telefonverbindungen, er klopfte mit den Fingern auf das Telefon, – eine direkte in den Viale Aldini, es herrscht zwar

Chaos und keiner blickt durch, man weiß noch nicht, wer das Kommando hat, und meiner Meinung nach weiß es nicht einmal der Duce, doch man kann auf die Deutschen nicht verzichten. Einem geschenkten Gaul schaut man nicht ins Maul. Und mich nennen sie jetzt Kommandant.

Rassetto strich mit der Handfläche über die Koppel quer auf seiner Brust, die ebenfalls nagelneu war und glänzte. Er trug einen Rollkragenpullover unter der schwarzen Jacke der Miliz, allerdings ohne Abzeichen.

– Wir sind eine unabhängige Behörde, ein Mittelding zwischen Geheim- und Staatspolizei, wie gesagt herrscht ein wenig Chaos, aber wir werden sehen. Warum kommst du nicht zu uns? Wir könnten einen Spürhund wie dich brauchen.

– Danke, aber deshalb bin ich nicht gekommen.

Das wusste Rassetto, und er wusste auch, dass De Luca nicht rauchte, deshalb bot er ihm keine Zigarre an, während er seine mit einem langen Kaminstreichholz anzündete. Bei jedem Zug brannte sie ab, während er De Luca zuhörte, wie er ihm von den letzten Etappen der Untersuchung erzählte, mit halb geschlossenen Augen wegen des beißenden Rauches und der Toscano zwischen den Zähnen. Als De Luca fertig war, war auch die Zigarre fertig geraucht. Rassetto machte sie in einem sauberen, schweren Bleikristallaschenbecher aus.

– Ich würde den Konsul, diesen Dieb, gerne einbuchten, sagte er und entfernte einen Tabakkrümel von der Lippe. – Der Jude und der Malteser sind mir egal, und die beiden Schwuchteln, Borsaro und der Junge, noch mehr. Doch Konsul Martina …

– Generalkonsul …

– Das auch noch? Der Schweinehund ist auch noch befördert worden?

De Luca sagte nichts, er saß schweigend auf seinem Stuhl.

– Es gibt jedenfalls einen Konflikt zwischen jenen, die sich wünschen, dass die Dinge wieder so werden wie früher, und jenen, die etwas Radikaleres wollen. Ich gehöre zu jenen, die meinen, man solle allmählich jemanden erschießen, zuerst die Verräter des Faschistischen Rats und dann die ganzen Defätisten, Miesmacher und antinationalen Feiglinge, die uns das eingebrockt haben. Der Generalkonsul, und er betonte jede einzelne Silbe, – steht auf der anderen Seite.

Die Tür ging auf und das Mädchen kam herein, die hohen Absätze klapperten, der enge Rock hinderte sie daran, große Schritte zu machen. Sie trug eine weiße Bluse, die über dem üppigen Busen spannte, Rassetto warf, damit De Luca es bemerkte, einen begehrlichen Blick darauf, während sie sich über den Schreibtisch beugte, um ihm ein Blatt zum Unterschreiben zu reichen. Als sie ging, machte Rassetto noch einmal die Geste mit dem Ellbogen, glättete seinen Schnurrbart mit Daumen und Zeigefinger der anderen Hand, als wäre er gerade mit dem Essen fertig geworden.

– Das Leben ist schön, doch wir müssen Ergebnisse liefern, wenn wir in dem Augenblick, in dem alles neu geordnet wird, nicht übrig bleiben wollen. Was soll ich tun?

– Ich will, dass du den Krauskopf findest. Luria Franco.

– *Ich will* ist vielleicht nicht die richtige Art und Weise, sich an einen Kommandanten zu wenden, doch ich verzeihe dir im Namen der alten Freundschaft. Bist du dir sicher, dass er das Kokain hat?

– Nein, aber da er Fratojannis rechter Arm ist, glaube ich, dass er zumindest weiß, wo es ist.

– Und wie bringen wir ihn mit dem Konsul in Verbindung? Mit dem Generalkonsul.

– Sobald wir das Kokain gefunden haben, ergibt sich der Rest.

Rassetto nahm noch eine Zigarre aus der Schachtel, nahm ein Messer vom Schreibtisch und schnitt sie entzwei, dabei dachte er nach.

– Wir sind allerdings eine Abteilung der Geheimpolizei. Durcheinander und Autonomie, alles schön und gut, doch einen Verbrecher wegen Drogenhandels zu jagen …

– Sein Bruder ist Kommunist, sagte De Luca, und Rassetto nickte und zündete sich die Zigarre an.

– Na dann. Dann suchen wir ihn.

De Luca ließ sich in den Sessel sinken. Er hätte sich gerne entspannt und auf den Kissen ausgestreckt, auch die Lehnen waren weich und mit Leder gepolstert, doch er konnte nicht.

Einerseits, weil das Fieber der Ermittlung, die auf ein Ende zusteuerte, in ihm brannte, fast konnte er es schon berühren, und andererseits, weil er präzise Vorstellungen – Polizistenideen – hatte, wie man ihn suchen sollte, und die brannten in seiner Brust wie Fieberschauer.

Doch nicht nur deshalb rang er nach Luft, er verspürte nicht nur Neugier und Ungeduld, sondern er hatte auch eine unangenehme Empfindung, aufgrund derer sich seine Muskeln verspannten und sich sein Magen verkrampfte.

Rassetto sah, wie er es sich im Stuhl bequem machte, und lächelte zufrieden.

– Bequem, was? Ich habe ihn absichtlich ausgesucht. Wenn wir jemanden verhören und ihn zwingen, stundenlang aufrecht zu stehen, wenn ihn Massaron stundenlang mit den Fäusten bearbeitet, stundenlang Schläge und kein Schlaf, Schläge und im Stehen, wenn er es nicht mehr aushält, dann lasse ich ihn heraufkommen und setze ihn auf diesen weichen Sessel. Da knicken alle ein, sie wollen nicht mehr zurück, sie zerfließen buchstäblich. Nur schade, dass der Sessel danach voller Blut ist. Zum Glück reinigt ihn Vilma.

Und aufs Neue machte er die Bewegung mit dem Ellbogen, mit der Zigarre zwischen den Zähnen und dem gebleckten Wolfsgebiss.

„Il Resto del Carlino“, Freitag/Samstag, 17./18. September 1943, XXI, Italien, Reich und Kolonien, 30 Centesimi

NEUE EINZELHEITEN ÜBER DIE BEFREIUNG MUSSOLINIS.

Lokales aus Bologna: ÜBERGABE ALLER WAFFEN, die Soldaten des Heeres sind aufgerufen, bis spätestens Sonntag in der Kaserne der 3. Artillerie vorstellig zu werden. – GELTENDE VORSCHRIFTEN WÄHREND DER AUSGANGSSPERRE – DIE WILLKÜRLICHE VERTEILUNG VON GETREIDE MUSS AUGENBLICKLICH EINGESTELLT WERDEN.

Kino und Theater: CENTRALE: *A suon di Musica*

Er ging jedes Mal einen anderen Weg ins Präsidium, nahm eine Querstraße links oder rechts, ging niemals gerade über die Via dell'Indipendenza, was einfacher und näher gewesen wäre. Er versuchte auch die Querstraße Via Altabella zu vermeiden, denn es schmerzte ihn, wenn er an Lorenzas Apotheke vorbeiging, doch diesmal war er in Gedanken versunken dennoch eingebogen, und als ihn Dr. Montuschi, der auf der Schwelle stand und rauchte, grüßte, zog sich in ihm irgendetwas zwischen Magen und Herz zusammen.

An der Auslage der Apotheke war ein Schild mit der Aufschrift DIESES GESCHÄFT IST ARISCH angebracht, und die Schrift an der Wand daneben war frisch und so stark mit weißer Farbe übertüncht worden, dass es aussah wie ein Blatt, auf dem stand: EHRE, TOD DEN VERRÄTERN und WIR SIEGEN, in Großbuchstaben und so gestochen scharf, als seien sie gedruckt worden.

Als er im Präsidium ankam, lief er die Treppe hinauf, weil er hörte, dass das Telefon in seinem Büro hartnäckig klingelte. Auf dem Gang vor der Tür stand ein Mann, Maresciallo Donati, er erkannte ihn sofort an seinem Spitzbart und dem Schnurrbart in der Art eines Königs auf einer Spielkarte; er löste sich von der Wand und kam ihm entgegen. In der Hand hatte er ein paar maschinengeschriebene Blätter, er hielt sie zusammengerollt wie einen Stock.

– Entschuldigen Sie, wenn ich Sie störe, aber ich habe gesehen, dass Sie nicht da waren, und habe gewartet. Ich habe Ihnen die Abschriften der Telefongespräche gebracht, erinnern Sie sich?

De Luca streckte die Hand aus, doch der Maresciallo ließ die Blätter nicht los, drückte sie sogar noch mehr zusammen, der Durchmesser war jetzt der eines Blasrohrs. Er wirkte sehr nervös.

– Nichts Besonderes, der Konsul ist ja jetzt wieder da, nur ein paar Anrufe, bei denen Verwandte und Freunde einander grüßen, aber ich wollte sie Ihnen unbedingt persönlich übergeben, ich habe zwar gewartet, dass Sie kommen, aber da Sie nicht gekommen sind …

Ja, er war nervös. De Luca zog die Hand zurück und verschränkte geduldig die Arme.

– Nun … Erinnern Sie sich, als Sie gekommen sind und ich mich dazu habe hinreißen lassen, mich zu meinen Auswahlkriterien zu äußern, weil ich dachte, die Dinge würden sich ändern … Nun, ich möchte Sie bitten, dies wenn möglich freundlicherweise zu vergessen.

Das ist alles?, dachte De Luca, und er sagte: – Das ist alles? Machen Sie sich keine Sorgen, ich habe ein sehr schlechtes Gedächtnis.

Der Maresciallo lächelte erleichtert und umklammerte die Blätter nicht mehr ganz so fest. Sie gingen in seinen Händen auf und hatten jetzt wieder den Durchmesser eines Rohres. De Luca nahm sie entgegen, dann hörte er jemanden rufen. Es war Cesarella, er kam über den Gang.

– De Luca, mein Junge, wo steckst du? Ich rufe dich schon seit einer Stunde an! Schlechte Nachrichten.

Der Maresciallo verzog sich, ohne sich zu verabschieden, doch De Luca hatte es nicht einmal bemerkt. Cesarellas Gesicht war noch faltiger und affenartiger als sonst.

– Ich wollte es dir gleich sagen. Sie haben dich suspendiert. Du bist im Zwangsurlaub, das ist der erste Schritt zur Entlassung.

De Luca stützte sich mit der Hand an der Wand ab.

– Ich habe dir ja gesagt, du sollst es bleiben lassen, aber nein, du bist stur, starrköpfig. Warum, um Himmels willen, warum? Willst du einen Rat von einem Freund? Aber nein, du hörst mir ausnahmsweise einmal zu, dann kannst du machen, was du willst, aber hör mir zu.

De Luca nickte, ihm fehlten die Worte. Er hatte durchaus damit gerechnet, er kämpfte ja wirklich stur für seine Sache, doch die Vorstellung, tatsächlich ohne Ausweis dazustehen, entlassen, ausgerechnet er, raubte ihm den Atem und er musste sich wieder an die Wand lehnen.

– Verschwinde. Lauf davon. Sie reden davon, den Chef der Polizei ins Konzentrationslager zu stecken, ich will mir gar nicht vorstellen, was sie mit einer Null, einem Polizeibeamten wie dir machen werden.

Er legte ihm die Hand auf den Arm und drückte ihn fest.

– De Luca, mein Junge, lass dir was sagen. Du bist ein lebender Toter.

– Aber wenn sich die Lage entspannt, gehe ich wieder zur Kriminalpolizei.

– Kein Problem.

– Und ich ziehe keine Uniform an.

– Kein Problem. Du bist unser Spürhund, du kannst gern in Zivil bleiben. Aber du bist mein Vize, ich pfeife auf das Alter und den Dienstgrad, ich bin der Kommandant.

– Kein Problem.

Rassetto streckte De Luca den Arm hin, der ihm schon die Hand drücken wollte, doch dann korrigierte er sich, denn der Kommandant hatte seine zum römischen Gruß ausgestreckt.

– Willkommen im Autonomen Kern der Geheimpolizei. Jetzt bist du einer von uns, du wirst sehen, keiner wird dir am Zeug flicken.

Als er wieder allein war, blieb De Luca eine Zeit lang auf der Schwelle des Büros stehen, das man ihm zugewiesen hatte. Er fand nicht den Mut hineinzugehen. Dann nahm er den Stuhl und stellte ihn auf die andere Seite des Schreibtischs, um das Fenster gegenüber und nicht hinter sich zu haben. Das Grün des Efeus, der sich um das Fenster rankte, und die Blätter am Rande der Glasscheiben beruhigten ihn ein wenig.

Aus dem ersten Stockwerk sah man hinter dem Garten die Wipfel der Bäume auf dem Viale Dante, die noch nicht die Blätter verloren hatten. Der schwache Wind zauste sie, und auch dieser Anblick verstärkte das Gefühl, sich nicht in einem Polizeibüro zu befinden.

Einen Augenblick lang überlegte De Luca, ob er einen Brief an Lorenza schreiben sollte. Ob er ein Blatt Papier nehmen, tief einatmen und alle Worte auf das Papier fließen lassen sollte, die er in der Laube der Villa nicht gesagt hatte. Aber er wusste nicht, wo er beginnen sollte, er wusste nicht, was er sagen sollte, und er hatte auch keine Zeit. Er wusste allerdings, dass das auch eine Ausrede war.

Nachdem er den ganzen Tag unterwegs gewesen war und eine Spur verfolgt hatte, die ihn in der Hoffnung, das Mädchen zu finden, bis nach Argenta geführt hatte, kehrte De Luca am späten Nachmittag in die Villa zurück und erfuhr, dass sie Luria geschnappt hatten.

Er war unten im Keller, gemeinsam mit Massaron und Rassetto. Der stand auf dem Gang, mit dem Rücken lehnte er an einer geschlossenen Tür und rauchte seine halbe Toscano.

– Wir haben ihn heute Vormittag geschnappt und noch vor Mittag hat er gesungen. Doch wir haben nicht viel aus ihm rausgebracht.

Der Gang im Keller war lang, an ihm befanden sich drei massive, nagelneue Metalltüren, man hatte sie anstelle der einfachen Kellertüren angebracht. De Luca ging auf die Tür zu, vor der Rassetto stand, der Spion war offen, und er erhob sich auf die Zehenspitzen, um hineinzusehen, doch er sah nur einen jungen Mann, der nicht der Krauskopf mit der Narbe war. Er saß auf dem Boden aus gestampfter Erde, mit dem Nacken an der Wand, er schlief und sein Gesicht war zu einer Grimasse verzogen, als hätte er einen Albtraum. De Luca erkannte ihn, es war Giovannino Marani, Marias Verlobter.

– Nein, er ist dort, sagte Rassetto und zeigte auf die zweite Eisentür. – Den haben wir gemeinsam mit ihm geschnappt, als wir in die Wohnung eingedrungen sind, auf die uns der Spion hingewiesen hat.

– Das muss ein Irrtum sein, sagte De Luca. – Den hier kenne ich, das ist ein kleiner Junge.

– Dein kleiner Junge steht in dem Verdacht, sich ein paar Waffen des 6. Bersaglieri-Regiments geschnappt zu haben, als alle aus den Kasernen getürmt sind. Aber wenn du sagst, du kennst ihn, und ein gutes Wort für ihn einlegst, lasse ich ihn frei, ohne ihm ein Haar zu krümmen, immerhin haben wir bei ihm keine Waffen und abgesehen von ein paar Flugblättern auch sonst nichts gefunden.

– Und die Tasche?

Rassetto zuckte mit den Achseln. Er drückte den Stummel der Toscano mit dem Stiefel aus und öffnete die zweite Tür.

In diesem Zustand, mit geschwollenem Gesicht und blutüberströmt, war er kaum zu erkennen, trotzdem begriff De Luca, dass auch dieser Mann auf dem Eisenstuhl mit im Rücken gefesselten Händen nicht der Krauskopf mit der Narbe war. Es war dunkel im Zimmer, durch das längliche Fenster unter der Dachschräge, das auf den Hof blickte, wäre auch tagsüber nur wenig Licht hereingefallen, allerdings fiel das Licht einer Stehlampe auf den Stuhl, doch nein, das war er nicht.

– Natürlich nicht, De Luca, was verstehst du nicht? Es ist der Bruder, Luria … wie heißt er doch gleich … Andrea.

Als er seinen Namen hörte, hob der Mann auf dem Stuhl den Kopf und blickte mit dem nicht verschwollenen Auge in die Dunkelheit. Der Lichtkegel der Stehlampe war sehr hell, fast blendend. Aber ringsum herrschte Dunkelheit, man sah nur die Umrisse von Massaron, der die Hände auf die Stuhllehne gelegt hatte.

Die Hände sah man jedoch gut. Sie waren voller Blut und die Knöchel waren abgeschürft. De Lucas Magen krampfte sich zusammen. Es stank nach Blut, Kot und Urin, doch das war nicht das Einzige, was ihm Übelkeit verursachte. Auf Lurias Gesicht waren die Spuren von mehr Faustschlägen, als Tampieri seinerzeit für vertretbar gehalten hatte.

– Wir haben ihn heute Vormittag in einer Osteria auf der Via Avesella aufgegriffen, gemeinsam mit deinem Freund da drüben, wir haben einen Tipp bekommen. Massaron war gut wie immer, und unser Luria Andrea, von Beruf Fährmann, Sympathisant der Kommunisten, hat uns die Adresse einer Wohnung in der Nähe gegeben. Eine winzige Mansarde, wir haben sie auf den Kopf gestellt, aber nur das gefunden.

Rassetto richtete den Lichtkegel der Stehlampe auf den Winkel, in dem sie standen, und das Licht fiel auf einen verschnürten Packen Papier. Es waren hektografierte Flugblätter, die zum Desertieren aufforderten, ein paar Zeilen, mehr schlecht als recht gedruckt auf raues, vergilbtes Papier, das aufgrund der Feuchtigkeit an der Seite gewellt war.

– Mein Informant bei den Kommunisten hat mir gesagt, der da sei nur ein armer Teufel, ein unbedeutendes Rädchen im Getriebe, er hat uns auch gleich gesagt, wer ihm diese defätistische Scheiße lieferte, und dass wir ihn früher oder später finden würden. Dein Junge ist deshalb nahezu wichtiger.

– Und der Bruder?

Rassetto richtete den Lichtstrahl wieder auf Luria, der ächzend das unversehrte Auge schloss.

– Er sagt, er wisse nichts, er habe ihn seit einer Ewigkeit nicht gesehen, und weißt du was, Vizekommandant De Luca? Ich glaube ihm. Er ist ein Hungerleider, ein armer Teufel, und wenn er wirklich etwas wüsste, hätte er es nach der Nachmittagssitzung mit Massaron auch gesagt. Verlieren wir keine weitere Zeit, ich übergebe ihn dem Präsidium, sollen sie sich um ihn kümmern, und wir verfolgen eine andere Spur.

Luria keuchte, atmete laut durch die gebrochene Nase. De Luca nahm in der Dunkelheit den Packen Flugblätter, hielt ihn in den Händen. Die wellige Seite knisterte wie Rassettos Zigarren. Unter den Daumen fühlte sich die Schnur rau und dick an, es war eher eine Kordel als ein Bindfaden. Die Enden waren durch den Gebrauch glatt und abgegriffen, eher ein Tau als eine Schnur.

Luria Andrea, ein Sympathisant der Kommunisten.

Von Beruf Fährmann.

De Luca stellte instinktiv eine Frage, fast ohne nachzudenken.

– Könntet ihr ihn noch was fragen?

Rassetto grinste mit seinem Wolfsgebiss, schaute Massaron an, und der trat aus der Dunkelheit und versetze dem Rest von Lurias Gesicht noch einen Faustschlag.

De Luca hockte im Gang auf seinen Fersen, atmete tief ein und versuchte die Übelkeit zu überwinden, die ihn fast erstickte.

Als Rassetto das Ohr an Lurias Mund gelegt und zufrieden genickt hatte, während zwischen Lurias aufgeplatzten Lippen blutige Schaumblasen austraten, hatte De Luca das Zimmer verlassen. Doch er wusste, es reichte nicht, sich nach vorne zu beugen, die Hände auf die Knie zu legen und den Mund in Erwartung des Brechreizes aufzureißen, denn nicht nur der Ekel würgte ihn, und auch nicht die Angst.

Rassetto bückte sich und legte ihm eine Hand auf die Schulter.

– Empfindlicher Magen, was? Egal. Du hast es geschafft, mein Lieber, du hattest recht. Es gibt noch ein Versteck.

De Luca klammerte sich an Rassettos Arm und zog sich hoch. Das Fieber, das ihm in die Gurgel stieg und die Übelkeit vertrieb, schien ihm nicht den Atem zu rauben, sondern ihn vielmehr zu beleben. – Wo?, fragte er, und als Rassetto *Im Kanal* sagte, nickte er. Doch dann fügte er hinzu: – Ich hoffe, das ist das richtige, sonst …

Inzwischen war auch Massaron aus dem Zimmer gekommen und trocknete sich die Hände an einem Stofffetzen ab.

– Ich habe ihm eine zu viel gegeben, sagte er.

Und zuckte mit den Achseln.

– Ich wusste es, ich wusste es! Da ist sie, die Magie des großen Jägers.

Am noch nicht verbauten Teil des Cavaticcio-Kanals gab es eine Mole, einen Stummel, den man zu einem Becken für die Wäscherinnen umfunktioniert hatte, doch ein Stück davon ragte nach wie vor in den Damm hinein, bildete eine Art Grotte in Form eines Pfahlbaus, mit einem morschen Dach. Tagsüber ein schwarzes Loch, das in der hereinbrechenden Dunkelheit nahezu nicht zu sehen war.

Da unten befand sich ein schmales, flaches Boot, das die Grotte der Länge nach fast ausfüllte, und mit einer Schnur an einen Pfahl der Mole gebunden war, sie war kaum dicker als die Schnur, mit der Lurias Flugblätter zusammengebunden waren.

Rassettos Männer holten es raus wie einen Schlitten, schoben es mit den Händen über das Wasser. Vor lauter Begeisterung fielen sie beinahe ins Wasser. Sie hoben es auf den Kai, und im Licht zweier Eisenbahnerlampen, denen sie die Verdunkelungsblenden abgenommen hatten, rissen sie die Plane herunter, die auf dem Boot lag. Am Boden des Bootes waren drei längliche Kisten, einer der Männer hatte eine Brechstange dabei und öffnete eine der Kisten, die wie die anderen voller Musketen war. Massaron nahm ein Gewehr und warf es Rassetto zu, der es wie eine Lanze über den Kopf hob.

– Was für ein Treffer! Die Waffen des 6. Bersaglieri-Regiments! Dein Freund ist also mehr als ein kleiner Junge. Bravo, De Luca, du hast wirklich den Spürsinn eines Jägers.

De Luca sagte nichts, er versuchte in die Spalten des Bootes zu spähen. Als er das Loch unter der Mole entdeckt hatte, war der Ekel, der ihm den Atem raubte, abgeklungen, jetzt überwogen wieder das Fieber und die Ungeduld. Am Heck lag ein Querbalken, De Luca zeigte ihn Massaron, dann nahm er eine Taschenlampe, die Rassetto nicht benutzte, und leuchtete unter das Holz. Massaron griff in den Hohlraum und holte einen kleinen Jutesack heraus, der mit einem Seil befestigt war. Er löste ihn, öffnete den Sack und zog eine Arzttasche aus braunem Leder, mit breitem Boden und metallverstärkten Ecken, heraus.

– Da schau her, wen man wiedersieht, sagte Massaron. Dann öffnete er die Tasche, schaute hinein und pfiff.

– Die Magie des großen Jägers!, sagte Rassetto und gab De Luca einen Schlag auf die Schulter. Der grinste.

Fehlte nur noch ein Mosaiksteinchen, der letzte kleine Pfeil, der die Kreise miteinander verband, dann war die Zeichnung fertig.

Er wusste, wo er es finden konnte, und er hätte es auch viel früher gefunden, wenn er sich nicht in Deckung hätte bewegen müssen, damit man ihn nicht umbrachte.

Er sprang in ein Auto und ließ sich zur Villa des Autonomen Kerns der Geheimpolizei fahren, rüttelte am rosenumrankten Tor, bis ihm die Wache endlich aufmachte, und lief die Treppe hinauf, bis in sein Büro, wo auf dem Schreibtisch ein Ordner lag.

Die Gesprächsabschriften Maresciallo Donatis waren an den Rändern noch immer leicht gewellt: die stenografierten Mitschriften von vier Telefongesprächen.

Ein Gespräch mit dem Oberst der Militärkommandatur: Grüße und die Aufforderung, einander so bald wie möglich zu treffen.

Ein Gespräch mit Ihrer Exzellenz, dem Herrn Quästor: Grüße und die Aufforderung, einander so bald wie möglich zu treffen.

Ein Gespräch mit dem Hauptkommissar Cesarella Giancarlo: Grüße und Bestätigung des Treffens am Vormittag.

Ein Anruf in der Privatklinik Villa La Solitaria: Wie war es um die Gesundheit der Tante Antonietta bestellt?

Das interessierte De Luca. Er wusste nämlich sehr gut, dass viele Privatkliniken wie ein Luxushotel für reiche Evakuierte funktionierten: Sie waren ruhig, abgelegen und wurden ohne Lebensmittelkarten mit Nahrung versorgt.

Und er war sich sicher, ohne es wirklich zu wissen, dass der Generalkonsul Aldo Martina keine Tante in der Villa Solitaria hatte, wahrscheinlich hatte er nicht einmal eine Tante Antonietta.

Noch in derselben Nacht verschafften sie sich Zutritt. Zwei Männer vor dem Tor der Villa, mit umgehängtem Maschinengewehr, zwei am Hintereingang und die anderen drinnen. Rassetto brüllte, um die Bewohner der Zimmer aufzuwecken. Er übertrieb, denn darunter waren viele Unberührbare, die mit Vergeltung drohten, und wahrscheinlich waren es konkrete Drohungen, denn Rassetto hörte zu brüllen auf und entschuldigte sich mit über dem Wolfsgebiss zusammengepressten Lippen.

Doch sie fanden den Krauskopf, Massaran hielt ihn gerade noch auf, bevor er aus dem Fenster in den Park der Villa sprang, und schleuderte ihn zu Boden, stellte ihm einen Fuß auf die Brust und richtete die Pistole auf sein Gesicht.

Und sie fanden auch das Mädchen, sie hockte in einem Winkel zwischen Schrank und Bett, zusammengekauert und in einem kurzen Kinderunterhemd. Als sie sie hinauszerrten, versuchte sie böse zu schauen, doch sobald sie De Luca sah, begann sie wie ein Kind zu weinen.

– Donnerwetter!, sagte Rassetto, was hast du mit der gemacht? Die hat ja eine Heidenangst.

Alles ging viel schneller, als er sich vorgestellt hatte.

Das Mädchen redete sofort, allerdings konnte man sie zwischen den einzelnen Schluchzern kaum verstehen. Auf dem Boden im Keller sitzend, in eine Uniformjacke eingewickelt, die De Luca ihr übergeworfen hatte, Rassetto und den anderen zum Trotz, die sie gerne halbnackt gesehen hätten, erzählte Veronica alles: der Onkel, der die Zunge rausstreckte, während der junge Fürst ihn erwürgte,

Goldsteins Hände an ihren Beinen, das Kokain, Fratojanni, der unbewegt zusah, während sie und Valentino miteinander schliefen, und sich dabei die Brille mit dem Krawattenzipfel putzte. Rassetto spuckte in eine Ecke und sagte, *widerlich*.

Sie sprach so schnell, dass Vilma mit dem Stenografieren nicht nachkam, doch es waren letztendlich nur die Worte einer eigenartigen Minderjährigen. Um den Kreis zu schließen, brauchte er mehr.

Doch auch der Krauskopf mit der Narbe – mittlerweile hatte er zwei Narben – erzählte sofort alles.

De Luca hatte befürchtet, bei einem wie ihm würden vielleicht nicht einmal Massarons Faustschläge reichen, doch als Luria Franco begriff, dass er nicht der Beihilfe zum Drogenhandel und versuchten Mordes an einem Kommissar angeklagt wurde, sondern wegen defätistischer Propaganda vielleicht sofort erschossen wurde, verging ihm das Verbrechergrinsen und er erzählte alles von dem Zeitpunkt an, als Fratojanni ihn zu sich gerufen hatte, um das Problem De Luca zu lösen und den Koffer zu verstecken.

Das war das letzte Mosaiksteinchen.

Er musste sich beeilen. Rassetto holte den Konsul ab, der sich – wie er den ganzen Tag über lachend erzählte – im Bett angeschissen hatte, als man ihn mit dem Maschinengewehr unter der Nase aufgeweckt hatte.

Hauptkommissar Fratojanni hingegen holte De Luca selbst ab.

Fratojanni schlief nicht. Er war auch nicht in seiner Unterkunft in der Kaserne, wohin De Luca und Massaron gleich zu Beginn gefahren waren. Die Wache sagte ihnen, der Hauptkommissar habe einen Anruf erhalten und sei sofort aufgebrochen, obwohl es so spät war.

Olé, sagte Massaron, doch die Wache fügte hinzu: – Er hat eine Nachricht für Kommissar De Luca hinterlassen. Er erwartet ihn in seinem Büro.

An der Tür des Präsidiums stand ein junger Brigadiere, der sie nicht hineinlassen wollte. Er wollte die Ausweise nicht anerkennen, er wusste nicht einmal, was diese Truppe zu bedeuten hatte, jeden Tag entstand eine neue, nicht einmal die Deutschen hatten einen Passierschein, und als Massaron sich zu der Äußerung hinreißen ließ, sie seien gekommen, um jemanden festzunehmen, zog er sogar die Pistole.

Dann kam ein älterer Maresciallo, drückte De Luca die Hand, *Kommissar, was für eine Freude*, dann sah er seinen Ausweis und verzog den Mund.

– Ich habe einen Termin bei Hauptkommissar Fratojanni, sagte De Luca, – rufen Sie ihn an und lassen Sie es sich bestätigen.

– Kein Problem, sagte der Maresciallo, er begleitete sie die Treppe hinauf, klopfte an die Tür des Büros und öffnete sie.

Eine Maschinenpistolensalve wurde in Richtung Gang abgefeuert und die Projektile trafen die Wand oberhalb des Kopfes des Maresciallo, der auf die Knie sank. De Luca zerrte ihn aus der Türöffnung, Massaron brachte sich mit der Pistole in der Hand hinter einem Türpfosten auf der anderen Seite in Sicherheit. Er war drauf und dran, hineinzulaufen und zu schießen, doch De Luca gebot ihm mit einer Geste Einhalt.

– Ich will mit dem Kommissar sprechen, sagte Fratojanni.

De Luca schluckte. Er hatte überhaupt keine Lust, sich eine Kugel in den Bauch verpassen zu lassen, das Schießen sollten lieber Massaron und die Wachen erledigen, die die Treppe heraufgestürmt kamen, doch er wollte unbedingt erfahren, was der Hauptkommissar ihm zu sagen hatte, er wollte seiner Geschichte auf den Grund gehen, er musste ihr auf den Grund gehen, und er wusste, er tat es auf die richtige Art und Weise.

– Ich gehe hinein, sagte er und machte zögernd einen Schritt, obwohl Massaron heftig den Kopf schüttelte, und ging hinein.

Der perforierte Lauf einer Maschinenpistole MAB38 war auf ihn gerichtet, Fratojanni hielt sie im Sitzen, das Magazin war auf die Schreibtischplatte gestützt wie auf einen Hocker.

Er war ohne Krawatte, die Weste war aufgeknöpft und das Hemd am Hals offen, er schwitzte so sehr, dass ihm die Brille auf die Nase gerutscht war. Mit der Fingerspitze der linken Hand schob er sie schnell hoch, dann legte er die Hand wieder auf die MAB38.

De Luca setzte sich auf das Chesterfield-Sofa, die schwarze Mündung der Maschinenpistole folgte ihm. Auf dem Schreibtisch lagen auch zwei kleine Granaten.

– So sind Sie doch nicht, sagte De Luca.

– Das glaubte ich auch von Ihnen. Ich habe Sie sogar für einen Antifaschisten gehalten. Doch die Umstände ändern sich.

– Ich bin Polizist, sagte De Luca.

– Hören Sie auf damit.

– Ich bin Polizist und verhafte Sie wegen Mordes an vier … Aber ich brauche es Ihnen ja nicht zu sagen, Sie wissen ja, was Sie getan haben.

Fratojanni zuckte mit den Achseln.

– Sie haben recht, es ist egal, was wir getan haben. Wir haben ein schönes Match gespielt, ich habe Fehler begangen, Sie auch, aber meine waren zahlreicher und so habe ich verloren. Sie haben gewonnen, gratuliere. Und jetzt?

In seinem Inneren juckte es unerträglich, doch es war nicht das übliche Fieber, denn Fratojanni hatte recht, das Spiel war vorbei und es gab nichts mehr herauszufinden. Er hatte vielmehr Angst, und sie loderte genau an der Stelle, auf die die Mündung der Maschinenpistole zielte. De Luca breitete langsam und nur ein wenig die Arme aus, er konnte nicht stillhalten.

Plötzlich traf eine ohrenbetäubende Salve den Türpfosten, es riss ihn vom Sofa auf und lähmte ihn gleichzeitig vor Angst. Ein Projektil hatte die Lehne des Chesterfield-Sofas unmittelbar neben De Luca durchschlagen, allerdings nur, weil die Maschinenpistole sich beim Schießen nach links bewegt hatte.

– Entschuldigen Sie, sagte Fratojanni, der auf den Gang gezielt hatte, damit sich Massaron wieder hinter den Türpfosten zurückzog.

Dann drehte er die MAB38 zu sich und hielt die Mündung unter das Kinn. Er legte den Finger auf den Abzug und drückte ab, sein Gesicht explodierte und seine Brille flog zur Decke.

De Luca schnellte neuerlich vom Sofa hoch und fiel zitternd auf das Kissen, er betrachtete den Körper des Hauptkommissars Fratojanni, der – vom Lauf der Maschinenpistole gestützt – steif und unbeweglich am Schreibtisch saß.

Ohne Kopf.

„Il Resto del Carlino", Donnerstag, 2. Dezember 1943, XXI, Italien, Reich und Kolonien, 30 Centesimi

DIE IN ITALIEN WOHNHAFTEN JUDEN IN KONZENTRATIONSLAGER DEPORTIERT, ihr gesamtes Hab und Gut konfisziert, Polizei bewacht die arisierten Geschäfte – TIEFSEEFAUNA, koste es, was es wolle, wir wiederholen, dass man mit drakonischen Schnitten die infizierten Teile von den gesunden trennen und radikal zur Desinfektion schreiten muss. Doch wenn das Faulige schon in den Zustand der Verwesung übergeht, darf es nicht mehr behandelt, sondern muss ausgerottet werden.

Lokales aus Bologna: DAS LEBENSMITTELPROBLEM UND DER KAMPF GEGEN DEN SCHWARZHANDEL – RADIOAPPARATE IN ÖFFENTLICHEN LOKALEN. Es ist Pflicht, sie funktionstüchtig zu halten, damit man die Radionachrichten hören kann.

Kino und Theater: MODERNISSIMO: *La vita è bella*

Er ließ sich auf den Sessel fallen und blieb dort sitzen, ohne den hellen Mantel auszuziehen, der ihn wie eine Staubwolke umhüllte, sein unrasiertes Kinn und seine Wangen rieben unangenehm am Stoff des bis zu den Ohren hochgestellten Kragens.

De Luca legte die Füße auf den Schreibtisch und atmete die ganze Luft in seinen Lungen mit einem derart tiefen Seufzer aus, dass es ihn schmerzte. Er schloss die Augen und versuchte sich dem prickelnden Dämmerzustand zu überlassen, der sein Hirn vernebelte, und einen Augenblick lang glaubte er, die Schlaflosigkeit und die Magenschmerzen vergessen zu können, doch er war nicht so müde, dass er einschlief, und der Hunger konnte den Ekel, der ihm die Gurgel verschloss, nicht vertreiben.

Das Gewicht der Pistole in der Tasche zog einen Mantelschoß nach unten und er spürte Lorenzas Brief, der in der Innentasche knisterte. Er nahm ihn nicht heraus, denn inzwischen kannte er ihn auswendig.

Es waren nur wenige Zeilen, geschrieben mit der ordentlichen Schrift einer Klassenbesten, sie schrieb, es ginge ihr gut und sie hoffe dasselbe von ihm. Nur wenige Zeilen, die anderen waren von der Tinte der Zensur geschwärzt, doch De Luca wusste, was darunter stand, man musste sie nur auf ein Glas legen, um hindurchzusehen.

Sie erkundigte sich nach Giovannino, hatte man ihn tatsächlich am Schießstand in der Via Agucchi hingerichtet, wie sie aus einer Quelle erfahren hatte, aber das konnten sie nicht glauben, nein, das konnte doch nicht sein, vielleicht könne er sich informieren, denn auf dem Präsidium – Lorenza glaubte, er sei noch immer dort – wusste man das bestimmt.

Mit herzlichen Grüßen, hatte sie abschließend geschrieben, nicht mehr.

De Luca knöpfte den Kragen des schwarzen Hemdes auf, er weigerte sich zwar, die Uniform zu tragen, doch gegen das Schwarzhemd kam er nicht an. Rassetto hatte es ihm erklärt, sie hatten die erste Runde gewonnen, sie hatten den Konsul erledigt, doch es war noch immer Krieg, er hatte die Endsilben ganz weich ausgesprochen, wie Badoglio.

Politischer Krieg, Krieg untereinander, ohne Rücksicht auf Verluste, und da De Luca nun Soldat war und Soldaten im Krieg ins Gras beißen, sollte er lieber ein Kleidungsstück tragen, um erkennbar zu sein. Nach dem Sieg, wenn alle Verräter beseitigt sein würden, die Schmach der Heimat getilgt und alles gesäubert und geklärt sein würde, und so weiter, und so weiter, dann würde er wieder machen können, was er wolle, natürlich auch zurück zur Kriminalpolizei gehen.

– Aber zuerst, hatte er zu ihm gesagt, – musst du zu uns zurückkommen. Schon gut, du musstest dich anpassen, schon gut, es ist dir schlecht gegangen, was auch immer du willst, aber du machst es dir etwas zu einfach, mein Freund, seit einigen Monaten hast du nichts zustande gebracht. Aber ich brauche dein Gespür, ich brauche die Magie des großen Jägers. – Er hatte ihm eine beige Akte auf den Schreibtisch gelegt, die noch immer dort lag.

De Luca nahm die Beine vom Tisch und öffnete sie.

Darin lag nur ein einziges Blatt, eine Liste von Personen, die er suchen sollte.

An dritter Stelle befand sich Cicciones Name.

De Luca schloss die Akte und blickte aus dem Fenster. Auch nachdem sie umgezogen waren, hatte er den Schreibtisch so stehen lassen, obwohl sie jetzt in einem Flügel der Technischen Schule untergebracht waren, den ihnen die Deutschen überlassen hatten, und obwohl jetzt vor dem Fenster nicht mehr die Bäume des Viale Dante waren, bei deren Anblick man glauben konnte, woanders zu sein, sondern eine Betonwand, die tagsüber grau war und die in der rasch einbrechenden Dunkelheit des Winters schwarz wurde.

De Luca zog den Mantel enger um sich.

Es wurde schon Nacht und deshalb war es noch kälter.

Danksagungen

Es war eine seltsame Zeit zwischen dem 25. Juli und dem 8. September 1943, kurz davor und danach, da gäbe es noch viel zu erzählen.

Genau das habe ich versucht zu tun, ich habe Mechanismen aufgezeigt, die meiner Meinung nach auch heute noch wirksam sind, meine Auslegung der Fakten ist allerdings die eines Romanschriftstellers und nicht die eines Historikers, obwohl ich hoffe, mich so gut wie möglich an historische und nicht an aktuelle Fakten gehalten zu haben.

Für diese Fakten möchte ich mich bei einer Reihe von Autoren bedanken, deren Bücher ich gelesen habe: Wie in der Schule habe ich, natürlich mit Bleistift, einzelne Zeilen unterstrichen. Bücher, die sich eher allgemein mit der besagten Zeit und der damals üblichen Polizeiarbeit beschäftigen, etwa die von Frederick Deakin, Luigi Ganapini, Daniela Caliani, Mimmo Franzinelli, Ricciotti Lazzero, Franco Fucci und Mauro Canali, um nur einige zu nennen, sowie auch andere, die regionale und lokale Besonderheiten hervorheben.

Sehr hilfreich waren zum Beispiel *Bologna in guerra (1940–1945)*, hrsg. von Brunella Dalla Casa und Alberto Preti, *La svastica a Bologna* von Luciano Bergonzini, *Fascismo e tortura a Bologna* von Renato Sasdelli sowie das Material inklusive aller Jahrgänge des mehrmals zitierten „Resto del Carlino", das von www.storiaememoriadibologna.it und von www.bibliotecasalaborsa.it ins Netz gestellt wird.

Äußerst informativ waren auch die Fotobücher *Bologna trema* von Bernardino Salvati und Paolo Veggetti, *Bologna ferita* mit einer Reportage von Filippo D'Ajutolo, und *Delenda Bononia*, hrsg. von Cristina Bersani und Valeria Roncuzzi Roversi Monaco. Darin finden sich Fotos von Bologna nach den Bombardements, die Wunden, die Bologna durch die Bomben zugefügt wurden, sind allerdings ebenso wie die Kanäle nahezu verschwunden.

Was die Internierten anbelangt – sowohl die, die in Lagern untergebracht waren, als auch die, die sich auf freiem Fuße bewegen durften –, habe ich *Invisibili. Internati civili nella provincia di Parma (1940–1945)* von Marco Minardi gelesen, zum Thema der Einweisungen in sogenannte Irrenhäuser habe ich in *I matti del duce* von Matteo Petracci wertvolle Anregungen gefunden – dieses Thema werde ich noch ausführlicher behandeln.

Über das Leben der Juden, vor allem in Bologna, habe ich *Salvarsi* von Liliana Picciotto und *Ebrei e fascismo a Bologna* von Nazario Sauro Onofri gelesen.

Auch zahlreiche Filme sind in dieser Zeit gedreht worden und im Kino gelaufen, etwa *I bambini ci guardono* (dt. Titel: Die Kinder beobachten uns) von Vittorio De Sica, *Ossessione* (dt. Titel: Besessenheit) von Luchino Visconti, *T'amerò per sempre* von Mario Camerini und *Il birichino di papà* von Raffaello Matarazzo, und außerdem gibt es Filme über diese Zeit, wie etwa das Meisterwerk *Tutti a casa* (dt. Titel: Der Weg zurück) von Luigi Comencini.

Ich habe mich sehr bemüht, trotzdem habe ich wahrscheinlich viele Fehler begangen, und ich zweifle nicht daran, dass die Leser mich darauf aufmerksam machen werden (danke dafür, durch Fehler wird man klug). Einige (unbedeutende) Fehler habe ich jedoch aus dramaturgischen Gründen und auch aus Aberglauben absichtlich gemacht. Seit einiger Zeit füge ich in jeden historischen Roman einen unpassenden Schlager ein, in diesem Fall *A Capocabana*, den Lorenza De Luca vorsingt. Das ist unmöglich, denn der ist erst im Folgejahr veröffentlicht worden.

Auf jeden Fall wollte ich nicht nur von Geschichte sprechen. Ich hatte noch eine Rechnung mit meinem Kommissar De Luca offen, also bin ich an den Ursprung seines Karrierewegs zurückgekehrt, um zu verstehen, warum er sich in den vier früheren Krimis so gequält und was ihn gequält hat. Ich habe mich am *hardboiled detective* à la *Der große Schlaf* von Raymond Chandler orientiert (ohne mich mit ihm zu vergleichen, Gott bewahre!), ich habe auch einige Szenen daraus zitiert, und was den Stil anbelangt, habe ich versucht, mich meinem Vorbild Giorgio Scerbanenco anzunähern.

Keine Ahnung, ob mir das gelungen ist.

Ich wollte die Rechnung begleichen. Ich hatte einige Ideen, mit deren Hilfe ich meinen Kommissar in der schwärzesten Zeit des Kriegs und später in den Fünfzigerjahren darstellen wollte: Auch auf diese Fragen sollte er mir Antwort geben.

Abgesehen von lebenden oder bereits verstorbenen Autoren gibt es am Ende eines Buchs immer noch zahlreiche Personen, denen man danken müsste. Doch der Raum ist begrenzt und das Gedächtnis wird immer schlechter, deshalb erwähne ich nur meine Assistentin Beatrice Renzi, meinen Agenten Roberto Santachiara, den Verlag Einaudi und vor allem Paolo Repetti und Francesco Colombo von Einaudi Stile Libero und Chiara Bertolone.

Severino Cesari ist bereits verstorben, aber ich erwähne ihn trotzdem. Ich hoffe von ganzem Herzen, ein gutes Buch geschrieben zu haben, das ihm gefallen hätte.

Ich habe den Roman in Mordano (BO), bei mir zu Hause, am Freitag, 16. Februar 2018, um 17 Uhr 56 zu schreiben begonnen und ihn am Mittwoch, 27. Juni 2018, um 17 Uhr 26 im *Hotel Madison/Bagno Lele* in Cattolica beendet.

Textnachweise

Der Vers auf S. 26 ist dem Lied *A Capocabana* entnommen. Text von Alfredo Bracchi und Musik von Giovanni D'Anzi (1944).

Die Verse auf S. 37 sind dem Lied *Il valzer di ogni bambina* entnommen, interpretiert von Ernesto Bonino. Text und Musik von Eldo Di Lazzaro und Astro Mari (1943).

Der Vers auf S. 52 ist dem Lied *Bandiera rossa* entnommen. Text und Musik von Carlo Tuzzi (1908).

Der Vers auf S. 173 ist eine Übersetzung ins Deutsche einer Zeile des Liedes *Mille lire al mese*, interpretiert von Gilberto Mazzi. Text und Musik von Carlo Innocenzi und Alessandro Sopranzi (1939).

Der Vers auf S. 211 ist dem Lied *La strada nel bosco* entnommen, interpretiert von Alberto Rabagliati. Text von Nicola Salerno und Musik von Cesare Andrea Bixio und Ermenegildo Rusconi (1943).

Die Drucklegung erfolgte mit freundlicher Unterstützung durch die Abteilung für deutsche Kultur in der Südtiroler Landesregierung.

AUTONOME PROVINZ BOZEN SÜDTIROL
PROVINCIA AUTONOMA DI BOLZANO ALTO ADIGE
Deutsche Kultur

Umschlagfoto: © GBB-F-005039-0000, 1933 ca, ITALY : The italian car industry FIAT (F.I.A.T. Fabbrica Italiana Automobili Torino) advertising for the new model ARDITA 2500, Credito fotografico obbligatorio:
© ARCHIVIO GBB / Archivi Alinari

Grafische Gestaltung: Dall'O & Freunde
Druckvorbereitung: Typoplus, Frangart
Printed in Europe

ISBN 978-3-85256-803-4

E-Book ISBN 978-3-99037-104-6

www.folioverlag.com